# RELATOS

## OSCAR WILDE

editores mexicanos unidos, s.a.

© Editores Mexicanos Unidos, S.A.
Luis González Obregón 5-B Col. Centro
Delegación Cuauhtémoc
C.P. 06020. Tels: (5) 521-88-70 al 74
Fax: (5)512-85-16
e-mail: editmusa@mail.internet.com.mx

Miembro de la Cámara Nacional
de la Industria Editorial, Reg. No. 115

Ilustración de portada: "Bebé 1917-1918", Maria
Constantino Klimt. Galería Nacional de Arte,
Washington.

ISBN 968-15-1046-1

1a. Edición, agosto 1999

Impreso en México
*Printed in Mexico*

# CUENTOS Y RELATOS

## OSCAR WILDE

editores mexicanos unidos, s.a.

# Prólogo

## Cuentos y Relatos

Oscar Wilde pertenece al selecto grupo de autores universales cuya obra ha alcanzado la mayor fama tanto en su país natal Irlanda, como en el resto del mundo occidental. Alcanzó las alturas del genio, gracias a su extraordinaria capacidad para desarrollar relatos tomados de los más variados registros de la tradición occidental que nos viene de Grecia y de Roma y cuyos modelos narrativos son los moldes o arquetipos que han servido de piedra angular para el desarrollo de la literatura occidental, así como del gran venero que ha sido fundación de una gran corriente literaria que se remonta a la época medieval inglesa.

Las grandes dotes de Wilde como narrador, su fina elegancia y su agudo ingenio, le sirvieron para desarrollar una obra intensa, exquisita y plena de cualidades estéticas que desde el momento de su aparición, en medio de grandes expectativas y controversias en su tiempo, de inmediato acapararon el gusto y la atención del público inglés primero y posteriormente el del resto de Europa y del mundo. Su vida y su obra estuvieron completamente ligadas, aunque fue muy cierto que en su época de mayor fama. su vida social opacó con mucho a su carrera literaria. Wilde se vio rodeado de escándalos que sacudieron los cimientos conservadores de la sociedad victoriana en los últimos años del siglo XIX.

Casi cuarenta años después de su muerte ocurrida el 30 de noviembre de 1900, Oscar Wilde fue comparado en relación a su popularidad con William Shakespeare, lo que sin duda complació a muchos; quizás a otros les haya parecido una falta de respeto hacia la figura del considerado genio mayor y padre de la literatura inglesa de quién por cierto, Wilde evocó a lo largo de su obra, rasgos y destellos de finura y de ingenio, mezclados con una habilidad muy suya para crear a través de su discurso narrativo, sensaciones y sentimientos comparables a los grandes momentos que encontramos dentro de la literatura universal, en especial la que viene del medioevo y que fue recogida por autores de la talla de los hermanos Grimm, de Hans Christian Andersen, de Charles Perrault y de Honorato de Balzac. Lo cierto es que Oscar Wilde fue un escritor que con su obra poética, narrativa y dramática alcanzó alturas inmarcesibles.

Fue polémico, ensalzado hasta el delirio, odiado; su personalidad compleja y avasalladora le acarreó durante su vida numerosos detractores y enemigos. A su muerte dejó tras de sí una obra literaria de gran calidad, de gran factura que fue considerada especialmente en la narrativa y en la obra teatral como ejemplar y excepcional. Se han vertido verdaderos ríos de tinta alrededor de su vida azarosa, se han escrito muchos ensayos, buenos, malos y mediocres sobre el conjunto y el valor de su obra. Más allá de todo esto, a partir de los años treintas, en Inglaterra ha pasado a formar parte del índice de autores en lengua inglesa considerados como esenciales y necesarios para la mejor comprensión del desarrollo global de su literatura en su conjunto; ha alcanzado un punto tal, que la evolución cualitativa e histórica literaria de este país, no sería completa ni comprendida sin su presencia y su obra.

Wilde descolló en dos vertientes: la dramática y la narrativa. En esta última escribió una novela que alcanzó una gran celebridad en su momento: *el Retrato de Dorian Gray*, obra audaz, polémica, genial y que en la actualidad es considerada una de las obras maestras del género en la literatura universal de todos los tiempos. También escribió cuentos que aparecieron primero con la publicación del "*Príncipe Feliz y otros relatos*" en el año de 1888; años más tarde, en 1891 publicó "*El crimen de Lord Arthur Saville y otras historias*". Hoy, en la presente edición estamos ofreciendo a nuestro público —y que es una de las más completas en lengua española—, incluimos 14 de los más importantes relatos que, por supuesto, incluyen los más famosos: "*El príncipe feliz*", "*El joven Rey*", "*El fantasma de Canterville*", "*El crimen de Lord Arthur Saville*" y "*El Ruiseñor y la Rosa*" entre otros.

Una de las cualidades narrativas que lo caracterizaron y que imprimieron a su obra un sello muy especial, fue sin duda su ingenio que estaba muy por encima del de sus contemporáneos, producto de una refinada educación que incluía un excelente conocimiento de la literatura y el pensamiento greco-latino, pues dominaba a la perfección tanto el griego como el latín, condición que le sirvió para estructurar sus relatos, dándoles ese sentido tan especial, mezcla de sabiduría, agudeza, ironía y capacidad de observación para describir los comportamientos humanos a la luz de las verdades esenciales que elevan el alma y ensalzan el espíritu, como de los conflictos cotidianos que envuelven al hombre en una maraña interminable de hechos y situaciones.

Algunos de sus cuentos considerados como de hadas, se inscriben en lo mejor de esa gran tradición que se remonta hasta la antigüedad como en la obra de Apuleyo, de Longo y de Luciano de Samosata, que pasaron a Occidente gracias a los llamados libros de caballerías y que sus autores anónimos refundieron con la mitología greco-latina y dieron origen al extraordinario ciclo "artúrico" de Camelot y los Caballeros de la Mesa Redonda con sus magos, sus hechiceros, sus hadas, dragones y demás personajes de índole mitológico-simbólica y que tuvieron una gran resonancia no sólo en Inglaterra sino en el resto de la Europa Medieval y cuyos ecos sirvieron por ejemplo para propiciar la escritura del genial Don Quijote de la Mancha, obra fundamental de la lengua castellana.

Cuentos como *"El Príncipe Feliz", "El Niño Estrella", "El Gigante Egoísta"* o *"El Joven Rey"*, considerado por Wilde como su mejor relato, expresan una visión del mundo más allá de las desigualdades y las limitaciones humanas que de pronto encierran al hombre en medio de sus preocupaciones fundamentales. Recupera el espíritu que alienta el cuento de hadas medieval: sorpresivo, hermoso, directo, pleno de enseñanzas y moralejas que alientan al lector a indagar más hacia dentro de sí mismo, en la búsqueda de una razón mucho más profunda que nos haga olvidar aunque sea por un momento la condición mísera de nuestra existencia, como en *"El Príncipe Feliz"*, en el que Wilde se aventura a buscar la redención final que nos permita recuperarnos como hombres frente a los hechos en los que estamos inmersos y las circunstancias que de ellos se derivan: estamos alentados a creer que el autosacrificio del Príncipe en favor de los desposeídos tiene un último y benéfico resultado, ya no en los pobres de la narración sino en el lector que sigue con atención los acontecimientos del relato, que es un ejemplo de la gran sensibilidad de Wilde para mostrarnos que la condición humana puede elevarse hasta alturas insospechadas, si confiamos más en nuestra riqueza interior y dejamos más nuestras preocupaciones materiales que pueden ser fuente de sufrimiento para otros, incluyendo a la naturaleza.

En otro de sus memorables relatos, "*El Fantasma de Canterville*", también incluido en esta edición, Wilde le da rienda suelta a su gran imaginación y crea una narración divertida, sorprendente y muy bien manejada hasta en sus menores detalles, en que conjuga el relato gótico de fantasmas y aparecidos con la agudeza y la ironía con la que trata a los personajes principales; su prosa fluye, sin tropiezos, llevándonos de la mano en un juego de espejos, donde por momentos la intensidad y la amenidad del relato nos hacen olvidar que somos simples espectadores, simples lectores; con la fluidez de la trama vamos de sorpresa en sorpresa. Este cuento se puso muy de moda en la Inglaterra victoriana.

En el cuento del "*Gigante Egoísta*", encontramos a un personaje sórdido, incapaz de experimentar amor y compasión por sus semejantes, hasta que finalmente el sacrificio redentor de Cristo lo transforma por completo, lo vuelve amable y nos acercamos a una visión plena de sentimiento. Otro tema que a Wilde siempre le preocupó fue el del Alma humana, con todas sus complejidades y vicisitudes; su posición en el universo personal al que exalta o degrada gracias a sus acciones, su expresión como vehículo divino, su capacidad para hacer que el ser humano pueda levantarse de su deplorable situación, de su desolada e indefensa condición que lo pone siempre en el nivel de una pobreza conceptual y espiritual, producto de un mundo que por momentos nos desborda con suma facilidad, tal y como al mismo Wilde le ocurrió hacia los momentos en que con más intensidad vivía sus éxitos literarios y teatrales.

Esta visión del alma, que encontramos bellamente expresada en otro hermoso cuento: "*El Pescador y su Alma*", es producto también de la tradición antigua y medieval de los llamados seres fantásticos. Idealista y extremo, el pescador nos muestra que quizás la mejor manera de trascender las aparentes limitaciones de no saber qué hacer con el alma, es saber que ésta puede ser trascendida mediante una profunda capacidad de autocontrol y disciplina que nos ponga en el camino de la autorrealización, un poco a la manera otra vez, de las enseñanzas de Jesús.

Sin duda, los catorce relatos aquí incluidos nos ofrecen una de las más bellas expresiones plena de maestría y dominio de la palabra, producto del genio de un hombre que luchó arduamente para sobreponerse a las adversidades de un mundo que de entrada lo condenó y que tras su muerte, lo redimió, quizás de la mejor manera en que un creador puede serlo: con el público reconocimiento más allá de toda duda sobre el valor y la belleza de su obra narrativa y dramática, que nos habla de la riqueza del hombre irlandés, pleno de ingenio, severo, grandioso y universal.

Estamos seguros que la lectura de estos cuentos constituirá una experiencia muy agradable para nuestros lectores.

*Rafael David Juárez Oñate.*

# El gigante egoísta

Todas las tardes, al volver del colegio, los niños acostumbraran ir a jugar al jardín del gigante. Era grande y solitario, cubierto por suave y verde césped. Aquí y allá, brillaban hermosas flores sobre la hierba como si fuesen estrellas; había doce melocotoneros, que en primavera se cubrían de delicadas flores rosa y perla, y en otoño daban hermosos frutos. Los pájaros se posaban en los árboles y cantaban tan dulcemente, que los niños dejaban de jugar para escucharlos.

—¡Qué felices somos aquí! —se decían.

Un buen día el gigante regresó. Estuvo una temporada en casa de su amigo el ogro de Cornualles; se había quedado siete años con él. En el transcurso de los siete años dijo todo lo que tenía que decir, pues su conversación era limitada; decidió, por tanto, regresar a su castillo. Al llegar vio a los niños jugando en su jardín.

—¿Qué estáis haciendo aquí? —les gritó con voz áspera.

Los niños huyeron.

—Mi jardín es sólo mío —dijo el gigante—. Cualquiera debe comprender esto, y no permitiré que nadie, excepto yo, disfrute en él.

Así que decidió cercarlo con un muro altísimo, y colgó un cartelón en el que se leía:

Queda prohibida la entrada
*Los intrusos serán castigados*

Era un gigante muy egoísta.

Y los pobres niños no tuvieron un lugar donde jugar. Intentaron jugar en la carretera, pero el camino era muy polvoso, estaba lleno de piedras y no les gustaba. Y terminaron yendo junto al muro que cercaba el jardín, tan pronto terminaban sus clases, para hablar del hermoso jardín que había al otro lado.

—¡Qué felices éramos ahí! —se decían unos a otros.

Entonces vino la primavera, todo el país se llenó de florecillas y pajaritos. Sólo en el jardín del gigante egoísta continuaba el invierno. Desde que no había niños dentro, los pájaros dejaron de ir a cantar y los árboles se olvidaron de florecer. Un día, una bella flor asomó su cabeza por encima del césped, pero cuando vio el cartelón le dieron tanta pena los niños, que volvió a meterse dentro de la tierra y se durmió. Las únicas que estaban contentas fueron la Nieve y la Escarcha.

—La primavera se ha olvidado de este jardín —exclamaban—; vamos a poder vivir aquí durante todo el año.

La Nieve tendió un gran manto sobre la hierba y la escarcha cubrió de plata todos los árboles. Entonces invitaron al Viento del Norte a que viviera con ellas, el cual aceptó. Iba envuelto en pieles y rugió todo el día por el jardín, derribando las chimeneas.

—Éste es un lugar delicioso —dijo—. Deberíamos invitar también al Granizo.

Y llegó el Granizo. Todos los días, durante tres horas, golpeaba los tejados del castillo, hasta que partió la mayoría de sus pizarras, luego recorría el jardín lo más de prisa que podía. Iba vestido de gris y su aliento era hielo.

—No acierto a comprender por qué tarda tanto la primavera en llegar —decía el gigante egoísta ante su ventana y contemplando  u frío y blanco jardín—. ¡Ojalá cambie el tiempo!

Pero la primavera no llegaba, ni tampoco el verano. El otoño regaló frutos dorados a todos los jardines, pero no dejó ninguno en el del gigante.

—Es demasiado egoísta —dijo—.

Era siempre invierno en casa del gigante, el Viento de Norte, el Granizo, la Escarcha y la Nieve danzaban por entre los árboles.

Una mañana, el gigante, ya despierto, reposaba en su cama, cuando oyó una música exquisita. Sonó tan melodiosa en sus oídos, que creyó que eran los músicos de palacio que pasaban por allí.

No era sino un jilguero chiquitín cantando al pie de su ventana, pero hacía tanto tiempo que no había oído a un pájaro cantando en su jardín, que le pareció la música más bella del mundo. Entonces el granizo dejó de saltar sobre su cabeza, y el Viento del Norte dejó de rugir, y un perfume delicioso llegó hasta él a través de la ventana abierta.

—Creo que por fin ha llegado la primavera —observó el gigante, y saltó de la cama para asomarse.

¿Qué fue lo que vio?

Vio un espectáculo magnífico. Había un hoyo abierto en el muro y los niños estaban en el jardín subidos en las ramas de los árboles. Sobre todos los árboles que alcanzaba a ver, estaba un niño. Y los árboles estaban tan contentos de sostener a los niños, que se cubrieron de flores, y movían dulcemente sus brazos por encima de las cabezas de los pequeños. Los pájaros revoloteaban de un lado a otro piando alegremente y las flores asomaban sus cabezas por entre las hierbas verdes y se reían. Era una escena deliciosa; sólo en un rincón seguía siendo invierno. Era el rincón más alejado del jardín, allí se encontraba un chiquillo. Era tan pequeño que no llegaba a alcanzar las ramas de los árboles y daba vuelta a su alrededor llorando amargamente. El pobre árbol estaba aún cubierto por la Escarcha y la Nieve, el Viento del Norte soplaba y le sacudía.

—¡Sube, pequeño! —dijo el árbol y dobló sus ramas, inclinándolas cuanto pudo, pero el niño era demasiado pequeño.

Y el corazón del gigante se ablandó al ver aquéllo.

—¡Qué egoísta he sido! —musitó—. Ahora sé por qué la primavera no quería venir aquí. Subiré a este chiquillo a la cima del árbol y luego derribaré el muro y mi jardín volverá a ser para siempre el lugar donde vengan a jugar los niños.

En verdad, estaba muy arrepentido por lo que había hecho.

Entonces descendió por las escaleras, abrió la puerta discretamente y entró al jardín. Pero los niños, al verlo, se asustaron tanto que huyeron, y el jardín volvió a ser invernal. El único que no huyó fue el chiquitín, porque sus ojos estaban tan llenos de lágrimas que no vio llegar al gigante. Se le acercó por detrás y levantándolo cariñosamente con sus manos, lo subió al árbol. Y el árbol floreció al instante, se acercaron los pájaros y se posaron en él para cantar, el niño tendió los bracitos, los echó al cuello del gigante y lo besó.

Cuando los otros niños vieron que el gigante no era malo, volvieron corriendo, y con ellos entró la primavera.

—Ahora este jardín es vuestro, pequeños, —declaró el gigante y con un zapapico derribó la pared.

Cuando a mediodía la gente fue al mercado encontraron al gigante jugando con los niños en el jardín más bello que sus ojos vieran.

Jugaron todo el día, y por la noche fueron a despedirse del gigante.

—¿Pero dónde se ha metido vuestro pequeño compañeros? —preguntó—. El pequeño que subí al árbol.

—No lo sabemos —contestaron los niños—; se ha ido.

—Decídle que no falte mañana —encargó el gigante.

Pero los niños contestaron que ignoraban dónde vivía, que no lo habían visto antes de aquel día, el gigante se quedó muy triste.

Todas las tardes, al salir de la escuela, los niños iban a jugar con el gigante. Pero el chiquillo que el gigante amaba no volvió nunca más. El gigante se mostraba cariñoso con todos los niños, pero suspiraba por volver a ver a su amiguito y hablaba frecuentemente de él.

—¡Cómo me gustaría volver a verlo! —solía decir.

Pasaron los años, el gigante envejeció, cada vez estaba más débil. Ya no podía salir a jugar; así que se sentaba en un sillón, miraba cómo jugaban los niños y admiraba su jardín.

—Tengo gran cantidad de hermosas flores, pero los niños son las flores más bellas —murmuraba.

Una mañana de invierno, mientras se vestía, miró por la ventana. Ya no odiaba el invierno ahora, porque sabía que no es sino el sueño de la primavera y el descanso de las flores.

De pronto se frotó los ojos, extasiado miró y siguió mirando. En verdad, se trataba de algo increíble. En el rincón más alejado del jardín había un árbol cubierto de hermosas flores blancas. Sus ramas eran de oro, de ellas brotaban frutos de plata, al pie estaba el niño que tanto extrañaba.

El gigante, lleno de inmensa alegría bajó las escaleras y salió al jardín. Cruzó velozmente sobre el césped y se acercó al chiquillo. Cuando estuvo a su lado, su rostro enrojeció de ira y dijo:

—¿Quién se ha atrevido a herirte? —gritó el gigante—. Dímelo, para sacar mi gran espada y matarle.

—No —contestó el niño—, porque éstas son las heridas del amor.

—¿Quién eres? —dijo el gigante y un extraño temor lo invadió y se arrodilló ante el niño.

El niño sonrió al gigante diciéndole:

—Un día me dejaste jugar en tu jardín; hoy vendrás conmigo a mi jardín, que es el Paraíso.

Cuando llegaron los niños aquella tarde, encontraron muerto al gigante, debajo del árbol, cubierto completamente de flores blancas.

# El ruiseñor y la rosa

Dijo que bailaría conmigo si le llevaba rosas rojas —se lamentaba el estudiante—, pero no hay una sola rosa roja en todo mi jardín.

Desde su nido en la encina le oyó el ruiseñor y miró asombrado por entre las hojas.

—No hay una sola rosa roja en todo mi jardín —repetía.

Y sus hermosos ojos se llenaban de lágrimas.

—¡Ah, de qué cosas tan pequeñas está hecha la felicidad!

He leído todo cuanto los sabios han escrito, y tengo todos los secretos de la filosofía; no obstante, mi vida se deshace por la falta de una rosa roja.

—He aquí por fin un verdadero enamorado —dijo el ruiseñor—.

Cada noche he cantado, aún sin conocerle; noche tras noche he contado su vida a las estrellas, he aquí que ahora le veo. Su cabello es oscuro como la flor del jacinto, sus labios, rojos como la rosa de su deseo; pero la pasión ha dejado su rostro pálido como el marfil y el dolor le ha impreso su sello en la frente.

—El príncipe da un baile mañana por la noche —murmuró el joven estudiante—, y mi amada asistirá a la fiesta. Si le llevo una rosa roja bailará conmigo hasta el amanecer. Si le llevo una rosa roja la estrecharé en mis brazos y apoyará su cabeza en mi hombro y su mano descansará entre las mías. Pero no hay una sola rosa roja en mi jardín; por lo tanto, tendré que estar solo y ella no me hará ningún caso. Pasará sin fijarse en mí y el corazón se me destrozará.

—He aquí el verdadero enamorado —repitió el ruiseñor—.

Él sufre mientras yo canto, lo que es para mí alegría, es dolor para él. En verdad el amor es una cosa maravillosa. Es más precioso que las esmeraldas y más caro que los ópalos. No puede comprarse a los vendedores, ni conseguirse a peso de oro y pesarlo en una balanza.

—Los músicos estarán en su estrado —prosiguió el estudiante— y tocarán sus instrumentos de cuerda, y mi amor bailará al son de las arpas y violines. Bailará tan suavemente que sus pies no tocarán el suelo, los cortesanos ataviados con sus festivos trajes, la rodearán. Pero no bailará conmigo, porque no tengo una rosa roja para darle.

Y, dejándose caer sobre el césped, hundía la cabeza en sus manos y lloraba.

—¿Por qué lloras? —preguntó una lagartija verde, pasando veloz a su lado con la colita levantada.

—Sí, ¿por qué? —dijo una mariposa que quería alcanzar un rayo de sol.

—Di, ¿por qué? —murmuro la margarita a su vecina en voz baja y dulce.

—Llora por una rosa roja —contestó el ruiseñor.

—¿Por una rosa roja? —exclamaron—. Pero ¡qué ridiculez!

Y la lagartija, que era algo cínica, rió a carcajadas.

El ruiseñor que comprendía el secreto dolor del estudiante, permaneció silencioso en su roble, reflexionando en el misterio del amor. De pronto desplegó para el vuelo sus oscuras alas y se remontó en el aire. Pasó por entre los árboles como una sombra, y como una sombra atravesó el jardín.

En el centro del jardín se erguía un precioso rosal, y al descubrirlo voló hacia él y se posó en una pequeña rama.

—Dame una rosa roja —le pidió—, y te cantaré mi más dulce canción.

Pero el rosal sacudió la cabeza.

—Mis rosas son blancas —contestó—; tan blancas como la espuma del mar y más blancas que la nieve en la montaña. Pero ve junto a mi hermano que crece enroscado en el reloj de sol y quizás él te dé lo que quieres.

Y el ruiseñor voló hacia el rosal que crecía alrededor del viejo reloj de sol.

—Dame una rosa roja —gritó—, y te cantaré mi más dulce canción.

Pero el rosal sacudió la cabeza.

—Mis rosas son amarillas —respondió—; tan amarillas como la cabellera de las sirenas que se sientan en un trono de ámbar y más amarillas que el narciso que florece en el parado antes de que llegue el segador con su hoz. Pero ve junto a mi hermano que crece al pie de la ventana del estudiante y quizás él te dará lo que quieres.

Y el ruiseñor voló hacia el rosal que crecía al pie de la ventana del estudiante.

—Dame una rosa roja —le rogó—, y te cantaré mi más dulce canción.

Pero el rosal sacudió la cabeza.

—Mis rosas son rojas —contestó—; tan rojas como las patas de las palomas y más rojas que los grandes abanicos de coral que el océano mece en sus cavernas. Pero el invierno ha helado mis venas, las heladas han secado mis botones, la tormenta ha destrozado mis ramas y no voy a tener rosas en todo este año.

—Yo sólo quiero una rosa roja —insistió el ruiseñor—, ¡sólo una rosa roja! ¿No hay un medio para que yo pueda conseguirla?

—Hay un medio —respondió el rosal—, pero es tan terrible que no me atrevo a decírtelo.

—Dímelo —rogó el ruiseñor—. No soy miedoso.

—Si quieres una rosa roja —dijo el rosal—, tienes que hacerla con música al claro de luna y teñirla con la sangre de tu mismo corazón. Debes cantar para mí, la espina debe atravesar tu corazón, tu sangre debe correr por mis venas y ser mi propia sangre.

—La muerte es buen precio por una rosa roja —exclamó el ruiseñor—. Todos amamos la vida. Es confortable posarse en el verdor del bosque y contemplar el sol en su carro de oro y la luna en su carro de perlas. Dulces son las campanillas azules que se esconden en el valle y también los brezos que ondulan en la colina. No obstante el amor es mejor que la vida. ¿Y qué es el corazón de un pájaro comparado con el corazón del un hombre?

Nuevamente desplegó para el vuelo sus oscuras alas. Se remontó en el aire. Pasó sobre el jardín como una sombra y como una sombra voló por entre los árboles.

El joven estudiante yacía todavía sobre la hierba, donde el ruiseñor le había dejado, aún no se habían secado las lágrimas en sus bellos ojos.

—¡Sé feliz —gritó el ruiseñor—, sé feliz! Tendrás tu rosa roja. Te la haré con música a la luz de la luna y la teñiré con la sangre de mi corazón. Lo único que te pido en pago es que seas un sincero enamorado, porque el amor es más sabio que la filosofía, por más que ésta lo sea, más fuerte que el poder, por colosal que éste sea. Sus alas son de color de fuego, del color del fuego es su cuerpo. Sus labios son dulces como la miel y su aliento es como incienso.

El estudiante levantó la cabeza del césped y escuchó, pero no pudo comprender lo que el ruiseñor le decía, porque él sólo sabía las cosas que están escritas en los libros.

Pero el roble sí comprendió, y se entristeció, porque sentía gran cariño por el pequeño ruiseñor que había construido su nido en sus ramas.

—Cántame una última canción —le pidió en un murmullo—. ¡Te extrañaré y me quedaré triste cuando te vayas!

El ruiseñor cantó para el roble y su voz era como el agua clara al caer en una jarra de plata.

Cuando hubo terminado su canción, el estudiante se puso en pie y sacó del bolsillo un cuaderno y un lápiz.

—Posee una belleza —murmuró para sí— refiriéndose al pajarillo y alejándose por entre los árboles, que no se le puede negar; pero ¿tiene acaso sentimiento? Me temo que no. En verdad, es como la mayoría de los artistas: todo estilo y ninguna sinceridad. Sería incapaz de sacrificarse por otros. Sólo piensa en la música, y todo el mundo sabe que es egoísta. Sin embargo, hay que confesar que su voz emite notas magníficas. ¡Qué lástima que no signifiquen nada o que con ellas no persiga un buen fin!

Se encerró en su habitación, echándose sobre su cama y pensando en su amor; al poco rato se quedó dormido.

Cuando la luna resplandecía en los cielos, el ruiseñor voló hacia el rosal y apoyó su pecho sobre la espina. Cantó toda la noche, con el pecho elevado en la espina, la fría luna de cristal se inclinó para escucharle. Cantó toda la noche, la espina fue hundiéndose más y más en su pecho, su sangre vivificadora escapó de sus venas.

En un principio cantó el nacimiento del amor en el corazón de un joven y una niña... sobre la rama más alta del rosal floreció una rosa maravillosa, pétalo tras pétalo, canción tras canción.

Primero fue una flor pálida como la niebla que flota sobre el río... pálida como los pies de la mañana y plateada como las alas de la aurora. Parecía la sombra de una rosa en un espejo de plata, como una silueta en la laguna. Así fue la rosa que floreció en la rama más alta del rosal. Gritó al ruiseñor que se apretase más contra las espinas.

—Apriétate más, ruiseñorcito —rogó el rosal— o amanecerá antes que la rosa esté terminada.

Entonces el ruiseñor se apretó más contra las espinas y su canción se hizo más fuerte porque cantaba el nacimiento de la pasión en el alma de un hombre y una mujer.

Y un suave rubor se extendió por los pétalos de la flor, como el rostro del novio al besar los labios de la novia. Pero la espina no había llegado aún a su corazón, por lo que el corazón de la rosa seguía siendo blanco, ya que sólo la sangre del corazón de un ruiseñor puede teñir de rojo el corazón de una rosa.

El rosal suplicó al ruiseñor que se apretara más a las espinas.

—Apriétate más, pequeño ruiseñor —le decía—, o llegará el día antes de que la rosa esté terminada.

Entonces el ruiseñor se apretó más contra las espinas, éstas llegaron a su corazón causándole un tormentoso dolor. Cuanto más sufría, más vehemente era su canción, porque cantó sobre el amor sublimado por la muerte, el amor que no termina en la tumba.

Y la maravillosa rosa se hizo roja como las rosas del cielo de Bengala, roja era el color de sus pétalos y púrpura como el rubí, su corazón.

Pero la voz del ruiseñor se fue debilitando y un velo cubrió sus ojos.

Sintió que algo apretaba su garganta.

Entonces, su canto dio la última nota. La luna lo oyó y se olvidó de la aurora y permaneció en el cielo. La rosa roja lo oyó, se estremeció de placer y abrió sus pétalos al frío aire de la mañana. El eco lo llevó hasta la caverna purpúrea de las colinas y arrancó de sus sueños a los pastores dormidos, entre los juncos del río, que llevaron su mensaje hasta el mar.

—¡Mira, mira —gritó el rosal—, está terminada la rosa!

Pero el ruiseñor no contestó: estaba muerto sobre la hierba, las espinas traspasaron su corazón.

Por el mediodía el estudiante abrió su ventana y miró.

—¡Vaya, qué buena suerte la mía! —exclamó—. ¡Hay una rosa roja! Jamás he visto una rosa como ésta en toda mi vida. Es tan hermosa que deberá tener un nombre en latín.

Inclinándose, la cortó.

Luego se puso el sombrero y corrió a casa del profesor con la rosa en la mano.

La hija del profesor estaba sentada en la puerta. Devanaba seda azul en un carrete, y echado a sus pies estaba un perrito.

—Dijisteis que bailaríais conmigo si os traía una rosa roja —dijo el estudiante—. He aquí la rosa más roja del mundo. Esta noche la prenderéis junto a vuestro corazón y cuando bailemos juntos, ella os dirá lo mucho que os amo.

Pero la joven frunció el ceño.

—Me parece que esta rosa no entonará con mi traje —le contestó—. Temo deciros que el sobrino del chambelán me ha mandado unas joyas, y es por todos sabido, que las joyas son mucho más valiosas que las flores.

—A fe mía que sois ingrata —dijo el estudiante, furioso, tiró la rosa al arroyo y una carreta la aplastó.

—¡Ingrato! —dijo la joven—. Os dije que sois muy grosero. Al fin y al cabo, ¿quién sois?. Sólo un estudiante. ¡Por Dios! Y no creo que tengáis hebillas de plata en los zapatos como las del sobrino del chambelán.

Y levantándose de su silla, se metió a la casa.

—¡Qué tonterías es el amor! —se decía el estudiante— alejándose. No es la mitad de útil que la lógica, porque no puede probar nada y habla siempre de cosas que no ocurrirán y hace creer cosas que no son ciertas. En verdad, no es nada práctico, pero como en esta época la cuestión es ser práctico, voy a volver a la filosofía y a los estudios de la metafísica.

Regresó a su habitación y abrió un gran libro polvoriento y empezó a leer.

# El príncipe feliz

En lo más elevado de la ciudad sobre una excelente columna, alzábase la estatua del Príncipe Feliz. Estaba toda revestida con laminillas de oro fino. En vez de ojos, tenía dos fulgurantes zafiros, y un gran rubí púrpura relucía en el puño de su espada. Por todo eso era muy admirada.

—Es tan preciosa como una escultura de Praxiteles —observó uno de los concejales— que deseaba ser renombrado como experto en obras de arte. Aunque no es tan útil —añadió, temeroso de que la gente lo tomara por un hombre poco práctico, pues en verdad no lo era.

—¿Por qué no eres como el Príncipe Feliz? —preguntaba una madre sensata a su hijo que lloraba pidiendo la luna—. El Príncipe Feliz nunca llora por nada.

—Me alegra ver que en el mundo hay alguien completamente feliz— murmuró un hombre fracasado mirando la maravillosa estatua.

—Parece un ángel —dijeron los niños del orfanato al salir de la catedral con sus delantales blancos y limpios y las alegres capas escarlata.

—¿Cómo lo saben? —preguntó el profesor de matemáticas—. Nunca han visto alguno.

—Lo hemos visto en sueños —contestaron los niños.

Y el profesor de matemáticas frunció el ceño y se puso muy serio, porque no le gustaba que los niños soñaran.

Una noche llegó volando a la ciudad una golondrina pequeñita. Sus amigas se habían ido a Egipto seis semanas antes, ella se había quedado porque estaba enamorada de un junco precioso. Se habían conocido a principios de la primavera, y un día en que ella volaba río abajo detrás de una mariposa amarilla, y el esbelto talle del junco le hizo detener su vuelo y le habló!

—Te amaré —exclamó la golondrina, que le gustaba ir al grano, y el junco respondió con una reverencia hacia ella.

—Feliz revoloteó en torno de él, rozando el agua con sus alas, ondulando su plateada superficie. Así fueron sus amoríos y duraron todo el verano.

—Es un desafortunado enamoramiento —clamaban las otras golondrinas. Ese junco es pobre y tiene demasiada familia. Y emprendieron el vuelo.

Era cierto, la orilla estaba abarrotada de juncos. Pronto se sintió muy sola y empezó a cansarse de su enamorado.

—No tiene conversación —objeto, y me parece que es muy voluble, porque siempre coquetea con la brisa.

En realidad, siempre que la brisa soplaba, el junco se deshacía en gráciles reverencias.

—Confieso que no le gusta moverse de su casa —siguió diciendo la golondrina—, a mí me encanta viajar, por consiguiente, mi amado debería tener los mismos gustos.

Al fin le preguntó:

—¿Quiere venir conmigo?

Pero el junco se negó moviendo la cabeza. Estaba muy apegado a su casa.

—¡Te has burlado de mí! —y se fue volando.

Y voló todo el día, y al anochecer llegó a la ciudad.

—¿Dónde me alojaré? —se dijo—. Espero ser bien recibido. Entonces distinguió la estatua.

—Me alojaré aquí —exclamó—. Está bien situada y el aire es puro. Y se acomodó precisamente en medio de los pies del Príncipe Feliz.

—Tengo una alcoba de oro —murmuró para sí mirando alrededor, y se preparó para dormir.

Pero cuando ya ponía su cabecita debajo del ala le cayo encima una enorme gota de agua.

—¡Qué cosa tan extraña! —exclamó—. No hay una sola nube en el cielo, las estrellas están claras y brillantes, no obstante llueve. En verdad, el clima del norte de Europa es aterrador. Al junco solía gustarle la lluvia, pero era por puro egoísmo.

Le cayó otra gota.

—¿De qué sirve una estatua si no resguarda de la lluvia? —dijo—. Tendré que buscar un buen copete de chimenea —y decidió echarse a volar.

Pero antes de que hubiera podido abrir sus alas cayó una tercera gota, entonces levantó la cabeza y vio... ¡Ay, lo que vio!

Los ojos del Príncipe Feliz estaban llenos de lágrimas que resbalaban por sus mejillas de oro. Su rostro embellecido por la luz de la luna, provocó en la pequeña golondrina un sentimiento pleno de piedad.

—¿Quién eres? —le preguntó—.

—Soy el Príncipe Feliz.

—¿Por qué lloras entonces? —preguntó la golondrina—. Me has empapado.

—Cuando estaba vivo y tenía un corazón humano —contestó la estatua,—, no sabía qué eran las lágrimas porque vivía en el palacio de Sans-Souci, donde no se permite la entrada al sufrimiento. Durante el día jugaba en el jardín con mis compañeros y por la noche iniciaba el baile en el gran salón. El jardín estaba cercado por una altísima pared pero nunca se me ocurrió preguntar qué había al otro lado, porque todo cuanto me rodeaba era encantador.

Mis cortesanos me llamaban el Príncipe Feliz, y en verdad lo era si el placer es la felicidad. Así viví y así morí. Y ahora que estoy muerto me han colocado aquí arriba, tan alto, que puedo ver toda la fealdad y toda la miseria de mi ciudad. No obstante mi corazón de plomo, no hago sino llorar.

"¿Cómo? ¿No es de oro puro?" se dijo la golondrina, pero era, demasiado educada para comentarlo en voz alta.

—Allá lejos —prosiguió la estatua, con su voz grave y musical— en un callejón, hay una pobre vivienda. Una de las ventanas está abierta, y por ella puedo ver a una mujer sentada delante de una mesa. Su rostro es flaco y ajado, tiene las manos hinchadas y rojas, pinchadas por la aguja, porque es costurera. Está bordando pasionarias en un vestido de raso que va a lucir en el próximo baile de la Corte, la más bella de las damas de la reina. En una esquina de la habitación, su hijito enfermo está en cama. Tiene fiebre y pide naranjas. Su madre no puede darle más que agua del río, y por eso llora. golondrina, golondrina, glondrinita, ¿no querrías llevarle el rubí de la empuñadura de mi espada? Mis pies están clavados en este pedestal y no puedo moverme.

—Me esperan en Egipto —dijo la golondrina—. Mis amigas vuelan arriba y abajo del Nilo y conversan con las flores de loto. Pronto irán a dormir en la tumba del gran rey. El rey está allí, en su ataúd embalsamado con especias y envuelto en lino amarillo. Lleva una joya de jade verde alrededor del cuello y sus manos son como hojas resecas.

—Golondrina, golondrina, golondrinita —insistió el Príncipe—, ¿no te quedarás conmigo una sola noche y serás mi mensajera? ¡El niño está sediento y la madre está triste!

—No me gustan los niños —contestó la golondrina—. El verano pasado, cuando yo vivía en el río, había dos chicos ordinarios, hijos del molinero, que siempre me tiraban piedras. Por supuesto, nunca me alcanzaron, porque nosotras las golondrinas volamos demasiado alto para ello, además pertenezco a una familia famosa por su agilidad; sin embargo, era una falta de respeto.

Pero el Príncipe Feliz parecía tan triste que la golondrina lo lamentó.

—Hace mucho frío aquí contestó la golondrina—, pero me quedaré otra noche y seré tu mensajera.

—Gracias golondrinita —contestó el príncipe.

Entonces la golondrina sacó con su pico el inmenso rubí del puño de la espada y voló con él sobre los tejados de la ciudad.

Pasó junto a la torre de la catedral, donde había ángeles de mármol esculpidos. Voló junto al palacio y oyó música de baile. Una joven preciosa salió al balcón con su enamorado.

—¡Qué hermosas son las estrellas —suspiró el muchacho—, y qué prodigiosa es la fuerza del amor:

—Espero que mi traje esté listo para el baile oficial —le contestó ella—. He mandado que lo borden con pasionarias, pero las costureras son tan negligentes...

Cruzó el río y vio los fanales colgados en los mástiles de los barcos. Pasó sobre el barrio judío y vio a los viejos negociar unos con otros y pesar monedas en balanzas de cobre. Por fin llegó a la pobre vivienda y miró adentro. El niño se agitaba febril en su cama y la madre se había quedado dormida de cansancio. Revoloteó dentro de la habitación y dejó el gran rubí sobre la mesa, al lado del dedal de la mujer. Luego voló dulcemente sobre la cama, abanicando la frente del niño con sus alas.

—¡Qué frescor siento! —dijo el niño—. —Debo de estar mejor— y se sumió en un sueño delicioso.

Así, la golondrina voló de nuevo junto al Príncipe Feliz y le contó lo que había hecho. Es extraordinario no obstante el frío, siento calor.

—Es porque has hecho una buena acción —dijo el Príncipe.

Y la golondrina meditando se quedó dormida.

Al despuntar el día voló hacia el río y tomó un baño.

—¡Qué notable fenómeno! —exclamó el profesor de ornitología, que pasaba sobre el puente—. ¡Una golondrina en invierno!

Y escribió una larga carta sobre el tema y la envió al director del periódico local. Todo el mundo la comentó, tal era la abundancia de palabras que no podían comprenderla.

—Esta noche me voy a Egipto —anunció la golondrina. Visitó todos los monumentos y estuvo mucho tiempo sentada en lo alto del campanario de la iglesia. Fuera donde fuera, los gorriones piaban y se decían:

—¡Qué visitante tan distinguida!

Y esto la alegraba.

Cuando salió la luna voló junto al Príncipe Feliz.

—¿Tienes algún encargo para Egipto? —gritó—. Me voy ahora.

—Golondrina, golondrina, golondrinita —dijo el Príncipe—, ¿no te quedarás conmigo una noche más?

—En Egipto me esperan. Mañana mis amigas volarán hacia la segunda catarata. Allí el hipopótamo reposa entre los juncos. En su gran templo de granito vive el dios Memnón, quien mientras transcurre la noche observa las estrellas, y cuando aparece el brillante Venus, lanza un grito de alegría regresando a su interrumpido silencio. A mediodía, los leones de amarilla melena bajan a beber a la orilla del agua. Sus ojos, simulan verdes aguamarinas, sus rugidos, superan el estruendo de la catarata.

—Golondrina, golondrina, golondrinita —repitió el Príncipe—: allá, al otro lado de la ciudad, veo a un joven en una buhardilla, está inclinado sobre una mesa cubierta de papeles, y en un vaso, a su lado, hay un ramito de violetas marchitas. Su cabello es negro y ondulado, y sus labios son rojos como la granada, y tiene los ojos grandes y soñadores. Intenta terminar una obra para el director del teatro, pero tiene demasiado frío para seguir trabajando. En su hogar no hay fuego, y el hambre le ha hecho perder el conocimiento.

—Me quedaré una noche más contigo —dijo la golondrina, que tenía buen corazón—. ¿Debo llevarle otro rubí?

—¡Ay! ¡No me quedan más rubíes! —dijo el Príncipe—. Sólo me quedan los ojos. Son dos zafiros rarísimos que hace mil años trajeron de la India; arranca uno de ellos y llévaselo. Lo venderá a un joyero y con él comprará leña y podrá terminar la obra.

—Querido Príncipe, objetó la golondrina, —no puedo hacer eso— y se echó a llorar.

—Golondrina, golondrina, golondrinita —suplicó el Príncipe—, haz lo que te pido.

Así que la golondrina arrancó el ojo del Príncipe y voló hacia la buhardilla del estudiante. . Era fácil entrar en ella, porque había un agujero en el tejado. Entró como flecha por él y se metió en la estancia. El joven había hundido la cabeza entre sus brazos, de modo que no oyó el aleteo del pájaro, y cuando la levantó vio el precioso zafiro descansando sobre las violetas marchitas.

—Empiezo a ser apreciado —exclamó—. Esto procede de algún rico admirador. Ahora podré terminar mi obra—. Su expresión era de completa felicidad.

Al día siguiente, la golondrina voló hasta el puerto. Descansó sobre el mástil de un gran navío y contempló a los marineros izando arcas, ayudándose con cuerdas desde la cala.

—¡Elévenla! —gritaban a cada cajón que llegaba a cubierta.

—Me voy a Egipto —gritó la golondrina—, pero nadie le hizo caso, y cuando surgió la luna voló junto al Príncipe Feliz.

—He venido a decirte adiós —gritó—.

—Golondrina, golondrina, golondrinita —dijo el Príncipe—, ¿no querrás quedarte conmigo una noche más?

—Es invierno —contestó la golondrina—, y la escarcha no tardará en llegar. En Egipto, el sol calienta sobre las verdes palmas y los cocodrilos duermen en el barro o miran enfadadamente a su alrededor. Mis compañeras están construyendo sus nidos en el templo de Baalbec, y las blancas y rosadas palomas las contemplan mientras se arrullan. Amado Príncipe, tengo que dejarte, pero jamás te olvidaré, y la próxima primavera te traeré dos excelsas joyas a cambio de las que diste. El rubí será más rojo que una rosa roja, y el zafiro, mucho más azul que el inmenso mar.

—Allá abajo, en la plaza —observó el Príncipe—, hay una chiquilla vendedora de cerillos, se le han caído al arroyo y ya no sirven. Su padre le pegará si no lleva algo de dinero a casa, y está llorando. No tiene zapatos ni medias y su cabecita está sin protección. Arráncame el otro ojo y dáselo, y así su padre no le azotará.

—Me quedaré una noche más contigo —dijo la golondrina—, pero no puedo arrancarte el único ojo que tienes, si lo hiciera, te quedarías cabalmente ciego.

—Golondrina, golondrina, golondrinita —dijo el Príncipe—, haz lo que te mando.

Y la golondrina arrancó el otro ojo del Príncipe y se fue volando con él. Pasó ante la pequeña vendedora de fósforos y dejó caer la joya en la palma de su mano.

—¡Qué bonito cristal! —exclamó la niña, y se fue corriendo alegremente hasta su casa.

Entonces la golondrina regresó al lado del Príncipe.

—Ahora eres ciego —le dijo—; de modo que permaneceré contigo para siempre.

—No, golondrinita, —respondió el acongojado Príncipe—. Debes irte a Egipto.

—Me quedaré contigo para siempre —insistió la golondrina—, y se durmió entre los pies del Príncipe.

Al día siguiente se colocó en el hombro del Príncipe contándole historias de los países que había visitado. Le platicó de los ibis rojos que en largas filas a orillas del Nilo atrapan con el pico peces de colores. También de la Esfinge, tan vieja como el mundo, que vive en el desierto y lo sabe todo. De los mercaderes que andan despacio al lado de sus camellos y entretienen sus dedos con las cuentas de ámbar de sus sartales. Le relató del rey de las montañas de la luna, que es tan negro como el ébano y venera un gran cristal. De la gran serpiente verde que duerme en una palmera y tiene veinte sacerdotes a su servicio quienes la alimentan con tartas de miel, y de los pigmeos que navegan por un gran lago sobre anchas hojas planas y están siempre en guerra con las mariposas.

—Querida golondrinita —dijo el Príncipe—, lo que me has contado es fascinante, pero todavía lo es más cuanto padecen los hombres y las mujeres. No hay misterio mayor que la Miseria. Vuela por encima de mi ciudad, golondrinita, y dime todo lo que veas.

Y la golondrina voló sobre la gran ciudad y vio a los ricos descansando en sus elegantes residencias, mientras los mendigos se sentaban a sus puertas. Voló por umbrosos suburbios y vio las pálidas caritas de los niños hambrientos mirando hacia la oscuridad de los alrededores. Bajo los arcos de un puente estaban acostados dos niños abrazados para calentarse.

—¡Qué hambre tenemos! —comentaban.

—No podéis dormir aquí —les gritó un vigilante, alejándose rápidamente bajo la lluvia.

Retornó la golondrina y dijo al Príncipe lo que había visto.

—Estoy todo cubierto de oro fino —dijo éste—; desprende hoja por hoja y dáselo a mis pobres. Los hombres creen que el oro puede darles la felicidad.

Y la golondrina quitó el oro fino hoja por hoja, hasta que el Príncipe Feliz se volvió gris y opaco. Y hoja tras hoja de oro fino le fue dando a los pobres, y las caritas de los niños se volvieron rosadas, y rieron, y pudieron jugar en la calle.

—Ahora tenemos pan —gritaba.

Al fin llegó la nieve, en seguida el hielo. Las calles que semejaban estar cubiertas de plata, centelleaban singularmente. Largos carámbanos parecidos a dagas de cristal, colgaban de los tejados de las casas; toda la gente, iba envuelta en pieles, los niños llevan gorritos rojos y patinaban velozmente sobre el hielo.

La pobre golondrina cada vez sentía más frío pero no quería abandonar al Príncipe, le tenía gran cariño. Picaba las migas en la puerta de la panadería cuando nadie se percataba. Agitando las alas pretendía entrar en calor.

Finalmente comprendió que iba a morir, sólo le quedaron fuerzas para volar una vez más hasta el hombro del Príncipe.

—¡Adiós, mi querido Príncipe! —murmuró—. ¿Me dejas que te bese la mano?

—Me alegra saber que por fin te vas a ir a Egipto, golondrina —dijo el Príncipe—; ya te has quedado conmigo un tiempo excesivamente amplio; pero antes debes besarme en los labios, porque te amo.

—No es a Egipto adonde me voy —explicó la golondrina—. Me voy a la casa de la Muerte. La Muerte es la hermana del sueño, ¿verdad?

Y besando al Príncipe Feliz en los labios cayó muerta a sus pies.

En el mismo instante un extraño crujido resonó dentro de la estatua, como si se hubiese fracturado. En realidad el corazón de plomo se había partido en dos. Caía una imponente helada.

A la mañana siguiente, muy temprano, el Alcalde salió a pasear por la plaza acompañado de los concejales. Al pasar delante de la columna levantó los ojos hacia la estatua.

—¡Cielos! —exclamó—. ¡Qué desharrapado se ve el Príncipe Feliz!

—Efectivamente, —qué astroso—, repitieron los concejales que siempre estaban de acuerdo con el alcalde, y se acercaron a mirarlo.

—El rubí se le ha caído de la empuñadura de su espada, ha perdido los ojos y ya no está dorado —observó el Alcalde—. De verdad que parece un pordiosero.

—Igual que un pordiosero —corearon los concejales.

—Y hay un pájaron muerto a sus pies —continuó el Alcalde—. Debemos promulgar un decreto diciendo que no se permite a los pájaros morir aquí.

Y el Comisario de la población tomó nota de la sugerencia.

Enseguida hicieron descender la estatua del Príncipe Feliz, porque según el profesor de arte de la universidad:

—Como ha perdido su fastuosidad en nada nos beneficia.

En tal caso fundieron la estatua en un horno y el Alcalde convocó una reunión de concejales para tomar el acuerdo de lo que debía hacerse con el bronce.

Deberíamos poner otra estatua y, por supuesto, debe ser una estatua mía —les dijo el Alcalde.

—O la mía —dijo cada uno de los concejales, lo que originó la discusión. La última vez que oí de ellos seguían todavía debatiendo.

—¡Qué cosa más extraordinaria! —dijo el capataz de los obreros de la fundición—. Este corazón de plomo, partido, no es posible derretirlo en el horno. Lo tiraremos.

Y lo arrojaron al montón de basura donde estaba también la golondrina muerta.

—Tráeme las dos cosas más valiosas de la ciudad —dijo Dios a uno de sus ángeles.

Y el ángel le llevó el corazón de plomo y el pájaro muerto.

—Has elegido excelentemente —dijo Dios— pues en el jardín del Paraíso este pajarillo cantará por siempre y en mi ciudad de oro el Príncipe Feliz me ensalzará.

# El fantasma de Canterville

## Capítulo I

Cuando el señor Hiram B. Otis, ministro de los Estados Unidos de América, compró Canterville Chase, todo el mundo le dijo que cometía una gran chifladura porque la propiedad estaba hechizada.

El mismo lord Canterville, que era un caballero honrado, se creyó en el deber de mencionar el hecho al señor Otis cuando llegó el momento de discutir el precio.

—Nosotros mismos —dijo lord Canterville— hemos rechazado vivir en este sitio desde que mi tía abuela, la duquesa, viuda de Bolton, tuvo un susto del que jamás se recobró, motivado por la impresión de sentir sobre sus hombros dos manos de esqueleto, mientras se vestía para la cena. Es mi deber decirle señor Otis, que el fantasma ha sido visto por varios miembros de mi familia, que viven todavía, así como por el rector de la parroquia, el reverendo Augustus Dampier, miembro del King's College de Oxford. Después del desgraciado accidente sufrido por la duquesa, ninguna de las doncellas quiso quedarse en la casa, y lady Canterville difícilmente podía conciliar el sueño, a causa de los misteriosos ruidos que provenían del corredor y de la biblioteca.

—Milord —contestó el ministro—, también me quedaré con los muebles, incluya en el inventario al fantasma. Recuerde que provengo de un país moderno, en el que tenemos todo lo que el dinero es capaz de suministrarnos, y con esos jóvenes impetuosos que recorren el Viejo Continente y se llevan a sus mejores artistas, creo que si quedara en Europa un fantasma, no tardarían en localizarlo para tenerlo en uno de nuestros museos públicos y pasearlo por la feria como algo raro.

—Siento decirle que el fantasma existe —insistió lord Canterville sonriendo—, aunque tal vez se haya resistido a las ofertas de sus audaces empresarios. Hace más de tres siglos que se le conoce, exactamente desde 1584 se aparece poco antes de que muera un miembro de la familia.

—Bueno, lo mismo hacen los médicos de cabecera lord Canterville. Pero, señor mío, los fantasmas no existen, y no creo que las leyes de la Naturaleza vayan a modificarse para dar satisfacción a la aristocracia inglesa.

—Ustedes los americanos son muy naturales —contestó lord Canterville— que no acababa de comprender la última observación del señor Otis y si no le preocupa tener un fantasma en la casa, mejor que mejor. Recuerde solamente que le previne.

Unas semanas más tarde se hizo efectiva la compra, y al acabar la estación, el ministro y su familia se instalaron en Canterville Chase. La señora Otis, como señorita Lucrecia R. Tappan, de West 53th. Street, había sido una de las célebres bellezas neoyorquinas, era ahora una mujer hermosa, de ojos bellos y perfil admirable.

Muchas damas americanas adoptan, al abandonar su país natal, aires de mala salud, creyéndose que esto es una forma de refinamiento europeo, pero, la señora Otis no incurrió en semejante error. Tenía una salud magnífica y una extraordinaria vitalidad. En verdad, en muchos aspectos parecía completamente inglesa y era un excelente ejemplo de que hoy en día lo tenemos todo en común con América, excepto, claro está, el lenguaje

Su hijo mayor, al que sus padres bautizaron con el nombre de Washington, en un arranque de patriotismo que él no cesaba de lamentar, era un muchacho rubio y apuesto que logró ingresar en la diplomacia americana por el hecho de administrar al grupo alemán en los bailes del casino de Newport durante tres temporadas sucesivas, que incluso en Londres se le tenía por un bailarín excepcional. Sus únicas debilidades era las gardenias y los títulos; por lo demás, era extremadamente sensato.

Virginia E. Otis era una chiquilla de quince años, esbelta y ágil como una gacela y con una expresión audaz en sus azules ojos. Era una amazona perfecta que una vez había ganado al viejo lord Bilton, dando dos vueltas al parque y adelantándosele por un cuerpo y medio precisamente ante la estatua de Aquiles, lo que provocó tal entusiasmo en el duque de Cheshire, que se le declaró allí mismo, por lo que fue enviado de nuevo a Eton aquella misma tarde, hecho un mar de lágrimas. Después de Virginia venían los gemelos, conocidos generalmente por estrellas y rayas porque siempre estaban juntos. Eran unos chicos estupendos y, junto con el ministro, los únicos republicanos de la familia.

Como Canterville Chase dista unos doce kilómetros de Ascot, la estación más próxima, el señor Otis había telegrafiado para que fueran a buscarle en un coche descubierto, por lo que emprendieron el camino verdaderamente alborozados. Era un precioso atardecer de julio y el aire estaba saturado de olor a pinos. De vez en cuando oían a una paloma arrullándose en el bosque o veían aparecer por entre los helechos las bruñidas plumas de un faisán. Pequeñas ardillas observaban su paso desde los árboles, los conejos huían por entre las matas más allá de las musgosas cimas, con sus blancos rabitos al aire. No obstante, no bien entraron en la avenida de Canterville Chase, el cielo se cubrió repentinamente de nubes, un extraño silencio pareció adueñarse de la atmósfera, una enorme bandada de cuervos pasó silenciosamente sobre sus cabezas y antes de llegar a la casa comenzaron a caer grandes gotas de lluvia.

De pie en el umbral, una anciana pulcramente vestida de seda negra, con delantal y cofia blanca, los esperaba para darles la bienvenida. Era la señora Umney, el ama de llaves, que la señora Otia, según consejo de lady Canterville, había consentido en mantener en su puesto. Hizo a cada miembro de la familia una profunda reverencia a medida que iban bajando del coche y dijo, en un tono diferente y anticuado:

—Bienvenidos a Canterville Chase.

La siguieron atravesando el magnífico zaguán, estilo Tudor, hasta la biblioteca, una habitación espaciosa de techo más bien bajo, recubierto de roble, a cuyo extremo se veía un ventanal con vidriera de colores. Allí se serviría el té y, una vez se hubieron despojado de los abrigos, se sentaron y empezaron a mirar alrededor, mientras la señora Umney les servía.

De pronto, la señora Otis descubrió una mancha roja oscura en el suelo, junto a la chimenea y, sin darse cuenta de lo que aquéllo significaba, dijo a la señora Umney:

—Creo que han derramado algo en este sitio.

—Sí, señora —contestó el ama de llaves en voz baja—, en este sitio se ha derramado sangre.

—¡Qué horror! —exclamó la señora Otis—. No me gustan nada las manchas de sangre en un salón. Hay que limpiarla lo más pronto posible.

La anciana sonrió y en el mismo misterioso tono de voz repuso:

—Es la sangre de lady Eleanor de Canterville, que fue asesinada en este mismo sitio por su marido, sin Simon de Canterville, en 1565. Sir Simon sobrevivió nueve años a su esposa y desapareció súbitamente en condiciones oscuras. Jamás se ha encontrado su cuerpo, pero su alma en pena sigue rondando Chase. La mancha de sangre ha sido admirada por turistas y demás, y no ha podido quitarse.

—Bobadas —exclamó Washington Otis—. El quitamanchas *Campeón* Pinkerton y el detergente *Paragón* la limpiarán al instante.

Antes de que la anciana ama de llaves pudiera impedírselo, ya se había arrodillado y frotaba rápidamente el suelo con una barrita que contenía una sustancia parecida al cosmético negro. A los pocos instantes no quedaba rastro de la mancha.

—Ya sabía yo que el *Pinkerton* la quitaría —exclamó triunfante—, mirando a la sorprendida familia.

No bien hubo acabado de pronunciar estas palabras, un relámpago espantoso iluminó la sombría estancia, el retumbar de un trueno les hizo ponerse en pie de un salto y la señora Umney se desmayó.

—Vaya tiempo espantoso —observó el ministro— encendiendo un puro. Este país de los ancestros está tan poblado, que no disponen de suficiente buen tiempo para todo el mundo. Siempre he sido de la opinión de que la salvación de los ingleses reside en la emigración.

—Querido Hiram —dijo la señora Otis—, ¿qué podemos hacer con una mujer que se desmaya?

—Descontárselo del sueldo —contestó el ministro—; así no volverá a repetirse.

En efecto, la señora Umney no tardó en volver en sí. Era, sin embargo, indudable que estaba profundamente impresionada, advirtiendo al señor Otis en tono severo que algo grave no tardaría en ocurrir.

—Señor, mis ojos han visto cosas que pondrían los pelos de punta a cualquier cristiano, y durante noches y noches no he podido conciliar el sueño por las cosas espantosas que ocurren aquí.

No obstante, el señor Otis y su esposa aseguraron a la buena mujer que no tenían miedo a los fantasmas, pero la anciana ama de llaves, después de solicitar las bendiciones de la providencia sobre sus nuevos amos y discutir sobre su aumento de sueldo, se retiró, renqueando, a su habitación.

## Capítulo II

La tormenta continuó toda la noche, pero no se produjo ningún hecho extraordinario.

No obstante, a la mañana siguiente, cuando bajaron a desayunarse encontraron de nuevo la terrible mancha de sangre sobre el suelo.

—No creo que sea culpa del *Detergente Paragón* —declaró Washington—, pues lo he probado para toda clase de manchas. Debe de ser cosa del fantasma.

En consecuencia, limpió la mancha por segunda vez, pero a la mañana siguiente volvieron a encontrarla. En la tercera mañana también estaba allí, aunque la noche anterior el señor Otis había cerrado la puerta, llevándose la llave arriba. Ahora toda la familia estaba interesadísima.

El señor Otis empezó a temer que hubiese estado demasiado aterrado al negar la existencia de los fantasmas; la señora Otis expresó su intención de formar parte de la Sociedad Psíquica y Washington preparó un largo informe dirigido a los señores Myers y Podmore, expertos en fantasmas, cuyo tema era, la permanencia de las manchas sanguíneas cuando están relacionadas con un crimen. Aquella noche esclareció todas las dudas sobre la existencia objetiva de los fantasmas.

La familia aprovechó el aire fresco de la tarde para dar un paseo en el coche. No regresaron hasta las nueve. Cenaron ligeramente y la conversación no derivó en ningún momento hacia los fantasmas; así que no hubo siquiera las condiciones primarias de expectativa receptiva que con tanta frecuencia suelen preceder a las manifestaciones de los fenómenos psíquicos. Los temas tratados, por lo que he sabido después por el señor Otis, fueron los corrientes entre americanos cultos pertenecientes a las clases elevadas, tales como la inmensa superioridad de la señorita Fanny Davenport sobre Sarah Bernhardt como actriz; la dificultad para encontrar maíz verde, galleta de alforfón y maíz molido, aún en las mejores casas inglesas; la importancia de Boston en el desenvolvimiento universal; las ventajas del equipaje facturado en los viajes en ferrocarril y la dulzura del acento de Nueva York comparado con la apatía de Londres. No se habló para nada de cosas sobrenaturales ni se hizo la menor alusión a sir Simon de Canterville. A las once de la noche, la familia se retiró y a las doce y media todas las luces estaban apagadas. Al poco rato, un extraño ruido procedente del corredor, frente a su habitación, despertó al señor Otis. Era como un choque de metales y parecía cada vez más cercano. Saltó de la cama, encendió un fósforo y miró la hora; era exactamente la una. Se sentía tranquilo; se tomó el pulso y no lo notó alterado. El extraño ruido continuaba, percibiendo a la vez claramente un rumor de pasos. Se calzó las zapatillas, cogió un frasco alargado de su maletín y abrió la puerta. Y vio frente a él, a la pálida luz de la luna, a un viejo de aspecto horrible. Sus ojos parecían carbones encendidos; una larga melena gris le caía, enmarañada, sobre los hombros; sus ropas, de corte anticuado, estaban hechas jirones y manchadas, y de sus muñecas y tobillos colgaban pesadas cadenas y unos grilletes oxidados.

Ilustre señor —dijo el señor Otis—, me veo obligado a insistir en que engrase estas cadenas; para ello le he traído un frasquito de lubricante Tammany *Sol Naciente*. Se dice que su eficacia se nota desde la primera aplicación, y en el prospecto encontrará varias declaraciones al efecto debidas a nuestros mejores charlatanes. Voy a dejárselo aquí, junto al candelabro, y tendré gran placer en proporcionarle más en caso de que lo necesite.

Diciendo esto, el ministro de los Estados Unidos dejó el frasco sobre la mesa de mármol, cerró la puerta y volvió a acostarse.

Por un momento, el fantasma de Canterville se quedó inmóvil, presa de una natural indignación. Luego, estrellando el frasco contra el suelo, huyó corredor abajo exhalando cavernosos gemidos y despidiendo una exótica luz verde. Pero, en el preciso instante en que llegaba a la gran escalera de roble, se abrió repentinamente una puerta y dos figuritas vestidas de blanco tiraron una gran almohada, que pasó rozándole la cabeza. Evidentemente, no había tiempo que perder; así que, adoptando rápidamente la cuarta dimensión espacial como único medio de fuga, desapareció a través de la pared y la casa recobró su tranquilidad.

Cuando el pobre fantasma llegó a un cuartito secreto del ala izquierda, se acercó a un rayo de luna para recobrar aliento, y se puso a tratar de comprender su situación. Jamás, en una brillante e ininterrumpida carrera de trescientos años, había sido insultado tan groseramente. Recordó a la duquesa viuda, a la que aterrorizó cuando, cubierta de diamantes y vestida de encaje, se contemplaba al espejo; a las cuatro doncellas a las que enloqueció sólo por haberles sonreído a través de las cortinas de una de las habitaciones desocupadas; al pobre rector de la parroquia, al que apagó la vela una noche al salir de la biblioteca y que desde entonces estuvo bajo los cuidados de sir William Gull, víctima de toda clase de trastornos nerviosos; a la anciana madame de Tremouillac, que, despertando una madrugada y viendo a un esqueleto sentado en un sillón junto al fuego, leyendo su diario, tuvo que guardar cama seis meses, víctima de un ataque cerebral, y que, una vez curada, la llevó a reconciliarse con la Iglesia y a romper sus relaciones con el célebre incrédulo Voltaire. Recordó la espantosa noche en que el malvado lord Canterville fue hallado ahogándose en su vestidor, con la sota de copas atravesada en la garganta, y que confesó, poco antes de morir, que había estafado con 50,000 libras esterlinas a Charles James Fox, en Crockford, precisamente con aquella carta, y juró que el fantasma lo obligó a tragársela. Todas sus grandes hazañas le volvían a la memoria, desde el mayordomo que se había pegado un tiro, en la despensa, por haber visto una mano verde golpeando el cristal de la ventana, a la hermosa lady Stutfield, condenada a llevar una cinta de terciopelo negro alrededor de la garganta para cubrir la marca de cinco dedos sobre su blanca piel y que se había finalmente ahogado en el estanque de las carpas, ubicado al final de la Avenida Real.

Con el entusiasmo ególatra del verdadero artista, pasó revista a sus más célebres creaciones y sonrió amargamente para sí al evocar su última aparición como "Rubén el Rojo" o "El niño estrangulado", su debut como "El Flaco Gibeón" o "El vampiro del yermo de Bexley" y la expectación que causó en un triste anochecer de junio con sólo jugar a los bolos con sus propios huesos en la pista de tenis. ¡Y pensar que después de todo esto llegaran unos malditos americanos modernos y le ofrecieran lubricante marca *Sol Naciente* y le tiraran almohadas a la cabeza! Era realmente intolerable. Además según la historia jamás fantasma alguno fue tratado de aquel modo. Pensó que lo mejor era la venganza y permaneció hasta el alba en una profunda meditación.

## Capítulo III

Cuando a la mañana siguiente la familia Otis se reunió para el desayuno, los comentarios sobre el fantasma fueron extensos. El ministro de los Estados Unidos estaba, naturalmente, disgustado al ver que su regalo no había sido apreciado.

—No tengo la menor intención de ofender personalmente al fantasma —dijo—, y he de reconocer que, dada la larga duración de su estancia en esta casa, considero una incorrección arrojarle almohadas a la cabeza.

Esta observación tan justa provocó las carcajadas de los gemelos.

—Por otra parte —prosiguió—, si persiste en no querer usar el lubricante tendremos que quitarle las cadenas. No podemos dormir con tal ruido a la puerta de las alcobas.

No obstante, el resto de la semana transcurrió sin que fueran molestados; lo único que les llamó la atención fue la continua reaparición de la mancha de sangre sobre el piso de la biblioteca. Esto era, en verdad, muy raro, ya que la puerta era cerrada con llave todas las noches por el señor Otis, y las ventanas, perfectamente cerradas. Los cambios de color de la mancha provocaban asimismo infinidad de comentarios. Algunas mañanas era de un rojo oscuro, casi índigo; otras veces, bermellón; luego, púrpura deslumbrante, y una de las veces que se reunieron para el rezo, según el rito de la Iglesia episcopal reformada de América, la encontraron de un resplandeciente verde esmeralda. Estos caleidoscópicos cambios, como es natural, entretuvieron mucho a la familia, y cada noche se hacían infinidad de apuestas. La única persona que no participaba en las bromas era la pequeña Virginia, la que, por razones inexplicables, se mostraba siempre realmente angustiada al ver la mancha de sangre y casi se echó a llorar la mañana en que apareció verde esmeralda.

La segunda aparición del fantasma tuvo lugar el domingo por la noche. Poco después de estar todos acostados, un enorme estruendo se oyó en el zaguán, los sobresaltó. Bajaron corriendo, y se encontraron con que una enorme armadura se había desprendido de su soporte, cayendo sobre el suelo de piedra, mientras, sentado en un sillón de alto respaldo, a pocos pasos de allí, el fantasma se frotaba las rodillas con una expresión de vivo dolor en el rostro. Los gemelos, con sus cerbatanas, le lanzaron dos disparos con esa seguridad de puntería que sólo puede conseguirse a costa de largas y pacientes prácticas sobre el profesor de caligrafía. Mientras tanto, el ministro de los Estados Unidos le amenazaba con su revólver y le ordenaba, conforme a la etiqueta californiana, alzar los brazos.

El fantasma se levantó bruscamente, lanzando un grito salvaje, y pasó por entre ellos como un trozo de niebla, apagando al pasar la vela de Washington Otis, y dejándolos en una completa oscuridad.

Al llegar a lo alto de la escalera, recobró su serenidad y se decidió a lanzar su célebre carcajada satánica. Se decía que, al oírla, la peluca de lord Raker había encanecido en una sola noche y que tres institutrices francesas de lady Canterville dejaron la casa. Lanzó su más horrenda carcajada hasta que el eco resonó de bóveda en bóveda repetidamente, pero, apenas apagado éste, se abrió una puerta y apareció la señora Otis vestida con una bata azul color de cielo.

—Supongo —dijo la señora— que está usted enfermo, y aquí le traigo un frasco del elixir del doctor Dobell. Si se trata de dolor de estómago, verá que es un remedio infalible.

El fantasma le lanzó una mirada de furia y se preparó para convertirse en un enorme perro negro, una metamorfosis que le había hecho justamente famoso y a la que el médico de cabecera atribuía la idiotez incurable del tío de lord Canterville, el honorable Thomas Horton. Pero el ruido de los pasos que se acercaban le hizo vacilar en su sobrecogedor propósito y se conformó con volverse, sólo un poco fosforescente, y se desvaneció emitiendo un profundo gemido sepulcral en el momento en que los gemelos pretendían alcanzarlo.

Una vez llegado a su habitación se desplomó deshecho, presa de violenta agitación. Lo vulgar de los gemelos y el grotesco materialismo de la señora Otis, eran naturalmente ofensivos, pero lo que le hería más profundamente era la imposibilidad de llevar puesta la armadura. Había abrigado la esperanza de que incluso los americanos modernos apreciaran la aparición de un espectro vestido de armadura, aunque sólo fuera por consideración a su poeta nacional, Longfellow, cuyas poesías, delicadas y atractivas, le había ayudado a pasar el tiempo mientras los Canterville estaban en Londres. Además, aquella era su propia armadura. La vistió con éxito en el torneo de Kenilworth y había sido felicitado efusivamente por la Reina Virgen en persona. Cuando quiso ponérsela, quedó aprisionado por el enorme peso de la coraza y del yelmo de acero. Se desplomó pesadamente sobre el suelo de piedra, despellejándose las rodillas y magullándose los nudillos de la mano derecha.

Durante varios días después de esto estuvo malísimo y apenas salió de su habitación, excepto para renovar debidamente la mancha de sangre. No obstante, a fuerza de grandes cuidados, se restableció y decidió hacer una tercera tentativa para asustar al ministro de los Estados Unidos y a su familia.

Eligió el viernes, 27 de agosto, para su reaparición, ocupó la mayor parte del día revisando sus trajes, decidiéndose al fin por un gran sombrero de ala caída con una pluma roja, un sudario deshilachado en las bocamangas y en el cuello y un puñal oxidado. Al atardecer estalló un vendaval con lluvia, tan fuerte que sacudía todas las puertas y ventanas de la vieja mansión. Era justamente el tiempo que prefería. Su plan era el siguiente: entraría despacio en la alcoba de Washington Otis, le hablaría desde el pie de la cama y le hundiría por tres veces la daga en la garganta al son de una música apagada.

Sentía un odio especial por Washington Otis, sabía que era él quien tenía la costumbre de quitar la famosa mancha de sangre de Canterville con el *Detergente Pinkerton*. Después de dejar al temerario joven en un estado de terror abyecto, entraría en la habitación ocupada por el ministro de los Estados Unidos y su esposa. Una vez allí, colocaría una mano viscosa sobre la frente de la señora Otis, mientras podría murmurar al oído de su tembloroso marido los terribles secretos del osario. Respecto a la pequeña Virginia, no estaba aún decidido. Jamás le había faltado al respeto y era una criatura bonita y dulce. Unos cuantos gemidos cavernosos desde el armario serían más que suficientes, y si con ello no la despertaba, tocaría en la cubrecama con sus rígidos dedos. Respecto a los gemelos, estaba decidido a darles una buena lección. Lo primero que haría sería sentarse sobre sus pechos, produciéndoles así una sensación de ahogo, de pesadilla; luego, como sus camas estaban muy juntas, se erguiría entre ambas en forma de un cadáver verdoso y helado, hasta que el miedo los paralizara, y finalmente se despojaría del sudario y andaría a gatas por la alcoba exhibiendo los huesos blanquecinos, moviendo el globo de un solo ojo, como el personaje de "Daniel el mudo o el esqueleto suicida", papel que en más de una ocasión le había cosechado resultados asombrosos y que consideraba tan bueno como el de "Martín el Loco o el misterio enmascarado".

A las diez y media oyó cómo la familia iba a acostarse. Durante cierto tiempo le molestaron las estridentes risas de los gemelos, que, con la despreocupada alegría de los colegiales, se divertían de lo lindo antes de meterse a la cama, pero a las once y cuarto todo estaba en silencio, y cuando dieron las doce empezó su ronda. La lechuza golpeó los vidrios de las ventanas, el cuervo graznaba desde un hueco del tejado y el viento envolvía la casa con sus gemidos de un alma en pena. La familia Otis dormía, ajena a la suerte que le esperaba, y, dominando la lluvia y el viento, resonaban los regulares ronquidos del ministro representante de los Estados Unidos.

El fantasma atravesó sigilosamente el muro con una sonrisa perversa en su cruel y arrugada boca y la luna se escondió tras una nube cuando cruzó por la ventana ojival, donde sus brazos y los de su esposa asesinada estaban representados en oro y azul. Siguió deslizándose como una sombra diabólica por entre las tinieblas, que parecían retroceder, asustadas, ante él. En un momento dado creyó oír una llamada y se detuvo, pero era sólo un perro que ladraba en la granja roja. Siguió adelante mascullando juramentos y maldiciones del siglo XVI y blandiendo al mismo tiempo su puñal oxidado al aire de media noche. Por fin llegó al recodo del corredor que conducía a la habitación del infortunado Washington. Por unos segundos se detuvo allí. El viento se agitaba alrededor de sus grises mechones y torcía en grotescos y fantásticos pliegues de horror sin nombre de su fúnebre sudario. Cuando el reloj dio el cuarto, sintió llegada su hora. Rió dando la vuelta al corredor, pero tan pronto lo hubo hecho, y después de lanzar un lamentable gemido de horror, retrocedió y cubrió su blanqueada faz con sus largas y huesudas manos.

Frente a él se hallaba un terrible espectro, inmóvil como una estatua y monstruoso como la pesadilla de un desquiciado. Tenía la cabeza calva y resplandeciente; el rostro redondo, carnoso y blanco, y una risa horrenda parecía haber cambiado sus rasgos en un eterno rictus. Sus ojos despedían rayos de luz escarlata; la boca era un pozo de fuego, y una repugnante vestidura, igual a la suya, envolvía con su nieve silenciosa su figura gigantesca. Sobre su pecho se veía una inscripción con caracteres antiguos, tal vez un rótulo infamante, una lista de espantosos crímenes, y en la mano derecha sostenía, alejado del cuerpo, un alfanje de brillante acero. Como nunca había visto un fantasma en su vida, sintió el pánico de un modo terrible y después de una segunda mirada sobre el espectro se alejó hacia su habitación tropezando en su largo sudario en sus prisas y dejando por fin caer su oxidado puñal en las botas del ministro, donde lo encontró el mayordomo a la mañana siguiente. Una vez en la intimidad de sus habitaciones se desplomó sobre un catre y cubrió el rostro entre las sábanas. Sin embargo, pasado cierto tiempo, el antiguo e indomable espíritu de los Canterville se sobrepuso, y tomó la determinación de ir a hablar al otro fantasma tan pronto amaneciera.

Cuando la aurora dio sus toques de plata a las colinas, regresó al lugar donde sus ojos vieron por vez primera el terrible espectro, diciéndose que, al fin y al cabo, dos fantasmas eran mejor que uno solo y que con la ayuda de su nuevo amigo podría enfrentarse con los gemelos. No obstante, al llegar al lugar se encontró con un espectáculo horrible. Indudablemente, algo le había ocurrido al espectro, porque la luz se había apagado en sus hundidas cuencas, el brillante alfanje se había desprendido de su mano y el pobre apoyaba en la pared una postura forzada e incómoda. Corrió hacia él y lo cogió en sus brazos, pero con indecible horror vio cómo la cabeza se desprendió y cayó al suelo, el cuerpo se dobló, y se encontró abrazando una cortina rellena con una escoba, un enorme cuchillo de cocina y una calabaza vacía en sus pies. Incapaz de comprender esta curiosa transformación, asió el letrero y allí mismo, a la grisácea luz de la mañana, leyó estas terribles palabras:

He aquí el fantasma Otis

El único espíritu auténtico y original

¡Cuidado con las imitaciones!

Todos los demás están falsificados

Y comprendió de golpe toda la verdad. ¡Había sido burlado, engañado y chasqueado! La característica expresión de los Canterville asomó a sus ojos, rechinó sus desdentadas mandíbulas y, levantando sus descarnadas manos sobre su cabeza, juró, según su pintoresca fraseología de la vieja escuela, "que cuando el gallo lanzara por dos veces la llamada de su clarín, se consumirían sangrientas hazañas y el asesinato saldría andando sin ruido".

No terminaba aún de formular su juramento terrible, cuando oyó, desde el rojo tejado de una granja distante, cantar al gallo. Lanzó una risotada larga, cavernosa y amarga y esperó. Esperó hora tras hora, pero el gallo, por alguna razón inexplicable, no volvió a cantar. Por fin, a las siete y media, la llegada de las criadas le obligó a abandonar la desagradable guardia y regresó a su morada. Una vez en su aposento, consultó varios viejos libros de caballería que tenía en gran estima y descubrió que todas las veces que se había recurrido a aquel juramento el gallo cantó dos veces.

—¡Que el diablo se lleve a la maldita ave! —murmuró—. En otro tiempo le hubiera atravesado el cuello con mi lanza, obligándole a cantar para mí hasta que muriera.

Dicho lo anterior se retiró a un cómodo ataúd de plomo y allí permaneció hasta la noche.

## Capítulo IV

Al día siguiente, el fantasma se sintió débil y cansado. La terrible excitación de las últimas cuatro semanas empezaba a surtir sus efectos. Sus nervios estaban destrozados y el menor ruido lo sobresaltaba. Durante cinco días no se movió de su habitación y al fin se decidió a abandonar la repetición de la mancha de sangre en el piso de la biblioteca. Si no gustaba a la familia Otis era porque no la merecían. Era evidente que se trataba de personas de una mentalidad inferior y vulgar, totalmente incapaces de apreciar el valor simbólico de los fenómenos sensitivos. La cuestión de las apariciones fantasmales y el desenvolvimiento de los cuerpos astrales era, por supuesto, un asunto muy peculiar e indiscutiblemente fuera de su control. Era para él un deber ineludible aparecerse por el corredor una vez por semana y de mascullar palabras incomprensibles desde el mirador en los primeros y terceros miércoles de cada mes, y no veía cómo podía liberarse honrosamente de aquella obligación. Cierto que su vida había sido muy criminal, pero, por otra parte, era un hombre muy escrupuloso en lo tocante a todo lo sobrenatural. Así, pues, los tres sábados siguientes atravesó, como de costumbre, el corredor entre la media noche y las tres de la madrugada, tomando toda clase de precauciones para no ser visto ni oído. Se quitaba las botas, pisaba con la mayor ligereza posible sobre las viejas maderas carcomidas, se envolvía en una gran capa de terciopelo negro y tenía buen cuidado de emplear el lubricante para engrasar sus cadenas. Me veo obligado a reconocer que sólo después de un gran esfuerzo de voluntad se decidió a adoptar este último medio de protección. Sin embargo, una noche, mientras la familia estaba cenando, se deslizó en el dormitorio del señor Otis y se llevó el frasquito.

En un principio se sintió un poco humillado, pero luego fue lo suficientemente sensato como para ver que aquel invento merecía grandes elogios y que, en cierto modo, servía a sus propósitos. A pesar de todo no lo dejaban tranquilo. Continuamente tropezaba con cuerdas tendidas de lado a lado del corredor que, al moverlas en la oscuridad, le hacían caer, y en una ocasión, disfrazado para el papel de "Isaac el Negro" o el "Cazador de Hogley", sufrió una grave caída al pisar un trecho de corredor resbaladizo que los gemelos habían preparado desde la entrada del "Cuarto de los Tapices" hasta el tope de la escalera de encino. Esta última injuria le enfureció tanto, que decidió hacer un supremo esfuerzo para imponer su dignidad y posición social y tomó la resolución de visitar a la pareja de insolentes colegiales a la noche siguiente en su célebre personificación de "Ruperto el Temerario" o "El Conde sin cabeza".

Habían pasado setenta años que no había aparecido con ese disfraz y con el cual aterrorizó tanto a la hermosa lady Bárbara Modish, que rompió el compromiso con el abuelo del actual lord Canterville huyendo a Gretna Green con el orgulloso Jack Castleton, aseverando que nada ni nadie en el mundo la induciría a casarse en el seno de una familia que permitía a tan terrible fantasma pasear por la terraza a la caída de la tarde. El pobre Jack murió poco después en un duelo provocado por lord Canterville en Wandsworth Common, y lady Bárbara murió del corazón en Tunbridge Wells antes de concluir el año; así que, de todas formas, fue un éxito. Si se me permite emplear la jerga teatral para aplicarla a uno de los mayores misterios de lo sobrenatural o empleando un término más científico, del mundo con mayor preeminencia de la naturaleza, diré que era un trabajo de creación difícil y que requería algo más de tres horas de preparación.

Por fin todo estuvo listo, y él, muy satisfecho de su disfraz. Las grandes botas de montar que convenían al traje le estaban un poco grandes, y solamente pudo encontrar una de las dos pistolas de arzón, pero en general se sentía satisfecho, y a la una y cuarto atravesó el muro y se fue corredor abajo. Al llegar ante la habitación ocupada por los gemelos, llamada el dormitorio azul debido al color de sus cortinajes, se encontró la puerta entre abierta. Deseando que su entrada fuera espectacular, la abrió de par en par, al tiempo que un pesado jarro de agua le caía encima, mojándolo hasta los huesos y sin golpearle el hombro apenas por un par de centímetros. Al mismo tiempo oyó risas ahogadas procedentes de la cama.

Fue tal la conmoción que sufrió su sistema nervioso, que huyó a toda prisa hacia su habitación, y al día siguiente tuvo que guardar cama a causa de un fuerte catarro. Lo que le consolaba era no haber colocado su cabeza normalmente, pues si hubiese ocurrido así las consecuencias habrían sido verdaderamente trascendentales.

Desde ese momento perdió toda esperanza de espantar algún día a esa enérgica familia americana y se conformó con rondar por los corredores en zapatillas de paño, con una gruesa bufanda roja alrededor del cuello, por temor a las corrientes de aire y armado con un pequeño arcabuz para el caso de que los gemelos le atacaran. El día diecinueve de septiembre tuvo que sufrir el golpe de gracia. Había bajado al gran zaguán con la seguridad de que allí, no lo molestarían, y se divertía haciendo observaciones satíricas sobre las dos grandes fotografías del ministro de Estados Unidos y su esposa, que ocupaban ahora el lugar de los retratos de familia de los Canterville. Iba sencilla pero decentemente vestido con un largo sudario salpicado de moho de cementerio. Se había atado la mandíbula con una tira de lienzo amarillo y llevaba una pequeña linterna y una pala de sepulturero. La verdad es que vestía el traje de "Jonás el sepulturero" o "El ladrón de cadáveres de Chertsey Barn", una de sus más notables personificaciones y de la que los Canterville tenían motivos sobrados para recordar, ya que fue la verdadera causa de su pelea con su vecino lord Rufford. Serían las dos y cuarto de la madrugada y por lo que podía juzgarse, no había nadie despierto calmadamente caminaba hacia la biblioteca para ver si quedaba alguna huella de la mancha de sangre cuando dos figuras se avalanzaron sobre él desde un rincón oscuro, agitando los brazos locamente por encima de sus cabezas y vociferando en su oído:

¡Bú! ¡Bú! ¡Bú!

Presa de un pavor que aquellas circunstancias justificaban como natural, corrió hacia la escalera pero se encontró allí con Washington Otis, que le esperaba con la manguera del jardín, y viéndose cercado por sus enemigos, casi acorralado, tuvo que desvanecerse por la gran estufa de hierro, que afortunadamente para él no estaba encendida, y abrirse paso hasta su habitación por entre tubos y chimeneas llegando en un terrible estado de desesperación, suciedad y desorden.

Después de esto no se le volvió a ver en ninguna otra expedición nocturna. Los gemelos se quedaron muchas veces al acecho y sembraron los corredores de cáscaras de almendras todas las noches, con gran indignación de sus padres y del servicio, pero sin ningún éxito. Era evidente que el amor propio del fantasma estaba tan lastimado que seguramente no volvería a aparecerse. Así que el señor Otis regresó a trabajar en la obra sobre la historia del Partido Demócrata, en la que llevaba trabajando algunos años; la señora Otis organizó una hornada de almejas que asombró a todo el condado; los muchachos se dedicaron a jugar naipes (ecarté y póquer) y a otros entretenimientos americanos. Virginia cabalgaba acompañada por el joven duque de Cheshire, que había ido a pasar su última semana de vacaciones a Canterville Chase. Todo el mundo se imaginó que el fantasma se había esfumado; conclusión que el señor Otis comunicó, mediante carta a Lord Canterville, quien, en respuesta expresaba su beneplácito por la noticia así como sus más sinceras felicitaciones a la digna esposa del ministro.

Pero los Otis se equivocaban. El fantasma seguía en la casa y, aunque ahora muy enfermizo, no por ello había decidido apartarse, especialmente después de enterarse de que entre los invitados estaba el joven duque de Cheshire, cuyo tío abuelo, lord Francis Stilton, había apostado cien libras con el coronel Carbury a que jugaría a los dados con el fantasma de Canterville. A la mañana siguiente, se le encontró paralizado sobre el suelo del salón de juego, en un estado tal que, aunque llegó a una edad avanzada, no pudo ya nunca decir más palabras que:

—¡Seis dobles!

La historia fue conocida en su tiempo, aunque, por supuesto, y dado el respeto que merecían ambas familias, se hizo lo imposible por ocultarla. En el tercer tomo de las *Memorias de lord Tattle sobre el Príncipe Regente y sus amigos,* puede encontrarse una relación detallada de las circunstancias que la originaron. Siempre quiso el fantasma demostrar que no había perdido su influencia sobre los Stilton, con quienes estaba emparentado, pues una prima hermana se casó en segundas nupcias con el señor Bulkeley, del que los duques de Cheshire, como todo el mundo sabe, descienden en línea directa. Así que empezó sus preparativos para aparecerse al pequeño enamorado de Virginia en su célebre personificación de "El Monje Vampiro" o "El Benedictino Desangrado". Era una representación tan espantosa que cuando la vio la anciana lady Startup, precisamente en la víspera del Año Nuevo, de 1764, empezó a lanzar unos alaridos estremecedores que terminaron en una aploplejía de la que murió tres días después, no sin antes desheredar a sus parientes más próximos, los Canterville y transferir todo su dinero a su boticario de Londres.

Finalmente, el terror que le inspiraban los gemelos, le retuvo en su habitación y el pequeño duque pudo dormir apaciblemente en la gran cama cubierta por un pabellón coronado de plumas en la alcoba real, soñando con Virginia.

## Capítulo V

Días después, Virginia y su enamorado de rizada cabellera salieron a caballo por los prados de Brockley, desgarrándose su vestido de amazona, al saltar un seto, y al regresar a la casa para no ser vista, subió por la escalera posterior. Al pasar corriendo por delante del salón de tapices, cuya puerta estaba abierta, creyó ver a alguien dentro; pensando que se trataba de la doncella de su madre, quien solía llevar allí su trabajo, se asomó para pedirle que le remendara el traje. Pero con gran sorpresa, vio que era el fantasma de Canterville en persona. Estaba sentado junto a la ventana contemplando el oro marchito de las hojas amarillentas llevadas por el aire, y el girar de las hojas de color rojizo bailando en la larga avenida. Apoyaba la cabeza en la mano y su actitud reflejaba el más profundo agobio. En verdad su aspecto parecía tan desvalido, que la pequeña Virginia, cuya primera intención había sido huir y encerrarse en su habitación, se llenó de piedad y decidió tratar de consolarlo. Tan leve era el paso de la niña y tan profundo el abatimiento del fantasma, que no se percató de su presencia hasta que ella le habló.

—Cuánto lo siento por usted —le dijo—; pero mis hermanos regresan a Eton mañana, y luego, si se porta bien, nadie más volverá a molestarle.

—Es absurdo pedirme que me porte bien —contestó volviéndose, sorprendido, para contemplar a la niña que se atrevía a dirigirle la palabra—, totalmente inimaginable. Debo arrastrar y sacudir mis cadenas, y gemir por los ojos de las cerraduras y caminar toda la noche, si es a esto a lo que te refieres. No es otra la razón de mi existencia.

—Esto no es razón para vivir molestando, y sabe de sobra que ha sido usted un hombre muy malo. La señora Umney nos contó, el mismo día de nuestra llegada, que usted asesinó a su esposa.

—Sí, lo reconozco —contestó el fantasma, petulante—, pero fue un asunto puramente familiar y que no importaba a nadie más.

—Eso de matar es detestable —declaró Virginia, que a veces tenía una deliciosa actitud puritana, heredada sin duda, de algún antepasado de Nueva Inglaterra.

—¡Bah, detesto la rigidez vulgar de las normas imprecisas. Mi esposa era muy simple, jamás almidonó mis puños y no sabía nada de cocina. Precisamente una vez había cazado un cervatillo en los bosques de Hogley, un magnífico macho de un año, y ¿sabe usted cómo lo guisó? Bueno, que más da ahora, eso sucedió hace mucho tiempo, pero no me parece nada humanitario que sus hermanos me dejaran morir de hambre sólo porque la maté.

—¿Le dejaron morir de hambre? ¡Oh!, señor fantasma, quiero decir, sir Simon, ¿tiene usted hambre? Tengo un bocadillo en mi bolsa; ¿le gustaría comerlo?

—No, muchas gracias, ahora ya no como; pero, de todos modos, es muy bondadoso de su parte, y debo confesar que es usted más, mucho más afable que el resto de su corriente y pavorosa familia, que se comporta como auténticos malhechores.

—¡Basta! —gritó Virginia golpeando el suelo con el pie—. Usted es el incivilizado y cruel; y en cuanto a lo de ladrón, fue usted el que me robó la pintura de mi caja para repetir aquella ridícula mancha de sangre en la biblioteca. Primero se llevó todos mis rojos, incluso el bermellón, y me quedé sin poder pintar mis puestas de sol; luego se llevó el verde esmeralda y el amarillo cromo, y por fin no me dejó más que el índigo y el blanco de China, y sólo pude pintar claros de luna, que son siempre tristes de ver y nada fáciles de pintar. En cambio jamás le delaté, aunque estaba de lo más incómoda, y que todo el asunto me parecía ridículo, porque ¿dónde se ha visto sangre de color verde esmeralda?

—Sí claro —murmuró el fantasma, con dulzura—. Pero ¿qué podía yo hacer? Hoy día es muy difícil conseguir verdadera sangre y como su hermano empezó la guerra con su *detergente Paragón*, no vi por qué no iba a emplear yo tus pinturas. En cuanto al color de la sangre es una cuestión de gusto; por ejemplo, ios Canterville tienen sangre azul, la más azul de Inglaterra, pero ya sé que a ustedes, los americanos, les tiene sin cuidado este tipo de asuntos.

—Usted no sabe nada, y lo mejor que puede hacer es emigrar y esto le ayudará. Mi padre tendrá mucho gusto en proporcionarle un pasaje gratis, y aunque hay elevados impuestos sobre toda clase de seres inmateriales no tendrá la menor dificultad con la Aduana, ya que todos los empleados superiores son demócratas. Una vez en Nueva York, puede contar con un gran éxito. Conozco infinidad de gente que daría cien mil dólares por presumir de abuelo y mucho más aún por tener un fantasma familiar.

Sospecho que no me complacería América.

—Tal vez porque allí no tenemos ruinas ni antigüedades —observó sarcásticamente Virginia.

—¡Ruinas y antigüedades! —exclamó el fantasma— ustedes tienen su marina y su manera de ser.

—Buenas noches. Voy a pedirle a papá que conceda una semana más de vacaciones a los gemelos.

—Por favor, no se vaya, Virginia —suplicó—. Me encuentro tan solo y soy tan desgraciado, que ya no sé qué hacer. Quisiera dormir y no puedo.

—¡Qué tontería! No tiene más que acostarse y soplar la vela. Lo que es difícil es mantenerse despierto, sobre todo a veces en la iglesia, pero, en cambio, dormir es de lo más fácil. Ya ve, incluso los niños pequeños duermen y no son muy listos.

—Hace trescientos años que no duermo —dijo tristemente, y Virginia, asombrada, abrió sus bellos ojos azules—. Sí llevo trescientos años sin dormir, y estoy tan cansado...

Virginia tomó una actitud de pesadumbre, y sus labios temblaron como pétalos de rosa. Se acercó y, arrodillándose a su lado, contempló su viejo y consumido rostro.

—¡Pobre, pobre fantasma! —murmuró—. ¿Y no tiene dónde dormir?

—Allá lejos, pasado el pinar —contestó en voz baja y soñadora—, hay un jardincito donde la hierba crece alta y tupida, y pueden mirarse las estrellas blancas de la cicuta y el ruiseñor canta toda la noche.

La luna de helado cristal resplandece y los enorme brazos de los cipreses se extienden sobre los durmientes.

Los ojos de Virginia se llenaron de lágrimas, y se cubrió el rostro con las manos.

—¿Alude usted al jardín de la Muerte? —dijo quedamente.

—Sí, la Muerte. ¡Qué hermosa debe ser la muerte! ¡Yacer sobre la oscura tierra, mientras las hierbas se mecen sobre nuestra cabeza, y escuchar únicamente el silencio! No tener ayer, ni mañana. Olvidar el tiempo y lo detestable de la vida; descansar en paz. Usted puede ayudarme. Usted puede abrir para mí el portal de la casa de la muerte, porque lleva el amor con usted y el Amor es más fuerte que la muerte.

Virginia tembló. Un frío estremecimiento la recorrió, y por un instante hubo silencio. Le parecía vivir en un espantoso sueño.

El fantasma volvió a hablar con una voz cual sollozo del viento.

—¿Ha leído usted alguna vez la vieja profecía del ventanal de la biblioteca?

—Muchas veces —contestó la jovencita levantando la vista—. La sé de memoria. Está escrita con unas extrañas letras negras y es muy difícil de leer. Consta sólo de seis líneas:

> *Cuando una joven rubia haga brotar*
> *una plegaria de los labios del pecador,*
> *cuando el almendro estéril florezca*
> *y la niña derrame su llanto,*
> *entonces, la casa quedará tranquila*
> *y renacerá la paz en Canterville.*

Pero no sé lo que significan.

—Significan —explicó con tristeza— que tiene usted que llorar conmigo mis pecados, porque yo no tengo lágrimas, y rezar conmigo por mi alma, porque no tengo fe, y luego, si ha sido usted siempre dulce, buena y cariñosa, el ángel de la muerte se apiadará de mí. Verás cosas espantosas en la oscuridad y voces malvadas murmurarán en tu oído, pero no podrán hacerte ningún daño, porque los poderes infernales no prevalecerán contra la pureza de una niña.

Virginia no contestó, y el fantasma se retorció las manos con desesperación, y contempló la rubia cabeza inclinada. De pronto la niña se irguió, con una extraña luz en los ojos y el semblante pálido, declarando con firmeza:

—No tengo miedo, le imploraré al ángel que se apiade de usted.

Así, el fantasma se levantó de su asiento, tomó la mano de la niña, se inclinó ante ella con la gracia de épocas pasadas y se la besó. Sus dedos estaban fríos como el hielo y sus labios ardían como el fuego, pero Virginia no flaqueó; luego la condujo a través del tétrico aposento. En los tapices, de un verde apagado, estaban bordados unos pequeños cazadores, que sonaban sus trompas de caza, entorchadas, y con sus manitas le indicaban que retrocediera.

—¡Retrocede, Virginia! ¡vuelve! ¡vuelve! —clamaron.

El fantasma oprimió su mano con más fuerza, y ella cerró los ojos para no verlos.

Horribles animales con cola de reptil y ojos saltones, guiñaban perversamente desde las tallas de la chimenea y susurraban:

—Cuidado, Virginia, cuidado. Quizá no volvamos a verte. Pero el fantasma anduvo más de prisa y Virginia no pudo oírlos.

Llegaron al extremo de la estancia, el fantasma se detuvo, en voz baja pronunció unas palabras que ella no logró entender, pero, al abrir los ojos vio que la pared se disipaba ante ella como si fuera niebla, dejando al descubierto una gran caverna negra. Un brusco viento helado los flageló; la niña sintió que le tiraban del vestido.

—Pronto, pronto —le gritó el fantasma—, o será demasiado tarde.

En ese mismo instante el muro se cerró detrás de ellos y el salón de tapices quedó vacío.

## Capítulo VI

Diez minutos después sonó la campana para el té, como Virginia no bajaba, la señora Otis mandó a uno de los criados a buscarla. Regresó diciendo que no podía encontrar a la señorita Virginia por ninguna parte. Como acostumbraba salir todas las tardes al jardín a cortar flores para la cena, la señora Otis no se alarmó en un principio, pero al dar las seis Virginia no había aparecido aún, empezó a intranquilizarse verdaderamente y mandó a los muchachos en su busca, mientras, los señores Otis registraban todas las habitaciones de la casa. A las seis y media regresaron los chicos diciendo que no habían encontrado rastro de su hermana por ninguna parte.

Todos estaban alarmados, nadie sabía qué hacer, de pronto, el señor Otis recordó que días antes había dado permiso a un grupo de gitanos para acampar en el parque. Por ello salió inmediatamente en dirección de Blackfell Hollow, donde sabía que se encontraban, acompañado por su hijo mayor y dos criados de la granja. El pequeño duque de Cheshire, enloquecido por la angustia, suplicó insistentemente que se le permitiera ir, pero el señor Otis no quiso ante la duda de que se produjese algún combate. Pero al llegar al lugar, se dio cuenta que los gitanos se habían ido, haciéndose evidente una marcha precipitada, pues el fuego ardía y había platos sobre la hierba. Después de mandar Washington y a los dos hombres a recorrer la comarca, regresó a casa y mandó telegramas a todos los inspectores de policía del distrito, rogándoles que buscaran a una niña que había sido robada por gitanos o vagabundos. En seguida ordenó que preparasen su caballo y después de insistir en que su esposa y sus tres vástagos se sentaran a cenar, salió a galope por la carretera de Ascot, acompañado por un caballerango. Sin embargo, apenas había recorrido dos o tres kilómetros oyó tras él , el galope de un caballo y volviéndose vio al joven duque de Cheshire montado en su pony con la cara enrojecida y descubierta la cabeza.

—Lo siento, señor Otis —jadeó el muchacho—, me es imposible comer la cena mientras Virginia esté perdida. Por favor, no se enfade conmigo; si el año pasado nos hubiera permitido casarnos, todo esto no habría ocurrido. ¿Usted no me hará regresar, verdad? ¡No puedo ni quiero irme!

El ministro no pudo evitar sonreír al apuesto y atolondrado muchacho, conmovido ante la devoción que sentía por Virginia; así que, inclinándose sobre su caballo, le golpeó cariñosamente la espalda y dijo:

—Bueno, Cecil, si no quieres regresar tendré que llevarte conmigo, pero será necesario comparte un sombrero en Ascot.

—¡Al diablo con el sombrero! ¡Yo quiero encontrar a Virginia! —exclamó el joven duque riendo, y emprendieron el galope hacia la estación.

Una vez allí, el señor Otis preguntó al jefe si había visto a alguien con las señas de Virginia, pero no supieron darle razón de ella. No obstante, el jefe de la estación telegrafió a todas las estaciones del trayecto, asegurándole ejercer una cuidadosa vigilancia. Después de comprar un sombrero para el duque en un almacén que estaba por cerrar, señor Otis se dirigió hacia Baxley, una aldea situada a unos siete kilómetros de distancia y que, según le habían dicho, era un lugar frecuentado por gitanos, porque muy cerca estaba una poblada comunidad rural. Despertaron al guarda rural, pero no pudieron sacarle nada, y, después de recorrer toda la pradera, volvieron grupas y llegaron a Canterville Chase alrededor de las once, rendidos de cansancio y con el corazón destrozado por la zozobra.

A la entrada de la verja encontraron a Washington y a los gemelos esperándoles con linternas, porque la avenida estaba muy oscura. Nadie había encontrado el menor rastro de Virginia. Los gitanos habían sido alcanzados en una pradera de Broxley, pero no estaba con ellos. Aclararon que su acelerada marcha se debió a la confusión por el día de la celebración de la feria de Chorton y se fueron con tanta prisa, por temor a llegar con retraso. Parecieron sinceramente entristecidos al enterarse de la desaparición de Virginia, Ya que estaban profundamente agradecidos al señor Otis por haberles permitido acampar en su parque, y cuatro de ellos se quedaron atrás para ayudar en la búsqueda. Se desocupó el estanque de las carpas y se exploró de nuevo toda la casa, sin el menor resultado. Se hizo evidente que, durante aquella noche, por lo menos Virginia seguiría perdida. Con el mayor desconsuelo, el señor Otis y los muchachos se dirigieron a pie a la casa, seguidos por el caballerango que llevaba de las riendas a los caballos.

Se encontraron en el vestíbulo a un grupo de criados llenos de miedo y echada sobre el sofá de la biblioteca a la afligida señora Otis, casi enloquecida por el miedo y la zozobra, mientras la anciana ama de llaves le humedecía la frente con agua de Colonia.

El señor Otis insistió en que debían comer algo y mandó preparar cena para todos. Fue una comida melancólica, ya que casi nadie habló, incluso los gemelos parecían asustados y consternados, pues querían mucho a su hermana. Cuando concluyeron, el señor Otis, a pesar de los ruegos del joven duque, los mandó a todos a la cama diciendo que no se podía hacer más aquella noche y que a la mañana siguiente telegrafiaría a Scotland Yard para que le enviaran inmediatamente algunos detectives.

Pero, en el preciso instante en que salían del comedor, comenzaron a sonar las doce en el reloj de la torre, al término de la última campanada se oyó un estruendo, seguido de un grito. Un trueno espantoso cimbró la casa, una música ultramundana flotó en el aire y Virginia salió al rellano de la escalera, pálida y desencajada, llevando un cofrecillo en las manos. Al instante todos corrieron hacia ella. La señora Otis la estrechó amorosamente en sus brazos, el duque casi la asfixió con la impetuosidad de sus besos y los gemelos bailaron una bravía danza guerrera alrededor del grupo.

—¡Dios mío! ¿Dónde has estado? —preguntó el señor Otis un tanto molesto, pensando que había querido hacerles una bufonada—. Cecil y yo hemos recorrido la comarca a caballo buscándote, y tu madre casi ha enloquecido de inquietud. ¡No debes volver a repetir semejantes guasas!

—¡Nunca al fantasma! ¡Nunca al fantasma! —vociferaron los gemelos sin dejar de cabriolear.

—¡Hija de mi vida, gracias a Dios que estás con nosotros! No debes volver a alejarte de mi lado —murmuraba la señora Otis besando a la temblorosa muchacha y alisando su enmarañada melena de oro.

—Papá —dijo suavemente Virginia—. He estado con el fantasma. Ya está muerto, deben venir a verlo. Fue muy malo, pero sincero al arrepentirse de todo lo que había hecho; antes de morir me regaló este cofre de hermosas joyas.

Todas la familia la miraba en silencio por el asombro, pero ella tenía un porte serio, y dando media vuelta los guió a través de la abertura de la pared, por un corredor secreto, muy estrecho.

Washington fue tras ellos con una vela encendida que cogió de la mesa. Por fin llegaron ante una gruesa puerta de roble, tachonada de clavos oxidados. Cuando Virginia la tocó giró sobre sus pesados goznes y se encontraron en una pequeña estancia abovedada y con una pequeña ventana enrejada.

Junto al muro estaba una argolla de hierro empotrada, a la cual estaba encadenado un esqueleto estirado que intentaba asir con sus largos y descarnados dedos una escudilla y un cántaro antiguo que estaba fuera de su alcance. El cántaro debió tener agua, porque en la parte de dentro tenía un capa de limo verdoso. En la escudilla no se veía más que un montón de polvo. Virginia se postró al lado del esqueleto y juntando sus manos, empezó a rezar en silencio, en tanto que la familia contemplaba horrorizada la espantosa tragedia, cuyo secreto acababa de serles revelado.

—¡Oigan! —exclamó súbitamente uno de los gemelos— que había estado mirando por la ventana intentando descubrir a qué parte de la casa correspondía aquel sótano.

Ha florecido el viejo y seco almendro. Se pueden apreciar las flores a la luz de la luna.

—Dios le ha perdonado —murmuró Virginia poniéndose de pie mientras una luz maravillosa parecía inundar su rostro.

—¡Eres un ángel! —exclamó el joven duque, rodeándole el cuello con su brazo y besándola.

## Capítulo VII

Cuatro días después de estos singulares eventos, un cortejo fúnebre salió, al rededor de las once de la noche, de Canterville Chase. La carroza iba tirada por ocho caballos negros, cada uno de los cuales llevaba como adorno en la cabeza, un penacho de plumas de avestruz, que se mecían simulando un saludo. El ataúd de plomo iba cubierto con un vistoso paño de púrpura, sobre el cual, tenían bordadas en oro, las armas de los Canterville. A cada lado de los coches iban los criados portando antorchas encendidas y el cortejo resultaba grandioso e impresionante. Lord Canterville presidía el duelo, llegado especialmente de Gales para asistir al entierro, ocupaba junto con la pequeña Virginia, el primer coche. Luego seguían el ministro de los Estados Unidos y su esposa; después Washington y los tres muchachos, y en el último coche iba la señora Umney. Todos estuvieron de acuerdo en que después de haber sido asustada por más de cincuenta años de su vida por el fantasma, tenía perfecto derecho a verlo desaparecer para siempre.

Se mandó cavar una profunda fosa en un rincón del cementerio, precisamente al abrigo del añoso ciprés y el reverendo Augustus Dampier dijo las oraciones de manera imponente. Cuando terminó la ceremonia, los criados, conforme a antigua costumbre instituida por la familia de los Canterville, apagaron sus antorchas; en el momento en que el ataúd fue bajado a la fosa, Virginia se adelantó y depositó encima una gran cruz hecha con flores de almendro, blancas y rosadas. La luna asomó por detrás de una nube, inundando el pequeño cementerio con su plateada y silenciosa luz; de una cercana arboleda se elevó el canto de un ruiseñor. Virginia recordó entonces la descripción que le hizo el fantasma del jardín de la muerte, sus ojos se llenaron de lágrimas y durante el regreso a casa, apenas habló.

A la mañana siguiente, antes de que lord Canterville marchara a la ciudad, el señor Otis fue a hablar acerca de las joyas que el fantasma había regalado a Virginia. Eran únicas, especialmente un gran collar de rubíes, de vieja montura veneciana, que era una muestra fastuosa del trabajo del siglo XVI y de excesivo precio, que el señor Otis sintió recelo en admitir que su hija las aceptara.

—Milord —le dijo—, sé que en este país se aplica el principio de *manos muertas* lo mismo a tierras que a pequeños objetos, y es evidente para mí que estas joyas deben considerarse herencia familiar. Por tanto, le ruego que las lleve a Londres y las considere como parte de su patrimonio, restituido en extraordinarias circunstancias. En cuanto a mi hija, es sólo una niña, y hasta ahora, me complace decirlo, ha demostrado poco interés por estos objetos de lujo supérfluo. Sé por mi esposa, cuya autoridad no es nada despreciable en objetos de arte, ya que tuvo privilegio de pasar varios inviernos en Boston, que estas piedras preciosas son de gran valor monetario y que si se pusieran en venta podría obtenerse una buena suma de dinero. Por tales circunstancias, lord Canterville, podrá usted reconocer que no puedo aceptar que permanezcan en posesión de ningún miembro de mi familia. Tales baratijas, por apropiadas y necesarias que sean para la dignidad de la aristocracia británica, estarían fuera de lugar entre personas educadas en los principios perpetuos que rigen, pudiera decirse, la sencillez republicana. No obstante, debo mencionar que Virginia desea que le permita usted conservar el cofrecillo como recuerdo de su infortunado, aunque descarriado antepasado. Como es muy viejo y está en muy mal estado de conservación, quizás encuentre usted razonable acceder a su petición. Por mi parte, confieso mi sorpresa al ver a uno de mis hijos demostrar simpatía hacia un medievalismo del tipo que sea, y sólo me lo explico si se tiene en cuenta que Virginia nació en uno de los suburbios de Londres poco después de que mi esposa regresara de un viaje a Atenas.

Lord Canterville escuchó atentamente el discurso del digno ministro, se atusaba el bigote de vez en cuando, para disimular una sonrisa involuntaria, y una vez que el señor Otis terminó su discurso le estrechó afectuosamente la mano diciéndole:

—Mi querido amigo, su encantadora hija dio a mi desafortunado antecesor, sir Simon, un importante servicio; tanto yo, como mi familia, estamos en deuda con ella por su gran valor y atrevimiento. Las joyas le pertenecen, si yo osara quitárselas, el viejo malvado no tardaría ni dos semanas en salir de su tumba para amargarme el resto de mi vida. En cuanto a que sean joyas de familia, no pueden considerarse como tales si no están mencionadas en un testamento o documento legal, además la existencia de estas joyas fue siempre ignorada. Le aseguro que tengo el mismo derecho a ellas que su mayordomo, y me atrevo a decir que cuando la señorita Virginia sea mayor se mostrará satisfecha al lucir joyas tan exquisitas. Además señor Otis, olvida usted que compró el inmueble y el fantasma según inventario, así que lo que pertenecía al fantasma pasa al momento a su poder. No obstante las muestras de actividad de sir Simon por los corredores, según la ley, estaba verdaderamente muerto y su compra lo hace dueño de sus bienes.

El señor Otis se quedó muy preocupado por la negativa de lord Canterville y le suplicó que reflexionara de nuevo en su decisión, pero el extraordinario par se mantuvo firme y terminó por convencer al ministro de que permitiera a su hija conservar el regalo hecho por el fantasma, y cuando, en la primavera de 1890, la joven duquesa de Cheshire fue presentada a la reina con motivo de su boda, sus joyas despertaron la admiración de todos. Porque Virginia recibió títulos nobiliarios, premio que se otorga a todas las niñas americanas que han sido buenas, y se casó con su joven enamorado, tan pronto llegó éste a la mayoría de edad.

Eran ambos tan encantadores y se amaban de tal modo, que todo el mundo se mostraba satisfecho con aquella pareja, a excepción de la vieja marquesa de Dumbleton, que había intentado cazar al duque para una de sus hijas solteras y había dado nada menos que tres banquetes para conseguirlo. El señor Otis sentía un gran afecto personal por el duque, pero teóricamente era enemigo de títulos, y, según sus propias palabras: "temía que, en medio de las influencias enervantes de una aristocracia ávida de placeres, su hija olvidara los verdaderos principios de la sencillez republicana". Sus aprensiones quedaron en el olvido al avanzar por la nave central de la iglesia de San Jorge, en Hannover Square, llevando a su hija del brazo, no había un hombre más arrogante a lo largo y a lo ancho de Inglaterra.

Pasada la luna de miel, el duque y la duquesa fueron a Canterville Chase, y al día siguiente de su llegada se dirigieron, por la tarde, al solitario cementerio cerca del pinar.

En un principio surgieron dificultades sobre la inscripción que se pondría sobre la lápida de sir Simon, pero por fin decidieron grabar las iniciales del nombre del anciano caballero y las líneas escritas sobre el ventanal de la biblioteca. La duquesa había traído consigo un ramo de rosas, que dejó sobre la tumba; después de permanecer un momento de pie junto a ella, caminaron hacia el claustro en ruinas de la antigua abadía. La duquesa se sentó sobre una columna caída, mientras su marido, descansando a sus pies, fumaba un cigarrillo. De pronto le cogió la mano y le dijo:

—Virginia, una mujer no debe tener secretos para su marido.

—¡Pero, Cecil! No tengo secretos para ti.

—Sí los tienes —insistió sonriendo—. Nunca me has contado lo que ocurrió mientras estuviste encerrada con el fantasma.

—Jamás se lo he dicho a nadie —contestó gravemente Virginia.

—Ya lo sé, pero podrías decírmelo a mí.

—Te ruego que no me lo pidas, Cecil, porque no puedo decírtelo. ¡Pobre sir Simon! Le debo mucho. Sí, no te rías Cecil, de verdad que le debo mucho. Me hizo ver lo que es la vida, lo que significa la muerte y por qué el amor es más fuerte que ambos.

El duque se levantó, besando amorosamente a su esposa.

—Puedes guardar tu secreto mientras sea yo el dueño de tu corazón —murmuró.

—Siempre ha sido tuyo, Cecil.

—Y algún día se lo relatarás a nuestros hijos, ¿no es verdad?

Virginia se ruborizó.

# El crimen de lord Arthur Saville

## Capítulo I

Era la última fiesta antes de la Pascua que daba lady Windermere,
y Bentick-House estaba más concurrido que nunca. Seis ministros
del Gabinete vinieron sin dilación al término de la discusión promo-
vida por el Presidente de la Cámara de los Comunes; aún conservaban sus estrellas y sus cintas; las bellas mujeres resplandecían en sus
elegantes vestidos y al fondo de la galería de pinturas se erguía de pie
la Princesa Sofía de Carlsruhe, señora corpulenta de aspecto asiáti-
co, de pequeños ojos negros y extraordinarias esmeraldas. expresando con estridencia un mal francés y riendo sin cortesía alguna de
cuanto se le decía. Era verdaderamente asombrosa aquella plurali-
dad de personajes. Bellísimas esposas de pares del reino hablaban
amigablemente con violentos radicales; predicadores conocidos se
codeaban con prominentes escépticos; una organizada pandilla de
obispos seguía sin cesar a una robusta *primadonna* de salón en salón;
en la escalera se agrupaban varios académicos del reino disfrazados
de artistas, y se decía que, en un momento dado, el comedor estuvo
abarrotado de genios. Sin duda alguna, era de las mejores recepcio-

nes de lady Windermere, y la princesa se quedó hasta casi las once y media.

En cuanto se marchó, lady Windermere volvió a la galería de pinturas, donde un famoso economista explicaba solemnemente la teoría científica de la música a un indignado *virtuoso* húngaro, iniciando la conversación con la duquesa de Paisley.

Lady Windermere estaba bellísima con su espléndido escote marfileño, sus grandes ojos azules, color de nomeolvides, y sus espesos bucles dorados. Un cabello de oro puro y no del color pajizo claro que usurpa actualmente el bello nombre de dorado, sino oro tejido con rayos de sol o encerrado en un ámbar exótico, y que delimitaba su rostro con un marco de santa y una fuerte dosis de atractivo de pecadora. Constituía un curioso estudio psicológico. Desde joven descubrió la importante verdad de que nada se parece tanto a la inocencia como la osadía y por una serie de aventuras atrevidas, la mitad de ellas inofensivas, había adquirido todos los privilegios de un personaje. Había cambiado más de una vez de marido, como atestiguaba la Guía Nobiliaria que le reconocía tres matrimonios, pero como jamás cambió de amante, la sociedad se abstuvo de hablar de ella hacía mucho tiempo.

Contaba con cuarenta años, no tenía hijos y sentía esa pasión desordenada por el placer que representa el secreto de la eterna juventud.

De pronto miró interesada a su alrededor y dijo con su clara voz de contralto:

—¿Dónde está mi quiromántico?

—¿Su qué, Gladys? —exclamó la duquesa, con un estremecimiento involuntario.

—Mi quiromántico, duquesa; ya no puedo vivir sin él.

—Mi querida Gladys, usted siempre tan original —murmuró la duquesa, intentando recordar qué era un quiromántico y confiando en que no fuera lo mismo que un pedicurista.

—Viene a leerme la mano dos veces a la semana —explicó lady Windermere—, y es muy interesante.

¡Dios Santo! —pensó la duquesa—. Debe de ser una especie de manicure. ¡Qué horror! Ojalá sea un extranjero. Así resultará menos desagradable.

—Tengo que presentárselo.

—¿Presentármelo? —exclamó la duquesa— ¿Quiere decir que está aquí? Recogió su abanico de concha y un antiguo chal de encaje, como preparándose para huir de un momento a otro.

—Claro que está aquí; ni pensar en dar una fiesta sin su presencia. Dice que tengo una mano puramente psíquica y que si mi pulgar hubiera sido un poco más corto, yo sería una pesimista convencida y estaría enclaustrada en un convento.

—Oh, ya comprendo —dijo la duquesa, más tranquila—. Dice la buenaventura, ¿no es eso?

—Y la mala también —contestó lady Windermere—; cualquier cosa. El año que viene, por ejemplo, correré un gran peligro por mar y por tierra a la vez, de modo que me instalaré en un globo cautivo y todas las noches me subiré la comida en una cesta. Todo está escrito en mi dedo meñique o en la palma de la mano, no recuerdo dónde.

—¡Pero eso es tentar al cielo, Gladys!

—Mi querida duquesa, a estas alturas, el cielo bien puede impugnar las tentaciones. Creo que todo el mundo debería habituarse a la lectura de la mano una vez al mes, para obtener información de lo que no se debe hacer. Claro que uno lo haría igualmente, pero de todos modos es agradable estar advertido. Bueno, si nadie quiere ir a buscar a míster Podgers, tendré que ir yo misma.

—Permítame que vaya yo —dijo un muchacho alto y guapo que estaba presente y seguía la conversación con una sonrisa muy divertida.

—Muchas gracias, lord Arthur, pero temo que no le reconozca usted.

—Si es excepcional como usted dice, lady Windermere, no se me pasará por alto. Dígame sólo qué aspecto tiene y se lo traeré de inmediato.

—Pues no tiene aspecto de quiromántico. Quiero decir que no tiene nada de místico, ni de esotérico, ni su aspecto es melancólico. Es un hombre bajo, regordete, con una risible cabeza calva y usa grandes gafas de montura de oro, algo así como un médico de cabecera o un notario de pueblo. Lo siento de verdad, pero no es mía la culpa. ¡Qué pesada es la gente! Todos mis pianistas parecen poetas, y todos mis poetas parecen pianistas. Recuerdo que el año pasado invité a cenar a un horripilante rebelde, un hombre que, según se decía, había asesinado a infinidad de gente y que llevaba siempre una cota de mallas y un puñal escondido en la manga de la camisa; pues tienen que saber que cuando vino parecía un clérigo viejecito y se pasó la noche contando chistes. Por supuesto, estuvo de lo más divertido, pero mi decepción fue enorme, y cuando le pregunté por su cota de mallas, se limitó a decir que era demasiado fría para llevarla en Inglaterra... ¡Ah, llegó míster Podgers! Bien, míster Podgers, me gustaría que leyera la mano de la duquesa de Paisley. Duquesa, tendrá que quitarse el guante. El de la mano izquierda, no; el otro.

—Querida Gladys, no estoy segura de que obre bien —dijo la duquesa, desabrochándose como a disgusto un guante de cabritilla bastante sucio.

—Lo interesante es pocas veces correcto —dijo lady Windermere—. *On a fait le monde ainsi*. Pero tengo que presentárselo. Duquesa, míster Podgers, mi quiromántico preferido. Míster Podgers, la duquesa de Paisley, y como le diga que tiene el monte de la luna mayor que el mío, no volveré a creer en usted.

—Tengo la seguridad, Gladys, de que no hay nada de todo eso en mi mano —dijo la duquesa en tono ceremonioso.

—Su señoría está en lo cierto —afirmó míster Podgers echando una mirada a la mano regordeta, de dedos cortos y cuadrados—. Su monte de la luna no está desarrollado. Sin embargo, la línea de la vida es excelente. Tenga la amabilidad de doblar la muñeca. Muchas gracias; veo tres líneas clarísimas. Alcanzará muy avanzada edad, duquesa, será extraordinariamente feliz. Ambición moderada, línea de la inteligencia sin exageración, línea del corazón...

—Por favor, sea usted prudente, míster Podgers —atajó lady Windermere.

—Nada sería tan agradable para mí —respondió míster Podgers inclinándose— si la duquesa diera lugar a ello, pero siento tener que anunciar que veo gran constancia en sus afectos, combinada con un profundo sentido del deber.

—Le ruego que continúe, míster Podgers —dijo la duquesa, que parecía muy satisfecha.

—La economía no es la menor de las virtudes de su señoría, prosiguió míster Podgers. Lady Windermere rió abiertamente.

—La economía es una gran virtud —observó la duquesa, complacida—. Cuando me casé, Paisley poseía once castillos y ni una sola casa en condiciones habitables.

—Y ahora tiene doce casas y ni un solo castillo —exclamó lady Windermere.

—Bueno —dijo la duquesa—, a mí me gusta...

—La comodidad —anunció míster Podgers—, los adelantos modernos, y agua caliente en todas las habitaciones. Su señoría tiene toda la razón. La comodidad es lo único que nos ha dado la civilización.

—Ha descrito admirablemente el carácter de la duquesa, míster Podgers, y ahora tenga la bondad de describirnos el de lady Flora.

En respuesta a un gesto de la sonriente anfitriona, una muchacha alta, de pelo descolorido y omóplatos salientes, se levantó con torpeza de un sofá y tendió una mano larga y huesuda, de dedos como paletas.

—Ah, veo una pianista —dijo míster Podgers—, una pianista excelente, pero que tal vez siente poco la música. Muy reservada, muy sincera y amante de los animales.

Exacto —exclamó la duquesa, dirigiéndose a lady Windermere—. Absolutamente exacto. Flora posee dos docenas de perros de pastor en Mackloskie, y transformaría la casa de Londres en un zoológico si su padre se lo permitiera.

—Pues esto es precisamente lo que hago con mi casa todos los jueves por la noche —replicó riendo lady Windermere—. Sólo que yo prefiero los leones a los perros Collie.

—Ahí está su error, lady Windermere —dijo míster Podgers con una elegante reverencia.

—Si una mujer no puede tener errores deliciosos, no es más que una hembra —fue su respuesta—. Y añadió—: Pero es preciso que lea otras manos. Venga, sir Thomas, enseñe la suya a míster Podgers —y un caballero de aspecto resuelto, entrado en años y con chaleco blanco, se adelantó y tendió una mano grande y curtida, con el dedo medio más largo de lo normal.

—Naturaleza aventurera; cuatro prolongados viajes en el pasado y uno en el porvenir. Ha naufragado tres veces. No, sólo dos, pero correrá este riesgo en el próximo viaje. Conservador convencido, muy puntual y con una pasión por las colecciones de antigüedades. Sufrió una enfermedad grave entre los dieciséis y los dieciocho años.

Heredó una gran fortuna a los treinta. Gran aversión por los gatos y los radicales.

—Extraordinario —exclamó sir Thomas—. Quisiera que leyese también la mano de mi mujer.

—De su segunda mujer —dijo lentamente míster Podgers, reteniendo aún la mano de sir Thomas—. La de su segunda esposa. Me encantará.

Pero lady Marvel, una dama de aspecto melancólico, pelo castaño y largas pestañas, se negó rotundamente a que se revelara su pasado o su porvenir. A despecho de todos los esfuerzos, lady Windermere no consiguió tampoco que míster Koloff, embajador de Rusia, se quitara los guantes. La verdad es que muchas personas temían enfrentarse con aquel hombrecillo de sonrisa estereotipada, gafas de montura de oro y ojos brillantes y duros como cuentas, y cuando dijo a la pobre lady Fermor, delante de todo el mundo, que la música la tenía sin cuidado pero que en cambio, la volvían loca los músicos, los concurrentes en general, opinaron que la quiromancia como ciencia peligrosa era algo que solamente debería ensayarse en rigurosa plática privada.

No obstante, lord Arthur Saville, que desconocía la desdichada historia de lady Fermor y que había estado contemplando a míster Podgers con el máximo interés, sintió una inmensa curiosidad por que leyese su mano. Como experimentaba cierta timidez en adelantarse, cruzó la estancia y acercándose al sitio donde estaba sentada lady Windermere, le preguntó ruborizándose de un modo encantador, si creía que míster Podgers aceptaría.

—Claro que sí —dijo lady Windermere—. Para eso está aquí. Todos mis leones, lord Arthur, son leones amaestrados y saltan por los aros cuando yo lo digo. Pero antes debo advertirle que se lo diré todo a Sybil. Mañana almorzará conmigo para hablar de sombreros, y si míster Podgers descubre que tiene usted mal carácter, predisposición a la gota o una dama que resida en Bayswater, no dejaré de contárselo.

Lord Arthur movió la cabeza, sonriente:

—No me asusta. Sybil me conoce tan bien como yo a ella.

—Ah, siento oírle decir esto. La perfecta base para el matrimonio es la mutua incomprensión. No, no crea que soy cínica; lo que ocurre es que tengo experiencia, lo que suele ser poco más o menos lo mismo... Míster Podgers. Lord Arthur Saville se muere de ganas porque lea su mano. No le diga que está prometido con una de las jóvenes más bellas de Londres, porque hace ya un mes que el *Morning Post* publicó la noticia.

—Mi querida lady Windermere —exclamó la marquesa de Jedburgh—, deje que míster Podgers se quede un rato más. Acaba de decirme que debería dedicarme al teatro, y esto me interesa muchísimo.

—Si eso le ha dicho, lady Jedburgh, me lo llevaré ahora mismo. Venga míster Podgers, lea la mano de lord Arthur.

—Bueno —dijo lady Jedburgh, haciendo un despectivo mohín, mientras se levantaba del sofá—, si no me está permitido dedicarme al teatro, supongo que no me prohibirá estar entre el público.

—Naturalmente que no; asistiremos todos a la representación —replicó lady Windermere—. Y ahora, míster Podgers, a ver si nos dice algo agradable. Lord Arthur es uno de mis mejores amigos.

Pero cuando míster Podgers vio la mano de lord Arthur palideció intensamente, guardando silencio. Un estremecimiento le recorrió, sus pobladas cejas temblaron convulsivamente de modo extraño e irritante, como ocurría siempre que se encontraba turbado. Gruesas gotas de sudor brotaron entonces de su amarillenta frente, como un rocío envenenado, sus carnosos dedos se quedaron helados y viscosos.

Para lord Arthur no pasaron inadvertidos aquellos signos de agitación, y por primera vez en su vida sintió miedo. Su primer impulso fue salir huyendo de la estancia, pero permaneció alerta. Era preferible enterarse de lo peor, fuera lo que fuera, que permanecer en aquella espantosa incertidumbre.

—Estoy esperando, míster Podgers —le dijo.

—Esperamos todos —exclamó lady Windermere con tono de viveza, impaciente; pero el quiromántico no contestó.

—Creo que lord Arthur va a dedicarse al teatro —dijo lady Jedburgh—; pero, después de su advertencia, míster Podgers recelaba decírselo.

De pronto, míster Podgers dejó caer la mano de lord Arthur y le tomó la izquierda, inclinándose tanto para examinarla, que la montura de oro de sus gafas pareció rozarle la palma. Por un instante, su rostro fue una lívida máscara de horror, pero pronto recobró su sangre fría y, levantando la mirada hasta lady Windermere, le dijo:

—Es la mano de un muchacho encantador.

—Claro que lo es —contestó lady Windermere—, pero ¿será también un marido encantador? Eso es lo que deseo saber.

—Todos los muchachos encantadores son maridos encantadores, declaró míster Podgers.

—No creo que un marido deba ser demasiado seductor —murmuró lady Jedburgh, pensativa—; es muy peligroso.

—Hija mía, nunca serán bastante seductores —exclamó lady Windermere—. Pero lo que yo quiero son detalles; los detalles es lo único interesante. ¿Qué le sucederá lord Arthur?

— Pues bien, dentro de unos meses lord Arthur hará un viaje...

—¡Claro, el viaje de novios!

—Y perderá un pariente.

—Confió en que no se trate de su hermana —dijo lady Jedburgh con voz angustiada.

—Por supuesto que no —respondió míster Podgers con gesto impaciente—; será simplemente un pariente lejano.

Me siento francamente desilusionada —suspiró lady Windermere—. No tendré nada que contarle a Sybil mañana. Hoy en día, nadie se preocupa de los parientes lejanos. Hace años que pasaron de moda; no obstante, será preferible que se compre un traje de seda negra; además, siempre sirve para ir a la iglesia. Y ahora vamos a cenar. Seguro que se lo han comido todo, aunque puede que encontremos algo de sopa. Francois solía prepararla maravillosamente tiempo atrás, pero ahora está tan abrumado por la política, que no dudo de cuanto lleva a cabo. ¡Ojalá el general Boulanger se estuviera quieto de una vez! ¡Duquesa, estoy segura de que está cansada!

—En absoluto, querida Gladys —contestó la duquesa yendo hacia la puerta. —Lo he pasado maravillosamente y el pedicurista, es decir el quiromántico, luce muy interesante, Flora, ¿dónde crees que he dejado mi abanico de concha? ¡Ah!, muchas gracias, sir Thomas. ¿Y mi chal de encaje, Flora? ¡Oh!, gracias, sir Thomas; es usted muy amable...— y la buena señora terminó de bajar la escalera sin dejar caer más que dos veces su frasquito de esencia.

En todo este tiempo, lord Arthur Saville permaneció de pie junto a la chimenea, abrumado por la misma sensación de terror, por la angustia de un terrible y desconocido porvenir. Sonrió con tristeza a su hermana cuando pasó ante él del brazo de lord Plymdale, preciosa con su traje de brocado rosa y sus perlas, y apenas oyó a lady Windermere cuando le llamó para que fuera con ella. Pensaba en Sybil Merton, y a la sola idea de que algo podía interponerse entre ellos se le anegaban los ojos.

Observando a lord Arthur, se hubiera dicho que Némesis había robado el escudo de Palas, exhibiendo la cabeza de la Gorgona. Parecía petrificado, y su rostro tenía el mismo aspecto de un mármol melancólico. Su vida había sido delicada y lujosa de todo joven rico y bien nacido, una vida exquisita, libre de toda sordidez, llena de juvenil apatía, pero ahora, por primera vez, tenía conciencia del terrible misterio del destino, del espantoso significado de la predestinación.

¡Qué disparatado y monstruoso le parecía todo! ¿Podría ser lo que estaba escrito en su mano con caracteres que él no podía ni sabía leer, pero que otro descifraba, fuera el terrible secreto de un pecado, el signo sangriento de algún crimen? ¿No habría escapatoria posible? ¿No somos más que piezas de ajedrez movidas por una fuerza invisible, vasos que el alfarero modela a capricho para el honor o el desprestigio? Su razón se rebelaba contra aquéllo y, sin embargo, sentía que de repente se la había destinado para soportar una carga intolerable. ¡Qué suerte tienen los actores! Pueden elegir entre representar una tragedia o una comedia, entre el sufrimiento y la diversión, entre la risa y las lágrimas. Pero en la vida real, todo es distinto. La casi totalidad de hombres y mujeres se ven obligados a representar papeles para los que no están preparados. Los Guildensterns hacen de Hamlets; pero los Hamlets tienen que hacer de payasos como el príncipe Hal. El mundo es el escenario, pero la obra tiene un reparto desastroso. De pronto, míster Podgers entró en el salón. Al ver a lord Arthur se detuvo sobresaltado, y su rostro, rubicundo y vulgar, se volvió de un color amarillo verdoso. Los ojos de ambos hombres se encontraron y hubo un momento de silencio.

—La duquesa se ha dejado aquí uno de sus guantes, lord Arthur, y me ha pedido que se lo lleve —dijo por fin míster Podgers—. ¡Ah!, allí está, sobre el sofá. Buenas noches.

—Míster Podgers, tengo que insistir en que me dé usted una respuesta sincera y concisa y una pregunta que voy hacerle.

—En otra ocasión, lord Arthur; ahora me espera la duquesa. Tengo que ir junto a ella.

—No irá usted. La duquesa no tiene ninguna prisa.

—Las damas no acostumbran esperar, lord Arthur —se excusó míster Podgers con una sonrisa forzada—. El bello sexo es impaciente.

Los labios, delineados de lord Arthur se plegaron con arrogancia despectiva. La duquesa le parecía poco importante en aquel momento. Atravesó el salón hasta el lugar donde se hallaba míster Podgers y le tendió la mano.

—Dígame lo que ha descubierto. Dígame la verdad; tengo que saberla. No soy ningún niño.

Los ojos de míster Podgers parpadearon tras sus gafas de montura de oro, y descansó primero sobre una pierna y luego sobre la otra, indeciso, mientras sus dedos jugueteaban nerviosamente con la cadena de su reloj.

—¿Qué le hace creer que he visto en su mano algo más de lo que le he dicho, lord Arthur?

—Porque lo sé, e insisto en que me diga qué es. Le pagaré, le firmaré un cheque por cien libras.

Los ojos verdes relampaguearon un instante y luego volvieron a quedarse quietos.

—¿Cien libras? —dijo al fin míster Podgers en voz baja..

—Naturalmente. Le mandaré un cheque mañana. ¿Cuál es su club?

—No pertenezco a ningún club. Es decir, no por el momento; pero mi dirección es... Permítame que le dé mi tarjeta.

Y sacando del bolsillo del chaleco una cartulina de cantos dorados, míster Podgers la entregó a lord Arthur con una profunda inclinación. En ella se leía: *Mr. Septimus R. Podgers. Quiromántico profesional. 1030, West Moon Street.*

—Recibo de diez a cuatro —murmuró míster Podgers mecánicamente—, y hago descuento a las familias.

—Dése prisa —insistió lord Arthur poniéndose muy pálido y tendiéndole la mano.

Míster Podgers miró alrededor, nervioso, y dejó caer la pesada cortina sobre la puerta.

—Nos llevará algún tiempo, lord Arthur; es mejor que se siente.

—Apresúrese, caballero —volvió a decir lord Arthur, golpeando el suelo con el pie.

Míster Podgers sonrió, sacó del bolsillo una pequeña lupa y la limpió cuidadosamente con su pañuelo.

—Estoy dispuesto —dijo.

# Capítulo II

Diez minutos después, con el rostro pálido de terror y los ojos enloquecidos por el dolor, lord Arthur salía corriendo de Bentick House, abriéndose paso entre el grupo de lacayos cubiertos de pieles que esperaban bajo los pabellones. Parecía no ver ni oír. La noche estaba fría y los faroles de gas que alumbraban la plaza titilaban por el viento. Tenía las manos ardorosas y la frente abrasaba fuego. Andaba distraído, siempre adelante, dando traspiés como un borracho. Un policía le miró con curiosidad al pasar, y un mendigo que le salió al paso desde el portal para pedirle limosna, se apartó aterrado al ver un infortunio mayor que el suyo. Una sola vez se detuvo debajo de un farol y se miró las manos. Creyó ver en ellas la sangre que las manchaba, y un gemido escapó de sus palpitantes labios.

Asesinato, eso era lo que el quiromántico había visto en ellas. ¡Un asesinato! La noche parecía saberlo y el desolado viento lo musitaba en sus oídos. Los rincones oscuros de las calles lo acusaban, los tejados le hacían visajes.

Primero legó al parque, cuya oscura arboleda parecía atraerle. Se apoyó en la verja, fatigado, refrescando su frente con la humedad del hierro y escuchando el tembloroso silencio de las frondas.

—¡Un asesinato...! ¡Un asesinato! —Se repetía, como si al oírselo pudiera atenuar el horror de la palabra. El sonido de su propia voz le hizo estremecerse y, a pesar de esto, casi deseaba que el eco le oyera y despertar de sus sueños a la ciudad dormida. Sintió un frenético deseo de parar a cualquier transeúnte y contárselo todo.

Después continuó su marcha vagando por la calle de Oxford, por estrechas y vergonzosas callejuelas. Dos mujeres de rostro pintado se burlaron de él al pasar. De un patio sombrío salían ruidos, maldiciones y golpes, seguidos de gritos agudos, y, arracimados bajo húmedo umbral, distinguió las espaldas y los cuerpos fatigados de la pobreza y la decrepitud. Le invadió una extraña piedad. Acaso aquellos hijos del pescado y de la miseria estaban predestinados a un fin como el suyo. ¿Acaso eran, como él, simples marionetas de un monstruoso guiñol?

Y, no obstante, no era el enigma, sino la comedia del sufrimiento lo que le conmovía, su absoluta inutilidad, su inusitada falta de sentido. ¡Qué incoherente y qué falto de armonía le pareció todo! Le asombraba el desacuerdo existente entre el optimismo superficial de los días y los hechos reales de la existencia. Todavía era muy joven.

Al cabo de un rato se encontró frente a la iglesia de Marylebone. La silenciosa calle parecía una larga cinta de plata bruñida, moteada aquí y allá por los oscuros arabescos de las sombras movedizas.

A lo lejos, la oscilante luz de los faroles de gas, y delante de una casita rodeada por una barda esperaba un coche de alquiler, solitario, cuyo cochero dormía dentro. Lord Arthur anduvo rápidamente en dirección a Portland Place, mirando a su alrededor continuamente, como si temiera que alguien lo siguiese. En la esquina de Rich Street, dos hombres leían un cartel fijado en una valla. El extraño sentimiento de curiosidad que despertó en él y lo hizo cruzar la calle en aquel sitio. Al acercarse, la palabra *asesino*, en letras negras, le saltó a la vista. Se sobresaltó y un oscuro rubor cubrió sus mejillas. Era un bando ofreciendo una recompensa a cualquier información que condujera al arresto de un hombre de estatura mediana, entre los treinta y los cuarenta años, sombrero hongo achatado, levita negra y pantalones a cuadros; su mejilla derecha estaba surcada por una cicatriz. Leyó el anuncio una y otra vez y se preguntó si el desgraciado llegaría a ser detenido y cómo se habría hecho aquella herida que lo marcaba. Quizás algún día su nombre se vería igualmente expuesto en las paredes de Londres. Quizá algún día se pondría también precio a su cabeza.

La sola idea le estremeció de horror. Dio media vuelta y huyó en la noche.

Apenas sabía hacia dónde iba. Recordaba confusamente que anduvo errante por un laberinto de casas sórdidas, y empezaba a salir el sol cuando por fin se encontró en Picadilly Circus. Al ir hacia su casa, por Belgrave Square, se cruzó con los grandes carros que se dirigían hacia Covent-Garden. Los carreteros, con sus blusas blancas, rostros bronceados y cabello rizado, azuzaban a sus caballerías, restallando el látigo y hablándose a gritos. Sobre el lomo de un enorme caballo gris, el conductor del tronco, cabalgaba un muchacho mofletudo con una ramita de flores amarillas en su deteriorado sombrero, riendo, firmemente agarrado a las crines. Las grandes montañas de verdura contrastaban con el fondo nacarado del amanecer como bloques de jade verde sobre los rosados pétalos de una rosa mágica. Lord Arthur se sintió vivamente impresionado, aunque sin saber por qué. Había algo en la delicada belleza del alba que se le antojaba patético, y pensó en todas las auroras que nacen en brillante fascinación y decaen hacia la tempestad. Aquellos hombres rudos, con sus grosero buen humor y su indolencia, ¡qué extraño Londres estarían viendo! Un Londres libre de los pecados nocturnos y del humo del día, una ciudad pálida y fantasmal, una desolada ciudad de sepulcros.

Se preguntó qué pensarían de ella los carreteros y si sabrían algo de su esplendor y de su vergüenza, de sus coloridos y soberbios goces, de su hambre atroz y de todo cuanto brota y muere de la mañana a la noche.

Probablemente no era para ellos sino un mercado adonde iban a vender sus frutos, ahí se quedaban unas horas, dejando luego las calles silenciosas y las casas dormidas. Le gustó contemplarlos al pasar. Por comunes que fueran, con sus zapatones de suela claveteada y sus andares torpes, llevaban consigo algo de la Arcadia. Comprendió que habían vivido en contacto con la Naturaleza y que de ésta habían asimilado la paz, y les envidió toda su ignorancia.

Cuando llegó a Belgrave Square, el cielo era de un azul diluído y los pájaros empezaban a cantar en los jardines.

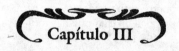

## Capítulo III

Cuando Lord Arthur despertó era mediodía y el sol se filtraba entre las cortinas de seda marfileña de su cuarto. Se levantó y fue a mirar por el ventanal. Una cálida neblina flotaba sobre la gran ciudad y los tejados de las casas parecían de plata bruñida. En el verde césped de la plaza de abajo, unos niños jugueteaban como mariposas blancas, y las aceras estaban pletóricas de gente que se encaminaba al parque. Nunca le había parecido la vida más hermosa, ni el mal tan remoto.

En ese momento su ayuda de cámara le trajo una bandeja con una taza de chocolate. Luego de beberla, apartó una pesada cortina de terciopelo de color albaricoque y entró en el cuarto de baño. La luz penetraba tamizada desde arriba por entre finas láminas de transparente ónice, y el agua de la bañera de mármol tenía un brillo de ópalo. Se sumergió rápidamente hasta que el agua le rozó el cuello y los cabellos; entonces metió la cabeza bajo el agua, como si quisiera borrar la mancha de algún recuerdo vergonzoso. Al salir se sintió sosegado. Las complacientes condiciones físicas del momento le dominaron, como suele ocurrir frecuentemente en las naturalezas perfectamente templadas, porque los sentidos, al igual que el fuego, pueden purificar o destruir.

Después del almuerzo se tumbó en un diván y encendió un cigarrillo. Sobre la repisa de la chimenea, y dentro de un marco de brocado antiguo, había una gran fotografía de Sybil Merton, tal como la había conocido en el baile de lady Noel. La cabeza, exquisita y delicadamente modelada, se inclinaba ligeramente a un lado, como si el cuello, delicado y frágil como un junco, no pudiera soportar el peso de tanta belleza; los labios, entreabiertos, parecían hechos para la música, y en sus ojos soñadores se podía adivinar la tierna pureza virginal. Con su ceñido y blanco traje de crepé de China y su gran abanico en forma de hoja parecía una de aquellas delicadas figurillas que los hombres han encontrado en los olivares cercanos a Tanagra, y su porte y actitud reflejaban cierta gracia helénica. Sin embargo, no era una mujer pequeña, sino perfectamente proporcionada, algo sorprendente en una época en que muchas mujeres o son muy altas o casi pequeñas.

Al contemplarla entonces, lord Arthur se sintió embargado por la terrible piedad que nace del amor. Comprendía que casarse con ella teniendo suspendido sobre su cabeza el sino del crimen, sería una traición como la de Judas, un pecado mucho peor que cualquiera de los efectuados por los Borgia. ¿Qué felicidad podían esperar, cuando en cualquier momento podía ser llamado a ejecutar la espantosa profecía escrita en su mano? ¿Qué vida sería la suya mientras el destino mantuviera aquel espantoso orden en su balanza? Era indispensable retrasar la boda. Estaba completamente decidido a ello.

Aunque el simple contacto de sus dedos cuando estaban juntos hiciera estremecer de placer todos los nervios de su cuerpo, no por ello dejaba de reconocer cuál era su deber, y estaba completamente convencido de que no tenía derecho a casarse con ella mientras no hubiera ejecutado el crimen. Una vez cumplido, podía presentarse al altar con Sybil Merton y entregarle su vida sin el menor indicio de remordimientos. Hecho esto, podría estrecharla entre sus brazos sabiendo que jamás se sonrojaría por él, que jamás vería su cabeza vencida por la vergüenza. Pero antes tenía que efectuarlo y cuanto antes lo hiciera, mejor sería para ambos.

Muchos hombres en su caso habrían preferido el camino florido del placer, a la difícil cuesta del deber; pero lord Arthur era demasiado escrupuloso para colocar el deleite por encima de los principios. En su amor había más que una simple pasión, y Sybil era para él un símbolo de todo lo noble y bueno. Por un momento sintió una natural repugnancia por lo que se le exigía hacer, pero se le pasó en seguida. Su corazón le dijo que no se trataba de un crimen, sino de un sacrificio; su razón le recordó que no tenía otra opción. Debía elegir entre vivir para él y vivir para los demás; por terrible que fuera la tarea impuesta, sabía, no obstante que el egoísmo nunca debería prevalecer sobre el amor. Tarde o temprano nos vemos todos obligados a elegir ese camino... a todos nosotros se nos plantea la misma cuestión. A Lord Arthur le llegó muy pronto su turno, antes de que su naturaleza se viera pervertida por el cinismo calculador de la edad madura o su corazón pudiera corromperse por el egoísmo y la elegancia de nuestra época; por ello no vaciló en el cumplimiento de su deber. Su personalidad, no era la de un soñador ni la de un engolosinado inútil. De serlo, hubiera vacilado como Hamlet, permitiendo que la indecisión destruyera su propósito. Era un joven notablemente práctico. La vida para él era acción más que pensamiento. Era dueño del excepcional don del sentido común.

Los sentimientos locos y morbosos de la noche anterior se habían borrado ahora por completo, y recordaba casi con vergüenza su desesperado vagar de calle en calle, su terrible agonía emotiva. La misma sinceridad de sus sufrimientos los consideraba irreales. Se preguntaba cómo había podido desvariar y ensañarse contra lo inevitable. Lo único que parecía preocuparle era a quién iba a eliminar, porque no podía pasar por alto el hecho de que el asesino, como la religión del mundo pagano, exige una víctima y un sacerdote. No siendo un genio, no tenía enemigos, y además comprendía que no era aquél el momento de satisfacer cualquier rencor o desagrado personal, puesto que la misión que debía llevar a cabo era de una extrema gravedad y solemnidad. Por tanto, hizo una lista de amigos y parientes en una hoja de papel, y después de un cuidadoso estudio se decidió por lady Clementina Beauchamp, una anciana deliciosa que vivía en Curzon Street y era su prima segunda por el lado materno. Siempre había sentido un gran afecto por lady Clem, como la llamaba todo el mundo, y siendo muy rico, puesto que había entrado en posesión de toda la fortuna de lord Rugby a su mayoría de edad, podía descartarse la posibilidad de que su muerte le proporcionara un vulgar beneficio económico. La verdad, cuanto más pensaba en todo, ello, más veía en la anciana a la persona indicada, y pensando en que cualquier aplazamiento era una injusticia hecha a Sybil, decidió llevar a cabo los preparativos.

Lo primero que había que hacer era, por supuesto, pagar al quiromántico; así es que se sentó ante un pequeño escritorio de Sharaton colocado delante de la ventana y llenó un cheque de cien libras esterlinas, pagadero a la orden de míster Septimus Podgers, lo metió en un sobre y ordenó a su criado que lo llevase a West Moon Street. Luego telefoneó a las cuadras para que le engancharan el coche y se vistió para salir. Antes de abandonar la habitación dirigió una mirada a la fotografía de Sybil Merton, jurando que, ocurriese lo que ocurriese, no le confesaría jamás lo que se disponía a hacer por amor a ella, perpetuamente conservaría el secreto de su expiación en el fondo de su corazón.

De camino hacia el casino Buckingham, se detuvo en una tienda de flores y envió a Sybil una preciosa cesta de narcisos de delicados pétalos blancos y pistilos que simulaban ojos de faisán.

Tan pronto llegó al club fue directamente a la biblioteca, tocó el timbre y pidió al camarero que le sirviera una limonada con soda y le trajese un libro sobre toxicología. Había decidido que el veneno era el mejor camino para culminar aquel enojoso asunto. Todo lo que pudiera parecer un acto de violencia personal le repugnaba, y además deseaba asesinar a lady Clementina de un modo que no llamara la atención, pues le horrorizaba ser un hombre de moda en casa de Lady Windermere o ver figurar su nombre en los periódicos que lee el vulgo. También debía tener en cuenta a los padres de Sybil que eran algo anticuados, y podían poner reparos a su matrimonio si se producía algo parecido a un escándalo, aunque estaba absoluta-mente seguro de que si les contaba los pormenores del caso, serían los primeros en comprender los motivos que le habían impulsado a obrar así. Tenía, pues, razón en elegir el veneno. Era un medio seguro, suave y silencioso, y le ahorraba la necesidad de escenas penosas, por las que, como muchos ingleses, sentía una profunda aversión.

Sin embargo, desconocía por completo la ciencia de los vene-nos, y como el criado parecía incapaz de encontrar nada en la bi-blioteca, excepto el *Ruff's Guide* y el *Bailey's Magazine*, examinó por sí mismo los anaqueles encontrando finalmente una edición lujosa-mente encuadernada de la *Farmacopea* y un ejemplar de la *Toxicolo-gía* de Erskine, editado por sir Matthew Reid, presidente de la Real Academia de Medicina y uno de los socios más antiguos del Buc-kingham Club, para el que fue elegido por una confusión con al-guien más, contratiempo que indignó tanto al Comité, que cuando el personaje auténtico apareció fue descalificado por unanimidad.

Los términos técnicos empleados en ambos libros dejaron per-plejo a lord Arthur, y empezaba a lamentar no haberse aplicado más en sus estudios en Oxford, cuando en el segundo tomo de Erskine en-contró un detallado e interesante estudio de las propiedades de la aconitina, escrito en un inglés accesible. Aquél le pareció el veneno que requería: De rápido efecto, no causaba dolor alguno, y si se tomaba en forma de cápsula gelatinosa, como recomendaba sir Ma-tthew, no tenía el mínimo sabor. Anotó en el puño de su camisa la dosis necesaria para provocar la muerte, volvió a poner los libros en su sitio y subió por St. Jame's Street hacia la farmacia de Pestle y Humbey. Míster Pestle, que atendía siempre personalmente a la aris-tocracia, se mostró sorprendido por el encargo, y con la máxima deferencia murmuró algo sobre la necesidad de una orden médica. No obstante, tan pronto lord Arthur le hubo explicado que era para un gran mastín noruego que se veía en la necesidad de eliminar por mostrar síntomas de rabia y haber mordido por dos veces la pantorri-lla de un cochero, se mostró perfectamente satisfecho, felicitó a lord Arthur por su extraordinario conocimiento de la toxicología y man-dó preparar inmediatamente la fórmula.

Lord Arthur guardó la cápsula en una preciosa y diminuta bom-bonera de plata que vio en un escaparate de Bond Street, tiró la espantosa cajita de Pestle Humbey y se encaminó directamente a casa de lady Clementina.

—Vaya, malvado señor —exclamó la anciana al verle en el salón—, ¿por qué no has venido a verme en todo este tiempo?

—Mi querida lady Clem, no he tenido un solo rato libre, contestó lord Arthur sonriendo.

—Me figuro que esto quiere decir que te pasas los días con Sybil Merton comprando y hablando tonterías. No comprendo por qué la gente arma tanto alboroto para casarse. En mi juventud no hubiéramos soñado en mostrarnos tanto en público y en privado.

—Le aseguro que hace veinticuatro horas que no he visto a Sybil, lady Clem. Que yo sepa, está entregada de lleno a sus modistas.

—Claro, y ésta es la razón por la que viene a ver a una vieja como yo. Me extraña que vosotros, hombres, no estéis sobre aviso. *On a fait des folies pour moi*, y aquí me tienes ahora, hecha una pobre reumática, con dentadura postiza y mal humor. Total, que si no fuera por mi querida lady Jansen, que me envía las peores novelas francesas que encuentra, no sé cómo podría pasar los días. Los médicos no sirven para nada, excepto para cobrar facturas a sus clientes; ni siquiera pueden curarme los dolores de estómago.

—Pues yo le traigo un remedio, lady Clem —dijo gravemente lord Arthur—. Es una cosa maravillosa, inventada por un americano.

—Me parece que los inventos americanos no me gustan, Arthur. Realmente, no me gustan. Ultimamente he leído varias novelas americanas, eran sólo desatinos.

—¡Oh, pero esto no es ninguna tontería, lady Clem! Le aseguro que es un remedio perfecto; tiene que prometerme que ha de probarlo.

Lord Arthur sacó la bombonera de su bolsillo y se la ofreció.

—¡Pero esta bombonera es hermosa Arthur! Una linda joya. Eres amabilísimo. ¿Y es éste el remedio milagroso? Pues parece un bombón. Voy a tomarlo ahora mismo.

—¡Cielos, no, lady Clem, no haga eso! —exclamó lord Arthur deteniéndola—. Es un remedio homeopático, y si lo tomara sin tener dolor podría hacerle muchísimo daño. Espere a tener un ataque y tómelo entonces. Quedará sorprendida del efecto.

—Me gustaría tomarlo ahora, contestó lady Clem, mirando al trasluz la cápsula transparente con su burbuja de aconitina líquida—.

Estoy segura de que es deliciosa. Te diré que aborrezco a los médicos, pero me encantan las medicinas. No obstante, la guardaré para mi próximo ataque.

—¿Cuándo lo va a tener? —preguntó lord Arthur—, ¿Será pronto?

—Creo que dentro de una semana o algo así. Ayer por la mañana me encontré muy mal, pero, claro, no se sabe.

—Entonces, ¿está segura de padecer un ataque antes de fin de mes, lady Clem?

—Me temo que sí. Pero ¡qué cariñoso estás hoy, Arthur! La verdad es que Sybil te ha hecho mucho bien. Y ahora tienes que irte, porque voy a cenar con gente de lo más aburrido, que no saben chismes, y sé que si no puedo dormir ahora un rato, seré incapaz de mantenerme despierta durante la cena. Adiós, Arthur; cariños a Sybil, y a ti no sabes lo que te agradezco la medicina americana.

—¿Verdad que no se olvidará de tomarla, lady Clem? —preguntó lord Arthur levantándose.

—Claro que no me olvidaré, malvado. Me parece muy bien que te acuerdes de mí. Ya te escribiré para decirte si necesito más.

Lord Arthur salió animadísimo de la casa de la anciana y con una sensación de verdadero alivio.

Aquella noche habló con Sybil Merton. Le dijo que se encontraba de pronto en una situación horriblemente difícil, ante la cual ni su honor ni su deber le permitían retroceder. Le dijo también que, de momento, había que aplazar la boda, ya que hasta no verse totalmente exento de compromisos, no podía considerarse un hombre libre. Le suplicó que confiara en él y que no abrigara dudas respecto del futuro. Todo se resolvería bien, pero era preciso tener paciencia.

Esta escena tuvo lugar en el invernadero de la casa de míster Merton, en Park Lane, donde lord Arthur había cenado como tenía por costumbre. Sybil jamás había parecido tan feliz, y por un momento lord Arthur sintió la tentación de portarse como un cobarde, escribir a lady Clementina que le devolviese la píldora y dejar que la boda tuviera lugar como si no existiese un míster Podgers en el mundo. No obstante, su buen criterio no tardó en imponerse, ni siquiera flaqueó cuando Sybil se echó llorando en sus brazos. La belleza que le hacía vibrar sus sentimientos había tocado también su conciencia. Comprendió que destrozar una vida tan hermosa por disfrutar unos meses de placer sería una acción de mal gusto.

Se quedó con Sybil hasta alrededor de medianoche, consolándola y siendo consolado a su vez, y a primera hora del día siguiente salió para Venecia, después de escribir una carta a míster Merton acerca del necesario aplazamiento de la boda, expresión de intachable nobleza e indudable valentía.

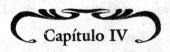

## Capítulo IV

En Venecia se encontró con su hermano, lord Surbiton, que acababa de llegar de Corfú en su yate. Los dos jóvenes pasaron juntos dos deliciosas semanas. Por las mañanas gustaban de pasear en el Lido a caballo por la bahía o se deslizaban por los verdes canales de su larga góndola negra; por la tarde solían recibir a sus amistades en el yate, y por la noche cenaban en *Florian* y fumaban incontables cigarrillos en la *Piazza*. Sin embargo, lord Arthur no era feliz. Todos los días recorría la columna de defunciones del *Times*, esperando leer la noticia de la muerte de lady Clementina, pero todos los días sufría la misma decepción. Empezó a temer que le hubiera ocurrido algún accidente, y con frecuencia lamentó haberle impedido tomar la aconitina cuando quiso conocer sus efectos. También las cartas de Sybil, aunque plenas de amor, confianza y ternura, solían tener un dejo muy triste, y con frecuencia pensaba que estaba alejado de ella para siempre.

Luego de quince días, lord Surbiton comenzó a cansarse de Venecia y decidió seguir la costa hasta Rávena, pues oyó de la extraordinaria caza de gallos silvestres del Pinetum. En un principio, lord Arthur se negó a ir con él, pero su hermano, por el que sentía un gran afecto, le convenció por fin de que si se quedaba en el Hotel Danieli terminaría muriendo de hastío, y en la mañana del 15 zarparon llevados por un fuerte viento y sobre un mar picado. La caza fue excelente, y la vida al aire libre devolvió el color a las mejillas de lord Arthur, pero el día 22 volvió a sentir impaciencia por la suerte de lady Clementina y, a pesar de las sugerencias de lord Surbiton, tomó el tren de regreso a Venecia.

Al momento de bajar de su góndola, ante el hotel, el propietario se adelantó y le entregó un telegrama. Lord Arthur se lo arrebató de las manos y lo fue abriendo. Todo había sido un éxito. Lady Clementina había muerto repentinamente durante la noche del día 17.

El primer pensamiento fue para Sybil, le mandó un telegrama para anunciarle su inmediato regreso a Londres. En seguida ordenó a su criado que preparara el equipaje para el rápido de esa noche; pagó a sus gondoleros cinco veces el valor de sus servicios y subió corriendo a su habitación con pasos ligeros y el corazón alegre. Arriba se encontró con tres cartas que le esperaban. Una era de la propia Sybil, llena de cariñoso consuelo; las otras eran una de su madre y otra del notario de lady Clementina. Al parecer, la anciana había cenado aquella noche con la duquesa y había divertido a todos con su ingenio y viveza, pero se había retirado temprano, alegando no encontrarse bien. Por la mañana la encontraron muerta en la cama; no parecía haber sufrido. Se mandó llamar inmediatamente a sir Matthew Reid, pero, naturalmente, ya no había nada que hacer, y el entierro se había anunciado para el día 22 en Beauchamp Chalcote. Pocos días antes de morir había hecho testamento, dejando a lord Arthur su casita de Curzon Street, así como todos los muebles, objetos personales y pinturas, exceptuando su colección de miniaturas, que heredó a su hermana lady Margaret Rufford, y su collar de amatistas, que era para Sybil Merton. La herencia no era muy valiosa, pero míster Mansfield, el notario, estaba impaciente por ver cuanto antes a lord Arthur, ya que quedaban muchas deudas pendientes porque lady Clementina nunca llevó sus cuentas en regla.

A lord Arthur le conmovió aquel cariñoso recuerdo de lady Clementina y comprendió que míster Podgers tenía gran responsabilidad en aquel asunto. Sin embargo, su amor por Sybil dominaba cualquier otro sentimiento, y el convencimiento de haber cumplido con su deber le daba tranquilidad y ánimos. Al llegar a Charing Cross se sentía plenamente feliz. Los Merton lo recibieron muy afectuosos. Sybil le hizo prometer que jamás volvería a permitir que un obstáculo se interpusiera entre ellos, y se fijó la boda para el día 7 de junio. La vida volvió a parecer hermosa y brillante y su antigua alegría renació de nuevo en él.

No obstante, un día, haciendo inventario de la casa de Curzon Street con Sybil y el notario de lady Clementina, quemando paquetes de cartas descoloridas y limpiando cajones de trastos inútiles, oyó a Sybil lanzar un grito de maravillada alegría.

—¿Qué has encontrado, Sybil? —preguntó lord Arthur levantando la cabeza y sonriendo.

—Esta bombonerita de plata, Arthur. Parece holandesa. ¿Me la puedes regalar? Sé que las amatistas no me sientan hasta que cumpla los ochenta años.

Se trataba de la bombonera que contuvo la aconitina.

Lord Arthur se estremeció y un suave rubor cubrió sus mejillas. Ya casi no recordaba lo que había hecho, y le pareció una rara coincidencia que fuese Sybil, por cuyo amor había sufrido todas aquellas angustias, la primera en recordárselo.

—Claro, es tuya. Fui yo quien se la regaló a la pobre lady Clem.

—¡Oh, gracias, Arthur! ¿Puedo comerme también el bombón? No sabía que lady Clem fuera golosa; siempre la creí demasiado intelectual.

Lord Arthur palideció intensamente y una idea horrible cruzó por su imaginación.

—¿Un bombón? ¿Qué quieres decir, Sybil? —murmuró con voz apagada y ronca.

—Sí, hay sólo uno y está rancio y sucio y no tengo la menor intención de comerlo. Pero ¿qué te sucede, Arthur? Estás muy pálido.

Lord Arthur cruzó la estancia de un salto y se apoderó de la cajita. Dentro estaba la cápsula ambarina con su burbuja mortal.

La perturbación que le produjo aquel descubrimiento fue superior a sus fuerzas. Lanzando la cápsula al fuego, se desplomó sobre el sofá con un grito de evidente desaliento.

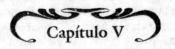

## Capítulo V

Míster Merton quedó bastante incómodo ante aquel segundo aplazamiento y lady Julia que ya tenía encargado el vestido para la boda, hizo cuanto pudo para convencer a Sybil de la ruptura del compromiso. A pesar del gran cariño que Sybil sentía por su madre, había entregado su vida a lord Arthur, y nada de lo que le dijo lady Julia pudo modificar su voluntad. En lo que se refiere a Arthur, necesitó varios días para reponerse del terrible fracaso; por poco tiempo tuvo los nervios destrozados. Su admirable sensatez y su criterio sano y práctico no le permitió dudar sobre su conducta a seguir. Como el veneno había fallado, debía ensayar dinamita o cualquier otro explosivo.

Volvió, pues, a recorrer la lista de parientes y amistades, y después de cuidadosas reflexiones se decidió volar a su tío el deán de Chichester. Personaje, erudito, de claro entendimiento, a quien le entusiasmaban los relojes. Poseía una maravillosa colección de aparatos de medir el tiempo, que abarcaba desde el siglo XV a la actualidad. Por lo que lord Arthur pensó que este capricho del buen deán le ofrecía una oportunidad para llevar a cabo su plan. Dónde conseguir una máquina explosiva, era otra cosa. El anuario de Londres no le proporcionó el más mínimo informe sobre el asunto, y se dijo que sería inútil dirigirse a Scotland Yard, ya que jamás parecían enterados de los movimientos de los dinamiteros hasta después de una explosión, y aun entonces se quedaban sin saber gran cosa.

De pronto pensó en su amigo Rouvaloff, un muchacho ruso de tendencias revolucionarias a quien conoció un invierno en casa de lady Windermere. Se rumoraba que el conde Rouvaloff estaba escribiendo una biografía de Pedro el Grande y que había venido a Inglaterra para estudiar los documentos referentes a la estancia del Zar en este país como constructor de barcos; pero se sospechaba que era un agente nihilista, y era indudable que la Embajada rusa no miraba con buenos ojos su presencia en Londres. Pero lord Arthur sabía que aquél era el hombre que necesitaba para sus propósitos, y una mañana se dirigió a su casa de Bloomsbury para pedirle consejo y ayuda.

—¿De modo que ahora piensa tomar en serio la política? —dijo el conde Rouvaloff cuando lord Arthur le hubo explicado el motivo de su visita. Pero éste, que odiaba cualquier tipo de fanfarronería, se creyó en la obligación de confesarle que no tenía el menor interés por los problemas sociales y que deseaba la máquina explosiva para un asunto familiar.

El conde Rouvaloff le miró asombrado, y luego, al ver que hablaba en serio, escribió una dirección en un pedazo de papel, firmó con su inicial y se lo entregó, diciéndole:

—Scotland Yard pagaría cualquier cantidad por conocer esta dirección, mi querido amigo.

—Pero no la conseguirá —exclamó lord Arthur riendo— y luego de estrechar cordialmente la mano del joven ruso, bajó precipitadamente la escalera y ordenó al cochero que lo llevara a Soho Square.

Una vez allí lo despidió, anduvo Greek Street y llegó a un lugar llamado Bayle Court. Atravesó un pasaje y se encontró en un sorprendente callejón sin salida, que parecía estar ocupado por una lavandería francesa, pues se advertía un tejido de lazos con ropa tendida de casa en casa, un revolotear de lino en el aire matinal. Lord Arthur anduvo hasta el fondo y llamó a una pequeña casita. Después de cierta espera, durante la cual todas las ventanas se llenaron de rostros interrogantes, un extranjero de expresión ruda abrió la puerta y le preguntó en un mal inglés qué deseaba.

Lord Arthur le tendió el papel que le había dado el conde Rouvaloff. Cuando el hombre lo vio, hizo una reverencia e invitó a lord Arthur a entrar en una sala estrechísima del piso bajo, y al poco rato, Herr Winckelkopf, como se le llamaba en Inglaterra, entró rápidamente en la habitación con una servilleta manchada de vino al cuello y un tenedor en la mano izquierda.

—El conde Rouvaloff —dijo lord Arthur al tiempo de saludar— me ha recomendado a usted, y deseo vivamente que me conceda una breve entrevista para hablar de un negocio. Me llamo Smith... Robert Smith, y deseo que me proporcione un reloj explosivo.

—Encantado de conocerle, lord Arthur —dijo el genial alemán riéndose—. No se alarme usted; estoy obligado a conocer a todo el mundo, y recuerdo haberle visto, una noche, en casa de lady Windermere. Espero que su señoría se encuentre con buena salud. ¿Quiere sentarse conmigo mientras termino mi desayuno? Tengo un *paté* excelente, y mis amigos extreman su bondad hasta decir que mi vino del Rin es mejor que cualquiera de los que se sirven en la embajada alemana.

Antes de que lord Arthur se sobrepusiera a la sorpresa de verse descubierto, se encontró sentado en una habitación del fondo, saboreando un delicioso *Marcobrüner* proveniente del frasco de cristal amarillo marcado con el monograma imperial y departiendo amigablemente con el famoso anarquista.

—Los relojes de explosión —explicó Herr Winckelkopf no son cosas recomendables para su exportación al extranjero, ya que, aun suponiendo que consigan pasar la aduana, a causa del servicio de trenes que es tan irregular suelen estallar antes de arribar a su destino. No obstante, si desea uno para el país, puedo proporcionarle un excelente artículo, garantizándole que el resultado será satisfactorio. ¿Puedo preguntarle a quién va destinado? Si es para la policía o para cualquier persona relacionada con Scotland Yard, temo no poder servirle. Cierto que los detectives ingleses son nuestros mejores amigos, pero he comprobado siempre que, si confiamos en su estupidez, podemos hacer exactamente lo que deseamos. No quisiera eliminar a ninguno.

—Le aseguro —afirmó lord Arthur— que esto no tiene nada que ver con la policía. La verdad, el reloj está destinado al deán de Chichester.

—¡Caramba! No tenía la menor idea de que la cuestión religiosa le interesara tanto. Los jóvenes de hoy no se emocionan por estas cosas.

—Temo que no me haya comprendido, Herr Winckelkopf —dijo lord Arthur ruborizándose—. Confieso que ignoro todo sobre teología.

—¿Entonces se trata de un asunto puramente personal?

—Exclusivamente privado.

Herr Winckelkopf se encogió de hombros y salió de la habitación, reapareciendo a los pocos minutos con un cartuchito de dinamita y un bello reloj francés rematado por una figura de bronce dorado representando a la Libertad pisando la hidra del Despotismo.

El rostro de lord Arthur se iluminó al verlo.

—Esto es precisamente lo que deseaba —exclamó—. Ahora dígame: ¿cómo se activa?

—Ah, ése es mi secreto —contestó Herr Winckelkopf contemplando su invento con un aire de orgullo—. Dígame solamente cuándo desea que haga explosión, y regularé el mecanismo para ese momento.

—Bien, estamos a martes, y si pudiera enviarlo en seguida...

—Es imposible; unos amigos de Moscú me han encargado unos trabajos importantes. Pero podría enviarlo mañana.

—¡Oh!, llegará a buen tiempo —dijo lord Arthur— si se recibe mañana por la noche o el jueves por la mañana. En cuanto a la explosión, pongamos que tenga lugar el viernes a mediodía justamente. A esa hora el deán está siempre en casa.

—El viernes a mediodía —repitió Herr Winckelkopf— tomando nota en un gran registro abierto sobre una mesa, cerca de la chimenea.

—Y ahora —dijo lord Arthur levantándose de su silla tenga la bondad de decirme cuánto es lo que le debo.

—Es tan poca cosa, lord Arthur, que le voy a decir el precio de coste. La dinamita vale siete chelines con seis peniques; el reloj, tres libras con diez chelines, y los portes, unos cinco chelines. Me complace servir a un amigos del conde Rouvaloff.

—Pero ¿y su trabajo, Herr Winckelkopf?

—Bah, no es nada. No trabajo por dinero; vivo exclusivamente para mi arte.

Lord Arthur dejó sobre la mesa cuatro libras, dos chelines y seis peniques, dio las gracias al alemán por su amabilidad y, habiendo conseguido rechazar sin ofenderle una invitación a merendar para el sábado siguiente en la que le hubieran presentado a unos anarquistas, salió de la casa y se dirigió al parque.

El miércoles y jueves los vivió lord Arthur con gran excitación, y el viernes a mediodía se instaló en el Buckingham en espera de noticias. Durante toda la tarde el conserje repartió telegramas procedentes de todas las partes del mundo, dando los resultados de las carreras de caballos, los veredictos en los procesos de divorcios, los pronósticos meteorológicos y demás, mientras la cinta iba dando los pesados detalles de la sesión nocturna de la Cámara de los Comunes y un ligero pánico en la Bolsa de Londres. A las cuatro trajeron los periódicos de la tarde, y lord Arthur se encerró en la biblioteca con el *Pall Mall, el St. James, el Globe y el Echo,* incitando el furor del coronel Goodchild, que quería leer el informe sobre el discurso pronunciado aquella misma mañana en Mansion House, refiriéndose a las Misiones sudafricanas y a la conveniencia de tener obispos negros en cada provincia; el coronel, por alguna razón, sentía una fuerte aversión por el *Everning News.*

Ninguno de los periódicos contenía la menor alusión a Chichester, y lord Arthur sospechó que el atentado había fracasado. Fue para él un choque tremendo, y estuvo realmente acongojado. Herr Winc-

kelkopf, a quien fue a visitar al día siguiente, se deshizo en complicadas excusas, ofreciéndose a proporcionarle otro reloj gratis o bien
una cajita de bombas de nitroglicerina a precio de coste. Pero lord
Arthur perdió la confianza en los explosivos, y el propio Winckelkopf
reconoció que hoy día estaba todo tan adulterado que incluso resultaba difícil conseguir dinamita pura. Sin embargo, el alemán, aún
admitiendo que el mecanismo pudo haber sufrido algún desperfec-
to, confiaba todavía en que el reloj estallara. Citaba el ejemplo de un
barómetro que envió una vez al gobernador militar de Odessa, el
cual, preparado para hacer explosión a los diez días, tardó tres meses
en hacerlo. También era cierto que al estallar hizo trizas a la doncella, pues el gobernador había salido de la ciudad seis semanas antes,
pero esto demostraba que la dinamita, en plan de fuerza destructiva,
era, siempre y cuando estuviera gobernada por un mecanismo, un
agente poderoso aunque no preciso. Lord Arthur encontró cierto
consuelo en esta reflexión, pero incluso en esto iba a sufrir una nueva decepción, puesto que dos días después, cuando subía a sus habitaciones, la duquesa le llamó a su tocador para enseñarle una carta
que acababa de recibir del Deanato.

—Jane siempre escribe unas cartas encantadoras —dijo la duquesa—; tienes que leer esta última. Es tan entretenida como las
novelas que nos manda Mudie.

Lord Arthur se la quitó de las manos. Estaba redactada de la siguiente manera:

"Deanato de Chichester
"27 de mayo

"Queridísima tía:

"Muchas gracias por la franela y el tejido de algodón que me mandaste para el Asilo de Dorcas. Estoy completamente de acuerdo contigo en que es una tontería querer lucir prendas bonitas, pero todo el
mundo ahora en tan radical y tan falto de sentimientos religiosos que
es difícil hacerles comprender que no deben intentar vestirse como las
clases superiores. ¡En verdad no se adónde vamos a llegar! Como ha
dicho papá infinidad de veces en sus sermones, vivimos en un tiempo de incredulidad.

—Nos hemos divertido tanto con un reloj enviado a papá por un admirador desconocido. Llegó de Londres el jueves pasado, en una caja de madera, porte pagado; y papá cree que lo mandó algún oyente de su magnífico sermón "¿Es libertad el libertinaje?", pues el reloj estaba rematado por una figura de mujer tocada con gorro frigio. No lo encuentro nada acertado, pero papá dijo que es una figura histórica, así que me figuro que está bien. Parker lo desempacó y papá lo colocó sobre la chimenea de la biblioteca. El viernes por la mañana, estando todos reunidos allí, cuando el reloj dio las doce, oímos un estruendo, salió un poco de humo del pedestal y la diosa de la libertad cayó, rompiéndose la nariz contra el guardafuego. María se asustó mucho, pero fue tan cómico que James y yo estuvimos riéndonos, también papá se divirtió con el incidente.

"Examinamos el reloj apreciando que se trataba de una especie de despertador y que, si se ponía en una hora determinada y se colocaba pólvora y fulminante debajo de un pequeño martillo, podía hacerse estallar a voluntad. Papá dijo que no podía quedarse en la biblioteca por ser tan ruidoso; así que Reggie se lo llevó al colegio y ahí siguió haciendo pequeñas explosiones durante todo el día. ¿Crees que a Arthur le gustaría uno como regalo de boda? Me figuro que estarán muy de moda en Londres. Papá dice que estos relojes pueden hacer mucho bien porque enseñan que la Libertad no es duradera y que tarde o temprano se derrumba. Papá dice que la Libertad fue inventada en tiempos de la Revolución francesa. ¡Esto es terrible!

"Tengo que irme ahora al Asilo, y voy a leerles tu carta, que considero muy instructiva. ¡Cuán cierta es tu idea, tía, de que en su estilo de vida lleven lo que no les va! Confieso que encuentro absurda su preocupación por el vestir cuando hay tantas cosas mucho más importantes en este mundo, y me alegra saber que tu traje estampado no sufrió daño ni se desgarró el encaje. El miércoles llevaré el traje de raso amarillo que me regalaste, para ir a casa del obispo, y creo que me sienta muy bien. ¿Te peinarías con moño o no? Mi camarera dice que todo el mundo lleva moños ahora y que el encaje de mis refajos debería estar escarolado.

"Reggie acaba de presenciar otra explosión, y papá ha mandado llevar el reloj a la cuadra. Me parece que a papá no le hace tanta gracia como al principio, aunque se sienta halagado por haber recibido un regalo tan bonito e ingenioso, esto demuestra que la gente oye sus sermones y que sirven de enseñanzas.

"Papá manda recuerdos, así como James, Reggie y María. Esperando que tío Cecil esté mejor de su gota.

"Ya sabes tía, cuanto te quiere tu sobrina.

"Jane Percy

"P. S. —Contéstame lo de los moños. Jennings insiste en que están de moda!

Lord Arthur se quedó tan serio y entistecido después de leer la carta, que la duquesa se echó a reír.

—¡Pero Arthur! —exclamó—. No volveré a enseñarte una carta de jovencita. ¿Qué piensas del reloj? Lo encuentro un invento formidable; me gustaría tener uno.

—No me hace ninguna gracia —dijo lord Arthur sonriendo con tristeza. Y después de besar a su madre, salió de la habitación.

Apenas llegó arriba se desplomó sobre un sofá y sus ojos se llenaron de lágrimas. Había hecho cuanto pudo para cometer el crimen, pero fracasó en las dos ocasiones, aunque no por su culpa. Intentó cumplir con su deber, pero parecía que el propio destino le traicionaba. Le oprimía la sensación de su esfuerzo por portarse bien. Tal vez fuera mejor romper de una vez el compromiso. Sybil sufriría, por supuesto, pero el dolor no destrozaría un carácter tan noble como el suyo. En cuanto a él, ¿qué importaba? Siempre hay una guerra donde un hombre puede morir, o una causa por la cual dar su vida, y puesto que la vida no le reservaba ningún placer, no le asustaba la muerte. Que el destino trazara su camino; él no haría nada por ayudarle.

A las siete y media se vistió y se fue al club. Su hermano estaba allí con un grupo de jóvenes, y no tuvo más remedio que quedarse a cenar con ellos. Su conversación frívola y sus chistes insolentes no le interesaban, y tan pronto sirvieron el café se despidió improvisando un compromiso para justificar su marcha. Al salir del club, el portero le entregó una carta. Era de Herr Winckelkopf, invitándole para la noche siguiente a ver un paraguas explosivo que estallaba al abrirse. Era la última palabra en inventos y acababa de llegar de Ginebra.

Rompió la carta a pedacitos; estaba decidido a no probar nada más. Emprendió un paseo por los muelles del Támesis y luego permaneció horas sentado a orillas del río. La luna miraba por entre una sombría cortina de nubes, como un ojo de león; innumerables estrellas centelleaban en el firmamento, como polvillo de oro esparcido en una cúpula. De vez en cuando, una barcaza se mecía corriente abajo, llevada por la marea, y las señales del ferrocarril cambiaban de verde a rojo según pasaban los trenes por el puente. Poco después dieron las doce en el reloj de la torre de Westminster, y a cada golpe de la sonora campana la noche se estremecía. Luego se apagaron las luces de las vías y sólo quedó brillando una luz solitaria y roja como un rubí sobre un alto mástil, mientras el rumor de la ciudad fue debilitándose.

A las dos se puso en pie y anduvo, despacio, en dirección a Blackfriars. ¡Qué irreal le parecía todo! ¡Cuán parecido a una extraña pesadilla! Al otro lado del río, las casas parecían surgir de las tinieblas, Parecía como si el mundo hubiera sido forjado de nuevo con plata y sombras. La enorme cúpula de San Pablo sobresalía como una burbuja en la atmósfera oscura.

Al acercarse al obelisco de Cleopatra vio un hombre asomado al parapeto, y cuando estuvo a su altura, el hombre levantó la cabeza y la luz del farol de gas le dio de lleno en la cara.

Era míster Podgers, el quiromántico. El rostro carnoso, la papada fofa, las gafas de montura de oro, la sonrisa enfermiza y la boca sensual eran inconfundibles.

Lord Arthur se detuvo. Tuvo una idea genial y se le acercó silenciosamente. En menos de nada agarró a míster Podgers por las piernas y lo tiró al Támesis. Se oyó una maldición, un chapoteo y nada más. Lord Arthur miró con ansiedad la superficie, pero no pudo ver nada más que el sombrero del quiromántico que giraba en un remolino de agua iluminada por la luna. Un momento más tarde también se hundió el sombrero y no quedó rastro visible de míster Podgers.

En un momento dado creyó ver la deforme silueta, alargó la mano hacia la escalerilla del puente, y una terrible sensación de fracaso le embargó, pero luego resultó ser solamente una sombra, y cuando la luna salió brillando tras unas nubes, se desvaneció. Por fin creyó haber podido cumplir el mandato del destino. Exhaló un profundo suspiro de alivio, y el nombre de Sybil escapó de sus labios.

—Se le ha caído algo, señor? —dijo de pronto una voz a sus espaldas.

Se volvió y vio a un policía con su linterna sorda.

—Nada que valga la pena, sargento —contestó sonriendo, y, llamando un coche que pasaba, ordenó al cochero que lo llevara a Belgrave Square.

Durante los días siguientes al suceso se sentía animoso y preocupado a la vez. Hubo veces en que casi esperó ver entrar a míster Podgers, y otras en que se dijo que la fortuna no podía ser tan injusta con él. Fue por dos veces a casa del quiromántico en West Moon Street, pero no pudo decidirse a tocar el timbre. Deseaba ansiosamente conocer la verdad, misma que temía.

Y por fin lo supo. Estaba sentado en el salón de fumadores del club tomando el té, escuchaba aburrido las explicaciones de su hermano sobre la última atracción del Gaiety, cuando entró el camarero con los periódicos. Cogió el *St. James*, lo hojeaba distraídamente, cuando de pronto sus ojos tropezaron con este extraño título:

### *"Suicidio de un Quiromántico"*

Palideció de emoción y empezó a leer la nota, estaba redactada como sigue:

"Ayer, a las siete de la mañana fue encontrado en la playa de Greenwich, frente al Ship Hotel, el cuerpo de míster Septimus Podgers, el famoso quiromántico. El desafortunado hombre había desaparecido hace unos días, y en los círculos quirománticos sentíase considerable inquietud por su paradero. Se supone que se suicidó impulsado por un momentáneo trastorno mental producido sin duda por un exceso de trabajo, y el forense ha emitido esta tarde el veredicto pertinente. Míster Podgers acababa de terminar un complicado *Tratado sobre La mano humana*, que será publicado en breve y que, indudablemente, despertará mucho interés. El difunto contaba sesenta y cinco años y, al parecer, no tenía familia."

Lord Arthur salió corriendo del club, con el periódico en la mano, ante el asombro del portero, que trató inútilmente de detenerlo, y se dirigió directamente a Park Lane. Sybil le vio desde la ventana, y algo pareció decirle que era portador de buenas noticias. Bajó a su encuentro, y al ver su expresión comprendió que todo estaba arreglado.

—Mi querida Sybil —exclamó lord Arthur—. ¡Casémonos mañana mismo!

—¡Qué loco eres! ¿Pero si el pastel de bodas no ha sido encargado...! —Contestó Sybil riendo en tanto que lloraba.

## Capítulo VI

Cuando se celebró la boda, unas tres semanas después, San Pedro se llenó de una cantidad de gente principal y célebre. La ceremonia fue oficiada con la máxima solemnidad por el deán de Chichester, y todo el mundo estuvo de acuerdo en reconocer que jamás habían visto una pareja tan hermosa como los novios. Eran mucho más bellos: eran felices. Lord Arthur no lamentó un solo instante todo lo que había tenido que sufrir por amor a Sybil, mientras ella, por su parte, le entregaba lo mejor que una mujer puede dar a un hombre: respeto, ternura y amor. En su caso, la realidad no mató el idilio. Conservaron siempre sus jovenes sentimientos.

Luego que pasaron algunos años, cuando les nacieron dos hermosos hijos, lady Windermere fue a visitarlos a Alton Priory, una finca antigua y encantadora, regalo de boda del duque a su hijo, y estando una tarde sentada con lady Sybil en el jardín, debajo de un tilo, contemplando al niño y a la niña que jugueteaban cerca de los rosales, cómodos rayos de sol, cogió las manos de Sybil y le dijo:

—¿Eres feliz, Sybil?

—Claro que soy feliz, lady Windermere. ¿Usted no?

—No me queda tiempo para serlo, Sybil. El último que me presentan es siempre con el que me encariño. Pero en general, cuando lo conozco a fondo me aburre.

—¿No le divierten sus leones, lady Windermere?

—¡Oh, no! Mis leones no me sirven más que para una temporada. En cuanto se les corta la melena se transforman en los seres más tediosos del mundo. Y cuanto mejor se porta uno con ellos, peor se comportan. ¿Te acuerdas de aquel horrible míster Podgers? Era un odioso impostor. Por supuesto que en un principio no lo noté y aun cuando me pedía dinero prestado se lo perdonaba, pero no podía soportar sus cortejos amorosos. Supo hacerme aborrecer la quirománcia. Ahora me emociona la telepatía; es mucho más divertida.

—En esta casa no se puede hablar mal de la quiromancia, lady Windermere. Es la única cosa sobre la que impide Arthur que se bromee. Le aseguro que lo toma muy en serio.

—¿No irás a decirme, Sybil, que cree en ella?

—Pregúnteselo, lady Windermere; aquí llega.

Vieron a lord Arthur acercarse por el jardín con un gran ramo de rosas amarillas en la mano y sus dos hijos correteando a su alrededor.

—¿Lord Arthur?

—Sí, lady Windermere.

—¿En serio cree en la quiromancia?

—Claro que sí —contestó el joven sonriendo.

—Pero ¿por qué?

—Porque a ella debo toda la felicidad de mi vida —murmuró desplomándose en un sillón de mimbre.

—¿Qué le debe usted, Arthur?

—Sybil —contestó ofreciendo las rosas a su esposa y mirándose en sus ojos violeta.

—¡Que necedad! —expresó lady Windermere—. No he escuchado en mi vida una extravagancia semejante.

# El modelo millonario

De nada sirve ser un hombre encantador si carece de fortuna. La vida idílica no es la profesión de los sin trabajo; pero sí un privilegio de los ricos.

Los pobres deberían ser prácticos y no vulgares. Es preferible disponer de una renta permanente que ser fascinador. Éstas son las grandes verdades de la vida moderna que Hughie Erskine nunca asimiló ¡Pobre Hughie! se debe reconocer que, desde el punto de vista intelectual, no tenía gran importancia. Jamás había dicho una frase brillante o una palabra mal intencionada en su vida, pero, eso sí, era hermosísimo, con su cabello color castaño y rizado, su perfil clásico y sus ojos grises. Era tan popular entre los hombres como entre las mujeres y contaba con toda clase de cualidades, excepto la de hacer dinero.

Su padre le había dejado su sable de caballería y una *Historia de la Guerra Peninsular*, en quince tomos. Hughie colgó el sable encima de su espejo y colocó la *Historia* en una estantería, entre el *Ruff's Guide* y el *Bailey's Magazine*, y vivía con doscientas libras de renta que le pasaba una anciana tía.

Todo lo había intentado ya. Fue a la Bolsa durante seis meses; pero ¿qué podía hacer una mariposa entre animales de presa y ataque? Fue comerciante de té por espacio de unos meses más, pero pronto se cansó del tipo *pekoe* y del *souchong*. Luego trató de vender jerez seco, pero sin éxito porque era demasiado seco el jerez. Finalmente se dedicó a no ser nada, es decir, a ser simplemente un joven delicioso, inútil, de armónico perfil y carente de alguna profesión.

Después se enamoró como si no fuera ya suficiente de su desgracia. La muchacha que amaba se llamaba Laura Merton, hija de un coronel retirado que había perdido la paciencia y el estómago en la India, sin conseguir volver a encontrar ni una cosa ni la otra. Laura adoraba al joven, y él estaba siempre dispuesto a besar la punta de sus zapatos. Formaban la pareja más hermosa de Londres, aunque entre los dos no reunían ni un penique. El coronel sentía gran afecto por Hughie, pero no quería oír hablar de compromiso.

—Ven a verme, hijo mío, cuando tengas diez mil libras tuyas, y entonces veremos —solía decirle, y Hughie se sentía tristísimo en aquellas ocasiones y necesitaba de Laura para consolarse.

Una mañana, camino de Holland Park, donde vivían los Merton, entró a visitar a un amigo suyo, Alan Trevor, quien era pintor. La verdad es que, hoy día, pocos escapan a esta fiebre. Pero él era además un artista, y los artistas son más bien escasos. Personalmente era un tipo raro y arisco, pecoso y con una enmarañada barba roja. No obstante, tan pronto cogía un pincel, se transformaba en un verdadero maestro y sus cuadros eran solicitadísimos. Al principio se había sentido atraído por Hughie, pero hay que decirlo, solamente en cuanto a su personal encanto se refiere.

—Las únicas personas que un pintor debe conocer son aquellas que fueran tontas y bellas —solía decir—, esas cuya contemplación produce un placer artístico y cuya conversación es un descanso intelectual. Los hombres encantadores y las mujeres frívolas gobiernan el mundo, o, por lo menos, deberían gobernarlo.

Sin embargo, cuando llegó a conocer a Hughie, terminó por quererlo, por su carácter alegre, impulsivo y generoso; permitiéndole la entrada permanente en su estudio.

Cuando Hughie entró aquel día se encontró con Trevor dando los últimos toques a un cuadro maravilloso, representando a un mendigo en tamaño natural. Estaba en persona de pie en una tarima en un rincón del estudio. Era un viejo acabado, con un rostro de pergamino arrugado y una expresión lastimera. Sobre sus hombros llevaba una capa parda de paño burdo, llena de desgarrones y agujeros; sus claveteados zapatones estaban llenos de parches, y con una mano se apoyaba en un garrote, mientras con la otra alargaba su deformado sombrero en actitud de pedir limosna.

—¡Qué extraordinario modelo! —dijo Hughie dándole la mano a su amigo.

—¿Extraordinario? —exclamó Trevor—. ¡Ya puedes decirlo! Uno no se encuentra todos los días con mendigos de este tipo. Una *trouvaille, mon cher*, un Velázquez en carne y hueso. ¡Cielos, qué boceto habría sacado Rembrandt de este hombre!

—¡Pobre hombre! —se compadeció Hughie—. ¡Qué desgraciado parece! Aunque me imagino que un rostro semejante representa para los pintores una fortuna.

—Claro —contestó Trevor—; no pensarás que un mendigo tenga el aspecto feliz, ¿verdad?

—¿Cuánto gana un modelo por sesión? —preguntó Hughie sentándose cómodamente en un diván.

—Un chelín por hora.

—¿Y cuánto cobras por el cuadro, Alan?

—¡Oh!, por éste, dos mil.

—¿Libras?

—No, guineas. Los pintores, los poetas y los médicos cobramos siempre por guineas.

—Pues creo que el modelo debería tener un tanto por ciento —rió Hughie—, ya que trabaja tanto como tú.

—¡Tonterías, tonterías! Toma en cuenta el trabajo que significa extender el color y estar todo el día de pie ante un caballete. Puedes decir lo que quieras, Hughie, pero yo te aseguro que en ciertos momentos el arte llega a alcanzar la dignidad de un trabajo artesanal. Pero, por favor, no me hables; estoy muy ocupado. Fúmate un cigarrillo y permanece tranquilo.

Un momento después entró el criado para decir a Trevor que el hombre de los marcos quería hablar con él.

—No te marches, Hughie —le dijo antes de salir—; vuelvo en seguida.

El viejo mendigo aprovechó la ausencia de Trevor para sentarse un momento en un banquillo de madera que tenía detrás. Tenía un aspecto tan abatido y miserable que Hughie se compadeció de él y buscó en sus bolsillos para ver si tenía dinero. Sólo encontró un soberano y calderilla. Pobre —se dijo—; todavía lo necesita más que yo, aunque, claro, esto representará ir a pie durante quince días. Y, cruzando el estudio, deslizó el soberano en la mano del mendigo.

El viejo se estremeció y una leve sonrisa se dibujó en sus labios resecos.

—Gracias, señor —dijo—. Gracias.

Al poco rato llegó Trevor, y Hughie se despidió, un poco azorado por lo que acababa de hacer.

Pasó el día con Laura, soportó una amable reprimenda por su liberalidad y tuvo que volver a pie a su casa.

Aquella misma noche entró en el Palette Club alrededor de las once y se encontró a Trevor en el salón de fumar, ante un vaso de vino del Rin y *seltz*.

—Hola, Alan, ¿pudiste terminar el cuadro? —preguntó encendiendo un cigarrillo.

—¡Terminado y con marco, muchacho! —contestó Trevor—. Y, a propósito, has hecho una conquista: el viejo modelo que viste se ha encariñado contigo. Tuve que contarle toda tu vida y milagros..., quién eres, dónde vives, qué renta tienes, qué proyectos...

—¡Pero, Alan —exclamó Hughie—, de seguro que me lo encontraré esperándome en la puerta de casa! ¡Bueno, estás hablando en broma, pobrecillo! ¡Ojalá pudiera hacer algo por él! Encuentro espantoso que alguien pueda llegar a ser tan desgraciado. Tengo montañas de ropa vieja en mi casa... ¿Crees que sería conveniente que se la regalara? Puede que sí; lo que llevaba puesto estaba hecho trizas.

—Pero esos harapos le venían de maravilla —objetó Trevor—. Por ningún motivo lo pintaría de frac. Lo que tú llamas harapos, yo lo llamo fantasía. Lo que para ti es pobreza, para mí es pintoresquismo. Sin embargo, le hablaré de tu ofrecimiento.

—Alan —dijo Hughie gravemente—, ustedes los pintores no tienen corazón.

—El corazón de un artista está en su cabeza; además, nosotros tenemos la obligación de representar el mundo tal como lo vemos, no reformarlo según sabemos de él. *A chacun son metier*. Y ahora , dime: ¿está Laura? El viejo modelo estuvo muy interesado por ella.

—¡No me digas que le has hablado de ella!

—Claro que sí. Está enterado de todo lo referente al inflexible coronel, a la preciosa Laura y a las diez mil libras.

—¿Contaste al mendigo mis asuntos particulares? —exclamó Hughie con el rostro enrojecido por la ira.

—Hijo mío —dijo Trevor sonriente—, ese viejo mendigo, como tú le llamas, es uno de los hombres más ricos de Europa. Podría comprar todo Londres, mañana mismo, sin agotar su cuenta corriente. Tiene una casa en cada capital, come en vajilla de oro y puede impedir la guerra de Rusia en el momento que juzgue conveniente.

—¿Qué demonios quieres decir? —gritó Hughie.

—Lo que te estoy diciendo. El viejo que has visto hoy en el estudio es el barón Hausberg. Es un gran amigo mío, compra todos mis cuadros y demás y hace un mes me encargó que le pintara de mendigo. *¿Que voulez vous? La fantaisie d'un millonnaire?* Y debo decir que estaba imponente con sus andrajos, o quizá sería mejor que dijera con los míos; es un traje viejo que adquirí en España.

—¡El barón Hausberg! —gritó Hughie—. ¡Dios santo! ¡Y le di un soberano!

Y desalentado, se arrellanó en su sillón.

—¿Que le diste un soberano? —gimió Trevor, e inmediatamente se echó a reír a carcajadas—. Hijo de mi vida, no volverás a verlo nunca más. *Son affaire c'est l'argent des autres!*

—Si al menos me lo hubieras advertido, Alan —protestó Hughie—, en vez de dejar que me portara como un estúpido.

—Pues, en primer lugar, Hughie, jamás hubiera creído que anduvieras repartiendo limosnas con esa extravagancia. Comprendo que beses a una bella modelo pero que des una moneda de oro a uno tan feo..., por Dios que no. Además la verdad es que hoy no estaba en casa para nadie, y cuando entraste ignoraba si Hausberg quería o no que se supiera quién era en realidad. Como viste, no iba vestido para una visita.

—¡Pensará que soy un imbécil!

—¡Nada de eso! Estaba encantado contigo, y me lo dijo tan pronto te fuiste; se reía y se frotaba las manos. No comprendía por qué estaba tan interesado en saber todo lo referente a ti, pero ahora lo comprendo. Invertirá ese soberano en tu nombre, y todos los meses te mandará los intereses y además podrá contar en las cenas una historia poco común.

—Soy un desventurado —se lamentó Hughie—; lo mejor que puedo hacer es irme a la cama. Por favor, Alan, no se lo digas a nadie; no podría pasearme por High Park.

—¡Qué tontería! Por el contrario, hace honor a tu espíritu filantrópico, Hughie... Y no te vayas. Fúmate otro cigarrillo y háblame todo lo que se te ocurra sobre Laura.

Sin embargo, Hughie no quiso quedarse, sino que se fue a pie hasta su casa, sintiéndose muy desgraciado y dejando a Alan Trevor muerto de risa.

A la mañana siguiente, mientras se desayunaba, el criado le entregó una tarjeta que decía: "*Monsieur Gustave Naudin, de la par de M. le Barón Hausberg.*" "Me figuro que habrá venido a pedirme explicaciones", se dijo Hughie, y ordenó al criado que le hiciera pasar.

Y entró un anciano caballero con gafas de montura de oro y cabello gris, que le dijo, con un ligero acento francés:

—¿Tengo el honor de hablar con monsier Erskine?

Hughie hizo una reverencia.

—He venido de parte del barón Hausberg —prosiguió—. El barón...

—Le ruego, señor, que le presente mis más sinceras excusas —tartamudeó Hughie.

—El barón —anunció el anciano caballero con una sonrisa— me ha solicitado que le entregue esta carta.

Y le ofreció un sobre lacrado.

En el sobre estaba escrito:

"Un regalo de boda a Hug Erskine y a Laura Merton, de parte de un viejo mendigo", y dentro había un cheque por diez mil libras esterlinas.

Cuando se casaron, Alan Trevor fue padrino y el barón Hausberg hizo un discurso durante la comida de bodas.

—Un modelo millonario —observó Alan— es rarísimo pero, ¡por Júpiter, un millonario modelo, lo es todavía más!

# El joven rey

Era la víspera del día señalado para su coronación, y el joven rey se encontraba solo en su regia habitación. Todos sus cortesanos se habían despedido de él, inclinando la cabeza hasta el suelo, según el ceremonial de la época, y para recibir las últimas lecciones del profesor de etiqueta; se habían retirado al gran salón, pues algunos de ellos aún conservaban modales sin protocolo, que, es por demás decirlo, representa una falta gravísima entre cortesanos.

El adolescente, porque todavía lo era, ya que apenas había cumplido los dieciséis años, no lamentaba su marcha, por el contrario, se había dejado caer con un gran suspiro de alivio sobre las cómodas almohadas de su diván bordado, quedándose allí boquiabierto y con la mirada perdida, como uno de los sombríos faunos del bosque o un joven animal de la selva recién apresado por los cazadores.

Y, en verdad, eran los cazadores los que le habían descubierto, tropezando con él, no por casualidad, cuando desnudo de piernas y con la flauta en la mano, seguía el rebaño del pobre cabrero que le había criado y del cual tuvo la seguridad de ser hijo.

Hijo de la única hija del viejo rey, secretamente casada con un hombre socialmente inferior —un forastero, decían algunos, que se había hecho amar de la princesa, quizás, la magia de su laúd; otros hablaban de un artista de Rímini, a quien la princesa había hecho, tal vez, demasiados honores, y que había desaparecido súbitamente de la ciudad dejando sin terminar su trabajo en la catedral—, cuando la criatura contaba apenas una semana, fue arrancada del lado de su madre, mientras ésta dormía y entregado al cuidado de un aldeano pobre y de su esposa, que no tenían hijos y vivían en un lugar lejano del bosque, a más de una jornada de caballo de la ciudad. El dolor o la peste, según declaró el médico de la Corte, o por suposiciones de otros, un rápido veneno italiano servido en una copa de vino aromático, mató una hora después de su despertar a la blanca princesa que le había dado vida. Al mismo tiempo, en que el fiel mensajero que llevaba al niño sobre la silla del caballo, se inclinó sobre su agotada montura y llamó a la puerta de la pobre cabaña del cabrero, el cuerpo de la princesa era bajado a la fosa abierta en un cementerio desierto, lejos de las puertas de la ciudad. En aquella tumba descansaba, según la gente, otro cuerpo, el de un joven de una belleza maravillosa y exótica cuyas manos estaban atadas a la espalda con una cuerda y cuyo pecho estaba herido con rojas puñaladas.

Así era más o menos la historia que la gente se decía al oído. Lo cierto era que el viejo rey, en su lecho de muerte, ya sea presa de remordimiento por su enorme pecado o, simplemente, deseando que el reino no pasara a manos de otro linaje, había mandado buscar al joven y, en presencia del Consejo, lo había reconocido como heredero suyo.

Y parece que, desde el primer momento después de ser reconocido, el muchacho dio muestras de aquella extraña pasión por la belleza que tanta influencia estaba destinada a tener en su vida. Los que le acompañaron a las habitaciones dispuestas para él, solían hablar de la exclamación de placer que escapó de sus labios cuando vio las delicadas vestiduras y las ricas joyas preparadas para él y la alegría casi feroz con que se despojó de su burda túnica de cuero y de su capa de piel de cordero. Echaba de menos, a veces, la libertad de la vida en el bosque y se rebelaba contra las fastidiosas ceremonias de la Corte, que le ocupaban parte del tiempo de sus días, pero el maravilloso palacio —*Joyeuse*, lo llamaban— del que era señor ahora le parecía un mundo nuevo recién creado para su deleite. Tan pronto como podía escapar de las reuniones del Consejo o del Salón de Audiencias, bajaba corriendo la gran escalera, con sus leones de bronce dorado y sus peldaños de brillante pórfido, y vagaba de estancia en estancia y de corredor en corredor, como quien busca en la belleza un sedante a su dolor, el alivio de alguna enfermedad.

En estos viajes de descubrimiento, como él los llamaba, en verdad eran para él auténticos viajes por un país maravilla, solía ir acompañado de los rubios y esbeltos pajes de la Corte, con sus mantos flotantes y alegres cintas; pero casi siempre iba solo, porque con rápido instinto, que más bien parecía adivinación, advertía que los secretos del arte se aprenden mejor en secreto y que la Belleza, lo mismo que la Sabiduría, prefieren el discreto solitario.

De este período de su vida se contaron muchas historias curiosas. Se decía que un grueso alcalde que había ido a pronunciar una florida pieza oratoria en representación de los habitantes de la ciudad, le había descubierto de rodillas, como en adoración, ante un gran cuadro recién traído de Venecia, lo que parecía vaticinar el culto a nuevos dioses. En otra ocasión, después de una búsqueda por espacio de varias horas, se le encontró en un cuartito de uno de los torreones del lado norte del palacio, contemplando embelesado una piedra preciosa griega en la que estaba tallada la figura de Adonis. También se le había visto, según la voz popular, posar sus ardientes labios en la frente de mármol de una antigua estatua descubierta en el lecho del río, cuando se construyó el puente de piedra, y que llevaba grabado el nombre del esclavo bitinio de Adriano. Además, pasó toda una noche estudiando los efectos de la luz de la luna sobre una imagen de plata de Endimión.

Todos los materiales raros y preciosos lo fascinaban, y en su pasión por conseguirlos, envió a varios mercaderes, unos, a negociar el ámbar con los rudos pescadores de los mares del Norte; otros, a Egipto, en busca de la deseada turquesa verde que sólo se encuentra en los sepulcros de los reyes, a la que se atribuyen poderes mágicos; otros más, a Persia, en busca de alfombras de seda y cerámicas pintadas, y a la India, a comprar gasas y marfiles y piedras de luna y brazaletes de jade, madera de sándalo y esmaltes azules y chales de lana pura.

Sin embargo, lo que más le preocupaba era la túnica de oro tejido que habría de vestir el día de su coronación, la corona tachonada de rubíes, y el cetro con hileras de perlas. Justamente en esto pensaba esa noche recostado sobre su lujoso diván contemplando el gran trozo de pino que se iba consumiendo en la chimenea. Los diseños, que eran obra de los más afamados artistas de la época, fueron sometidos a su aprobación meses atrás, dando órdenes para que los artífices trabajaran día y noche para realizarlos y para que en todo el mundo se adquiriesen piedras preciosas dignas de sus trabajos. Se veía con la imaginación ante el altar mayor de la catedral con sus vestiduras reales, y una sonrisa jugueteaba en sus infantiles labios e iluminaba con su brillo sus oscuros ojos de dios de los pastores.

Al cabo de cierto tiempo, se levantó y apoyándose en la tallada campana de la chimenea, miró a su alrededor; la habitación permanecía débilmente iluminada. Las paredes estaban recubiertas de ricos tapices representando el Triunfo de la Belleza. Un gran armario con incrustaciones de ágata y laspislázuli llenaba un rincón, y frente a la ventana había un arcón laboriosamente manufacturado con paneles de laca y mosaico de oro, donde se guardaban finas copas de cristal de Venecia y una copa de ónix oscuro y veteado. Podían verse amapolas bordadas sobre la colcha de seda, como si las cansadas manos del sueño las hubiera dejado caer, altas columnitas de marfil sostenían el dosel de terciopelo rematado por grandes plumas de avestruz, blancas como la nívea espuma y hasta el argenteo del artesanado. Un Narciso sonriente, de bronce verde, sostenía un espejo. Sobre la mesa estaba un tazón de amatista.

A través de la ventana se apreciaba la enorme cúpula de la catedral, levantándose como una inmensa burbuja sobre las casas sumidas en sombras, mientras los cansados centinelas iban y venían por la nebulosa terraza junto al río.

A lo lejos, en un campo, cantaba un ruiseñor. Un sutil aroma de jazmín penetraba por la ventana abierta. El joven apartó los oscuros rizos que le caían sobre la frente y, tomando un laúd, dejó que sus dedos corrieran sobre las cuerdas. Sus párpados, pesados, cayeron sobre sus ojos, y una extraña languidez se apoderó de él. Nunca hasta entonces había percibido con tanta agudeza, con tanta exquisita alegría, la magia y el misterio de la belleza.

Cuando en el reloj de la torre repiqueteó la medianoche, sonó una campanilla, y sus pajes entraron y le desvistieron con gran ceremonia, echando agua de rosas sobre sus manos y deshojando flores sobre su almohada. Poco después de abandonar la estancia, el joven rey se quedó dormido.

Y mientras dormía, soñó; y este fue su sueño:

Creyó que estaba de pie en un cuartucho, de techo bajo, entre el zumbido y tableteo de muchos telares. La escasa luz del día penetraba por enrejadas ventanas, permitiéndole ver las delgadas figuras de los tejedores inclinados sobre sus bastidores. Niños pálidos, de aspecto enfermizo, estaban en cuclillas entre los enormes travesaños. Cuando las lanzaderas corrían entre la urdimbre, levantaban las pesadas tablillas y al detenerse aquéllas, dejaban caer las tablillas y juntaban los hilos. Sus caritas estaban contraídas por el hambre y sus finas manos temblaban, inseguras. Pálidas mujeres estaban sentadas, cosiendo, ante una mesa. Un espantoso hedor llenaba la estancia. La atmósfera era nauseabunda y por las paredes chorreaba humedad.

El joven rey se acercó a uno de los trabajadores, se detuvo junto a él y le observó.

Y el tejedor le miró enojado y dijo:

—¿Quién eres tú para mirarme así? ¿Acaso un espía puesto aquí por el amo?

—¿Quién es tu amo? —preguntó el joven rey—,

—¡Nuestro amo! —exclamó el tejedor con amargura—. Es un hombre como yo. La verdad es que hay poca diferencia entre nosotros... pero él viste ropas elegantes mientras yo llevo harapos y mientras a mí me mata el hambre, él sufre por exceso de alimentación.

—El país es libre —dijo el joven rey—, y tú no eres esclavo de nadie.

—En la guerra —contestó el tejedor—, los fuertes esclavizan a los débiles y en la paz el rico esclaviza a los pobres. Tenemos que trabajar para vivir pero nos dan sueldos tan miserables que morimos. Trabajamos para ellos de la mañana a la noche y mientras ellos amontonan oro en sus cofres, nuestros hijos se marchitan antes de tiempo y los rostros amados se vuelven duros y malos. Nosotros pisamos las uvas y otros beben el vino. Sembramos el trigo y nuestra mesa está vacía.

Estamos encadenados aunque nadie lo vea, y somos esclavos aunque los hombres nos llamen libres.

—¿Y es así con todos?

—Así es con todos —contestó el tejedor: con los jóvenes y con los viejos, con las mujeres y con los hombres. Los mercaderes nos oprimen, tenemos que obedecer sus mandatos. El sacerdote pasa a nuestro lado rezando su rosario, pero nadie se apiada de nosotros. Por nuestras calles sin sol se arrastra la Pobreza, con su mirada hambrienta; el Pecado, con su cara repugnante, la sigue de cerca; la Miseria nos despierta por la mañana y la Vergüenza vela con nosotros por la noche. ¿Pero a ti qué te importa todo esto? Tú no eres de los nuestros. Tu rostro denota felicidad.

Y molesto, le volvió la espalda y pasó la lanzadera por la urdimbre. El joven rey vio que estaba enhebrada de hilo de oro.

Y un terror enorme se apoderó de él y dijo al tejedor:

—¿Qué es esta vestidura que estáis tejiendo?

—Es la túnica para la coronación del joven rey —contestó.

—¿Pero a ti que te importa?

El joven rey lanzó un estridente grito y despertó. He aquí que se
hallaba en su propia estancia, a través de la ventana vio la enorme
luna color de miel suspendida en el aire oscuro.

Y volvió a quedarse dormido y soñó; este fue su sueño:

Permanecía sobre la cubierta de una enorme galera en la que
remaban cien esclavos. El jefe de la galera estaba sentado a su lado
sobre una alfombra; era negro como el ébano y su turbante de seda
carmesí. Grandes aretes de plata atravesaban los gruesos lóbulos de
sus orejas y en sus manos sostenía unas balanzas de marfil.

Los esclavos estarían desnudos, de no ser por el paño de la cintura, cada hombre encadenado a su vecino. El sol incandescente caía
pleno sobre ellos; los negros corrían de un lado a otro por un puente
y los azotaban con tiras de cuero. Los remeros tensaban sus brazos e
impulsaban los remos dentro del agua. La espuma saltaba al golpe de
los remos.

Por fin llegaron a una pequeña bahía y empezaron a sondear.
Soplaba una ligera brisa terrestre que cubría de un polvillo rojo el
maderamen y la gran vela latina. Tres árabes montados sobre asnos
silvestres llegaron a galope y les arrojaron lanzas. El jefe de la galera
cogió un arco pintado y disparó contra uno de ellos, dándole en la
garganta; éste cayó pesadamente en la arena, y sus compañeros se
alejaron velozmente. Una mujer envuelta en un velo amarillo les
seguía sobre un camello, pero de vez en cuando se daba vuelta y
miraba hacia el muerto.

Tan pronto hubieron echado el ancla y bajado la vela, los negros
descendieron a las bodegas y subieron una larga escala de cuerda,
lastrada con plomo. El jefe de la galera la tiró por la borda después de
haber asegurado su extremo en dos ganchos de hierro. Entonces los
negros tomaron al más joven de los esclavos, le quitaron los grilletes,
taparon su nariz y sus orejas con cera y amarraron una gran piedra a
su cintura. Pesadamente bajó por la escala y desapareció en el fondo
del mar. En el lugar donde se hundió aparecieron unas burbujas.

Algunos de los otros esclavos miraron con curiosidad hacia el mar. Sentado en la proa de la galera estaba un encantador de tiburones golpeando rítmicamente un tambor para alejarlos.

En un instante, el joven esclavo surgió del agua y, jadeando, se afianzó a la escala llevando una perla en la mano derecha. Los negros se la quitaron y volvieron a echarlo al agua. Los esclavos se quedaron dormidos sobre sus remos.

Una y otra vez, subió el joven y todas las veces trajo una hermosa perla. El jefe de la galera las iba pesando y guardando en un saquito de cuero verde.

El joven rey trató de hablar, pero su lengua parecía pegada al velo del paladar y sus labios se negaban a moverse. Los negros charlaban entre sí e iniciaron una pelea por una sarta de cuentas doradas. Dos pajarracos volaban en torno al barco.

El joven esclavo emergió del agua por última vez, y la perla que trajo era más bella que todas las perlas de Ormuz, porque tenía la forma de luna llena y era más blanca que la estrella de la mañana. Pero una extraña palidez teñía su rostro, y al caer sobre cubierta brotó la sangre de sus oídos y de su nariz. Se estremeció apenas, y de pronto dejó de moverse. Los negros se encogieron de hombros y echaron el cuerpo al mar.

Y el jefe de la galera se echó a reír, tendió la mano, tomó la perla y cuando la vio la apretó contra su frente y se inclinó en reverencia.

—Será para el cetro del joven rey —dijo, y con un ademán ordenó a los negros que levaran anclas.

Y cuando el joven rey oyó esto lanzó un grito, despertó y a través de la ventana vio los extensos dedos de la aurora atrapando las estrellas que se apagaban.

Y se durmió de nuevo; soñó, y este fue su sueño:

Vagaba por un bosque sombrío, lleno de frutos extraños y de hermosas flores envenenadas. Las víboras le silbaban al pasar: Los loros espléndidos, huían de rama en rama. Enormes tortugas dormían sobre el barro caliente. Los árboles estaban poblados por monos y pavos reales.

Caminó hasta llegar al límite del bosque, y allí vio una inmensa multitud de hombres trabajando en el lecho de un río seco. Se esparcían como hormigas. Cavaron hoyos profundos en la tierra y se metieron por ellos. Unos rompían las peñas con grandes hachas, otros cogían la arena a puñados. Arrancaban los cactos por las raíces y pisoteaban sus flores escarlata. Se movían, se hablaban, ninguno permanecía ocioso.

Desde la oscuridad de una caverna, la Muerte y la Avaricia los vigilaban; la Muerte dijo:

—Estoy cansada; dame la tercera parte de ellos y deja que me vaya.

Pero la Avaricia meneó la cabeza negativamente y contestó:

—Son mis criados.

Y la Muerte dijo:

—¿Qué tienes en la mano?

—Tengo tres granos de trigo —contestó—. ¿Qué te importa?

—Dame uno de ellos y me marcharé.

—No te daré nada —dijo la Avaricia y escondió la mano entre los pliegues de su vestidura.

La Muerte rió, tomó una taza y la mojó en un charco de agua; de ella se alzó el Paludismo. Luego pasó entre la gran multitud y la tercera parte quedó muerta. Una niebla fría la seguía y las serpientes de agua corrían a su lado.

Y cuando la Avaricia vio que había muerto la tercera parte de sus hombres, se golpeó el pecho y lloró. Golpeó sus estériles entrañas y gritó con fuerza:

—Has matado la tercera parte de mis siervos —gritó— ¡vete! Hay guerra en las montañas de Tartaria, los reyes de ambos lados te llaman. Los afganos han sacrificado el toro negro y marchan al combate. Han golpeado sus escudos con las lanzas y se han cubierto con su yelmo de hierro. ¿Qué tiene mi valle para que te distraigas en él? Vete y no vuelvas más.

—No —contestó la Muerte—; hasta que no me hayas dado un grano de trigo no me iré.

Pero la Avaricia cerró la mano y apretó los dientes.

—No te daré nada —masculló.

La Muerte lanzó una risotada, cogió una piedra negra y la tiró; de entre unas matas de cicuta silvestre salió la Fiebre de traje de llamas. Pasó a través de la multitud, cada hombre que tocaba moría. La hierba se secó bajo sus pies.

La Avaricia se estremeció y se cubrió la cabeza de ceniza.

—Eres cruel —gritó—, eres cruel. Hay hambre en las ciudades amuralladas de la India y las cisternas de Samarcanda se han secado. Hay hambre en las ciudades amuralladas de Egipto y la langosta ha llegado del desierto. El Nilo no ha rebasado sus orillas y los sacerdotes han maldecido a Isis y a Osiris. Ve hacia aquellos que te necesitan y deja a mis siervos.

—No —contestó la Muerte—; hasta que no me hayas dado un grano de trigo no me iré.

—No te daré nada —dijo la Avaricia.

La Muerte rió de nuevo y silbó por entre sus dedos; con el aire llegó una mujer. Llevaba Peste escrito sobre su frente y una multitud de esqueléticos buitres merodeaba. Cubrió el valle con la sombra de sus alas y no quedó hombre vivo.

Y la Avaricia huyó gritando a través del bosque. La Muerte saltó sobre su caballo rojo y partió a galope; su galope era más rápido que el viento.

Y de la lama que cubría el fondo del valle surgieron dragones y espantosos seres cubiertos de escamas; los chacales llegaron trotando por la arena, olfateaban el aire.

Y el joven lloró y dijo:

—¿Quiénes eran esos hombres y qué estaban buscando?

—Rubíes para la corona de un rey —contestó alguien que estaba detrás de él.

El joven rey se sobresaltó y, volviéndose, vio a un hombre con hábito de peregrino y un espejo de plata en la mano.

Y el joven palideció y quiso saber:

—¿Para qué rey?

Y el peregrino contestó:

—Mira en este espejo y lo verás.

Y miró en el espejo y al ver su propio rostro lanzó un gran grito y despertó, y la brillante luz del sol entraba a raudales en la estancia y sobre los árboles del jardín y del patio trinaban los pájaros.

El chambelán y los altos funcionarios del Estado entraron y le ensalzaron; los pajes le trajeron la túnica de oro tejido y depositaron ante él la corona y el cetro.

Y el joven rey los miró, y en verdad eran preciosos. Más preciosos que cuanto hubiera visto en su vida. Pero recordó sus sueños y dijo a sus nobles:

—Llevaos estas cosas, porque no las usaré.

Los cortesanos se asombraron; algunos se rieron porque creyeron que bromeaba.

Pero les habló de nuevo, severamente, y dijo:

—Llevaos estas cosas lejos de mí y escondedlas. Aunque sea el día de mi coronación, no las usaré. Porque mi túnica ha sido tejida en el telar de la Desgracia y con las blancas manos del Dolor. Hay Sangre en el corazón del rubí y Muerte en el corazón de la perla.

Y les contó sus tres sueños.

Y cuando le oyeron los cortesanos, se miraron unos a otros, diciéndose en un murmullo:

—Con seguridad está loco, porque, ¿qué es un sueño sino un sueño y una visión sino una visión? No son cosas reales para que uno las tome en serio. ¿Y qué tenemos nosotros que ver con las vidas de aquellos que trabajan para nosotros? ¿Acaso el hombre tiene que esperar a comer el pan hasta que haya visto al sembrador, ni beber vino hasta que haya hablado con el viñador?

Y el chambelán habló al joven rey y dijo:

—Mi señor, os ruego que apartéis de vos esos pensamientos oscuros y vistáis esta preciosa túnica y ciñáis vuestra cabeza con esta corona. Porque, ¿cómo conocerá el pueblo que sois un rey, si no lleváis vestiduras y atributos reales?

—¿Es así, en verdad? ¿No me reconocerán como rey si no llevo vestidura real?

—¡No os reconocerán, mi señor! —exclamó el chambelán.

—Creí que había hombres con aires de realeza, —contestó—; pero tal vez sea como tú dices. Sin embargo, no vestiré esta túnica ni seré coronado con esta corona, sino que saldré de este palacio como llegué a él.

Y pidió a todos que se alejaran, excepto a un paje al que retuvo como compañero, un muchacho un año más joven que él. Le retuvo para su servicio, y cuando se hubo bañado en agua clara, abrió un gran cofre policromado y de él sacó la túnica de cuero y el rudo manto de piel de cordero que usaba cuando en las colinas cuidaba las desnutridas cabras del cabrero. Vistió esas humildes prendas y en su mano tomó el cayado de pastor.

Y el pajecillo abrió asombrado sus grandes y azules ojos y le dijo sonriendo:

—Mi señor, veo vuestra túnica y vuestro cetro, ¿pero dónde está vuestra corona?

Y el joven rey cortó una rama de zarza silvestre que trepaba por el balcón y la dobló, y con ella formó un aro y se lo puso sobre la cabeza.

—Ésta será mi corona —contestó.

Y así vestido salió de su estancia y entró en el gran salón, dónde los nobles le esperaban.

Y los nobles se rieron y algunos de ellos le gritaron:

—Mi señor, el pueblo espera a su rey, y vos le mostráis un mendigo.

Y otros, indignados, protestaban:

—Cubre de vergüenza nuestro Estado y es indigno de ser nuestro señor.

Pero él no respondió palabras, sino que siguió adelante, bajó por la deslumbrante escalera de pórfido, atravesó las puertas de bronce, montó su cabello y cabalgó hacia la catedral con el pajecillo corriendo a su lado;

Y la gente reía y decía:

—Es el bufón del rey el que pasa a caballo —y se burlaban.

Tiró de las riendas y les dijo:

—No. Soy el rey —y les contó sus tres sueños.

Y un hombre salió de entre la multitud y le habló con amargura y dijo:

—Señor, ¿sabéis acaso que del lujo de los ricos sale la vida del pobre? Vuestra suntuosidad nos nutre y vuestros vicios nos dan pan. Trabajar para un amo es amargo, pero no tenerlo, para el que trabaja, es más amargo aún. ¿Creéis que los buitres nos alimentarán? ¿Y qué remedio encontraréis para estas cosas? ¿Diréis al comprador: "Comprarás por tal cantidad", y al vendedor: "Venderás a este precio"? No lo creo. Por lo tanto, volved a vuestro palacio y vestid de púrpura y de lino. ¿Qué tenéis que ver con nosotros y con los que sufrimos?

—¿No son hermanos los ricos y los pobres? —preguntó el joven rey.

—Sí —contestó el hombre—, y el nombre del hermano rico es Caín.

Los ojos del joven rey se llenaron de lágrimas; siguió cabalgando por entre las murmuraciones de la gente, el pajecillo se asustó y lo abandono. Cuando llegó al gran portal de la catedral, los soldados cruzaron sus alabardas y dijeron:

—¿Qué buscas aquí? Nadie entra por esta puerta excepto el rey.

La ira enrojeció su rostro y les dijo:

—Yo soy el rey —y, apartando las alabardas, entró.

Y cuando el anciano obispo le vio entrar con sus ropas de cabrero se levantó asombrado de su sitial y avanzó a su encuentro y le dijo:

—Hijo mío, ¿son éstas las vestiduras de un rey? ¿Y con qué corona voy a coronarte y qué cetro colocaré en tu mano? En verdad, éste deberá ser para ti un día de gozo y no de humillación.

—¿Acaso del Gozo puede vestir lo que ha confeccionado el Dolor? —contestó el joven rey. Y le contó sus tres sueños.

Cuando el obispo los hubo oído, frunció el ceño y dijo:

—Hijo mío, soy un anciano, estoy en el invierno de mis días y sé que en todo el mundo se hacen muchas cosas malas. Los feroces bandidos bajan de las montañas y raptan a los niños y los venden a los moros. Los leones acechan las caravanas y saltan sobre los camellos. El jabalí salvaje arranca de raíz el maíz en el valle y las zorras roen la vid de la colina. Los piratas devastan la costa y queman los barcos de los pescadores y les roban las redes. En los marjales salinos viven los leprosos, tiene casas de junco y nadie puede acercárseles. Los mendigos vagan por las ciudades y comparten su comida con los perros. ¿Puedes evitar que estas cosas sean? ¿Harás compañero de lecho a un leproso? ¿Y sentarás al mendigo en tu mesa? ¿Hará el león lo que mandes y te obedecerá el jabalí? ¿No es aquel que creó la desgracia mucho más sabio que tú? Por tanto, no encarezco lo que has hecho, sino que te ruego que vuelvas a palacio y alegres tu rostro y vistas la túnica digna de un rey, y te coronaré con la corona de oro y colocaré en tu mano el cetro de perlas. En cuanto a tus sueños, no pienses más en ellos. El peso de este mundo es demasiado fuerte para que tenga que sufrirlo un solo corazón.

—¿Eso dices en esta morada? —preguntó el joven rey, y pasando ante el obispo, subió los escalones del altar.

Se detuvo ante la imagen de Cristo, a su derecha y a su izquierda se hallaban los maravillosos vasos de oro, el cáliz con el vino ambarino y la jarrita de los santos óleos. Se arrodilló ante la imagen de Cristo, los enormes cirios ardían alegremente ante el enjoyado tabernáculo y el humo del incienso se unían en guirnaldas azules en la cúpula. Inclinó su cabeza en oración, los sacerdotes, con sus rígidas vestiduras, se alejaron del altar.

Y de pronto se oyó el tumulto desatado en la calle y los nobles entraron con las espadas desenvainadas, y sus penachos agitados, y sus escudos de acero bruñido, gritando:

—¿Dónde está el soñador de sueños? ¿Dónde está ese rey vestido como un mendigo..., ese muchacho que cubre de oprobio nuestro pueblo? En verdad que vamos a matarle porque es indigno de gobernarnos.

El joven rey volvió a inclinar la cabeza y rezó, y cuando hubo terminado su oración se levantó y volviéndose cara a ellos los miró con tristeza.

Y he aquí que a través de los vitrales la luz del día bajó a torrentes, los rayos del sol tejieron en torno suyo una túnica mucho más bella que la que había sido tejida. El seco cayado floreció y se cubrió de lirios. La zarza dio rosas más rojas que los rubíes. Más blancos que perlas eran los lirios, y su tallos de brillante plata. Más rojas que el más rojo rubí eran las rosas y sus hojas eran de oro batido.

Se quedó quieto con sus ropas de rey, las puertas del enjoyado templo se abrieron y del cristal de la radiante custodia brotó una luz mística y maravillosa. Allí estaba, inmóvil con su traje de rey, la Gloria de Dios llenó el lugar, los santos en sus hornacinas talladas parecieron moverse. Con su hermoso traje de rey estaba ante ellos y sonó la música del órgano y los trompeteros soplaron sus trompetas y el coro de niños elevaba sus cantos.

El pueblo cayó de rodillas, asustado, los nobles envainaron sus espadas y le rindieron veneración. El rostro del obispo palideció y sus manos temblaron. —Uno más Grande que yo te ha coronado —exclamó— y luego se arrodilló ante él.

El joven rey bajó del altar mayor y volvió a palacio por entre la multitud. Pero ninguno se atrevió a alzar los ojos hacia su rostro, porque era semejante al de los ángeles.

# El pescador y su alma

El joven pescador salía todas las noches a la mar y echaba sus redes al agua.

Si el viento de tierra soplaba no cogía nada, o bien muy poco, porque era un viento de alas negras y las agitadas olas se levantaban a su encuentro. Pero cuando el viento soplaba hacia la playa, ascendían los peces desde el fondo y nadaban hacia las mallas de sus redes y el pescador los llevaba al mercado para venderlos.

Cada atardecer salía a la mar. Una ocasión la red pesaba tanto que no logró subirla al bote. Entonces rió, diciendo:

—Seguro que he pescado todos los peces que nadan o he atrapado algún monstruo que extasiará a los hombres o alguna cosa horrible que la gran Reina deseará tener para sí.

Y con todas sus fuerzas tiró de las cuerdas hasta que sus venas se hincharon en sus brazos como líneas de esmalte azul alrededor de un vaso de bronce. Tiró de las cuerdas, y más cerca vio el círculo de corchos planos, y fue así como la red quedó en la superficie del agua.

Sin embargo, no había en ella peces, ni monstruos, ni cosa horrenda, sino una sirenita profundamente dormida.

Su cabello era como oro húmedo, y cada cabello como un hilo de oro en una copa de cristal. Su cuerpo era blanco como el marfil, y su cola, de plata y perlas. De plata y perlas era su cola, y las verdes algas del mar se enroscaban en ella; y como caracolitas eran sus orejas, y como coral sus labios. Sobre sus pechos helados, resbalaba el agua y la sal hacía resplandecer sus párpados.

Eran tan bella que cuando el joven pescador la vio se quedo fascinado, y tendió la mano, y atrajo la red hacia sí, e inclinándose sobre la borda, cogió en sus brazos a la sirenita. Y cuando la toco, ella lanzó un grito de gaviota asustada, despertó y le miró aterrorizada con sus ojos de amatista y luchó por escapar. Pero él la mantenía abrazada y no la dejaba ir.

Y cuando vio que no podía escapar de él, rompió a llorar y le dijo:

—Te ruego que me dejes ir, porque soy la hija única de un Rey y mi padre es anciano y está solo.

Pero el pescador respondió:

—No te dejaré ir a menos que me prometas que cada vez que te llame vendrás y cantarás para mí, porque los peces disfrutan escuchando los cantos de la gente del mar, y se henchirán mis redes.

—¿Y tú me dejarás marchar si te prometo esto? —preguntó la sirena.

—De verdad te dejaré —contestó el joven pescador.

Así que le hizo la promesa que él pedía y juró cumplirla con el juramento de los hijos del Mar. El abrió sus brazos y ella se hundió en el agua, estremecida por extraña agitación.

Cada noche, el joven pescador se hacía a la mar llamando a la sirena, y ella salía del agua y cantaba para él. Y los delfines nadaban alrededor de ella y las gaviotas giraban sobre su cabeza.

Entonaba canciones hermosas. Porque cantaba sobre los hijos del Mar que guían sus rebaños de cueva en cueva y soportan a sus cervatillos sobre sus hombros; sobre los tritones de largas barbas verdes y pechos velludos que soplan en las caracolas cuando pasa el Rey; sobre el palacio del Rey, todo hecho de ámbar, con tejados de clara esmeralda y piso de perlas resplandecientes; sobre los jardines del Mar, donde los grandes abanicos de filigrana de coral se mecen todo el día, y los peces saltan como pájaros de plata, y las anémonas se pegan a las rocas, y las rosetas florecen en la ondulada arena amarillenta. Cantaba sobre las grandes ballenas que vienen de los mares del Norte y llevan carámbanos adheridos a sus barbas; sobre las sirenas que dicen historias tan encantadoras que los comerciantes tapan sus oídos con cera, temiendo que al oírlas, se precipiten al agua con peligro de ahogarse; sobre las galeras hundidas, con sus altos mástiles y los helados marineros aferrados aún a las jarcias, mientras las caballas entraban y salían nadando por las escotillas abiertas; sobre las diminutas lapas, grandes viajeras que, agarradas a las quillas de los barcos, van dando la vuelta al mundo, y sobre los pulpos que viven en los huecos de los acantilados y tienden sus largos y negros brazos, produciendo, cuando quieren, una oscura noche.

Cantaba al nautilo que tiene su propia barca tallada en un ópalo y navega con vela de plata; sobre los felices tritones que pulsan el arpa, que fascinado el gran Kraken se duerme; sobre los pequeños tritones que se prenden a las traviesas marsopas y cabalgan riendo, sobre sus lomos; sobre las sirenas que yacen en la espuma blanca y tienden sus brazos a los marineros; sobre los leones marinos de curvados colmillos, y los caballos marinos, con sus gruesas y flotantes cerdas.

Cuando cantaba, los atunes salían de lo más profundo para escucharla, y el joven pescador arrojaba sus redes sobre ellos y los capturaba, y a otros los ensartaba con el arpón. Y cuando su barca estaba bien cargada, la sirenita se hundía en las aguas, sonriéndole.

Nunca se acercaba lo suficiente para que él pudiera tocarla. Infinidad de veces él la llamaba y le suplicaba, pero ella no quería, y cuando él trataba de alcanzarla se zambullía en el agua lo mismo que haría una foca y no volvía a verla ese día. Y cada día el sonido de su voz se le hacía más dulce. Tan dulce era su voz, que descuidaba sus redes y su destreza y desatendía su oficio. Con sus bermejas aletas y sus saltones y dorados ojos, los atunes pasaban a su lado en grandes bancos y él los ignoraba. A su lado estaba el arpón, inactivo, y sus cestas de juncos trenzados, vacías. Con labios entreabiertos y ojos maravillados, permanecía ocioso en su barca y escuchaba y seguía escuchando hasta que las brumas del mar le envolvían y la inquieta luna teñía de plata sus morenos miembros. Y una tarde la llamó diciéndole:

—Sirenita sirenita, te amo. Seamos novios, porque te amo.

Pero la sirenita movió su cabeza en actitud negativa.

—Tu posees un alma humana. Sólo que la dejes —respondió— podría amarte.

Y el joven pescador se dijo:

—¿De qué me sirve mi alma? No puedo verla. No puedo tocarla. No la conozco. Por supuesto que me desprenderé de ella, y así tendré la felicidad.

Y de sus labios escapó un grito de alegría y, levantándose en su barca pintada, tendió los brazos a la sirena, exclamando:

—Me liberaré de mi alma, y seremos novios y viviremos en las profundidades del mar, y me enseñarás todo aquello que has canta‐do, haré lo que tú me pidas, y nunca nos separaremos.

Y la sirenita rió alborozada y escondió la cara entre sus manos.

—Pero ¿cómo me libraré de mi alma? —preguntó el joven pesca‐dor—. Dime cómo puedo hacerlo y lo haré.

—¡Eso, lo ignoro! —respondió la sirenita—; los hijos del mar no tienen alma.

Y se hundió en lo más profundo, después de contemplarlo apa‐sionadamente.

Al alba del día siguiente, antes de que el sol se asomara por enci‐ma de la colina, el joven pescador fue a la casa del sacerdote y llamó tres veces a su puerta.

El ministro miró por el ventanillo de la puerta y, cuando vio de quien se trataba, descorrió el cerrojo y le dijo:

—Entra.

Y el joven pescador entró y se arrodilló sobre las espadañas del suelo y explicó al sacerdote, que estaba leyendo en su breviario.

—Padre, estoy enamorado de una de las hijas del mar y mi alma me impide lograr lo que deseo. Dime cómo puedo desprenderme de mi alma, ya que, por ahora no la necesito. ¿Qué valor tiene mi alma para mí? No puedo verla. No puedo tocarla. No la conozco.

Y el sacerdote, golpeándose el pecho, respondió:

—¡Dios mío, Dios mío! Estás loco o has comido alguna hierba dañi‐na, porque el alma es lo más generoso del hombre y nos fue dada por Dios para que hiciéramos noble uso de ella. No hay cosa más valiosa que el alma humana, ni cosa material que la iguale. Vale todo el oro que hay en el mundo y es más preciosa que los rubíes de los Reyes. Por tanto, hijo mío, no pienses más en este asunto, porque es un pecado que no te será absuelto. Respecto a los hijos del mar, son seres extraviados y todo aquel que trafica con ellos debe conside‐rarse perdido. Son como las bestias del campo, que no distinguen el bien del mal, y el Señor no se inmoló por ellos.

Los ojos del joven pescador se llenaron de lágrimas al oír las amar‐gas palabras del sacerdote, y, levantándose del suelo, le dijo:

—Padre, los faunos viven en el bosque y son felices, y en las rocas se sientan los tritones con sus arpas doradas. Admite que sea como ellos, te lo ruego, porque sus días son como los días de las flores. En cuanto a mi alma, ¿de qué me sirve si es una muralla entre mi amada y yo?

—Indigno es el amor del cuerpo —exclamó el sacerdote frunciendo el ceño—, y ruines y malditas son las cosas paganas que Dios permite vagar por su mundo. Infames sean los faunos del bosque y malditos los cantores del mar. Les escucho por la noche, y han intentado que olvide mi rosario. Golpean la ventana y ríen. Murmuran en mis oídos la historia de sus placeres infernales. Pretenden persuadirme con tentaciones, y cuando deseo rezar me hacen visajes. Están perdidos, te digo, están perdidos. Para ellos no hay cielo ni infierno, pero en ninguno de ellos podrán ensalzar el nombre del Señor.

—Padre, respondió el joven pescador—, ¡no sabes lo que dices! Una vez capturé en mis redes a la hija de un Rey. Es más hermosa que el lucero matinal y más blanca que la luna. Por su cuerpo entregaría gustoso mi alma y por su amor renunciaría al cielo. Responde a mi pregunta y deja que me vaya en paz.

—¡Fuera! ¡Fuera! —clamó el sacerdote—. Tu amada está perdida y tú te perderás con ella.

Y lo echó de su casa sin bendecirlo.

Y el joven pescador se dirigió a la plaza del mercado, paso a paso, cabizbajo, deprimido por su desconsuelo.

Y cuando los mercaderes lo vieron llegar, empezaron a hablar entre sí en murmullos, y uno de ellos se adelantó a recibirle y, llamándole por su nombre, le preguntó:

—¿Qué tienes para vender?

—Te venderé mi alma —le contestó—. Te ruego que me la compres porque estoy cansado de ella. ¿De qué me sirve mi alma? No puedo verla. No puedo tocarla. No la conozco.

Pero los mercaderes se burlaron de él, diciéndole:

—¿De qué nos serviría el alma de un hombre? No vale ni una detestable moneda de plata. Véndenos tu cuerpo como esclavo, y te vestiremos de púrpura marina, y pondremos un anillo en tu dedo, y te haremos el favorito de la gran Reina. Pero no nos hables del alma, porque no significa nada para nosotros, no tiene ningún valor.

¡Qué extraña situación! —se dijo el joven pescador—. El sacerdote dice que el alma vale todo el oro del mundo, y según los mercaderes no vale ni una infame moneda de plata.

Y se alejó de la plaza del mercado y bajó a la orilla del mar y
empezó a reflexionar sobre lo que debía hacer.

Y a mediodía recordó que uno de sus compañeros que era un
buscador de hinojo marino, le había hablado de una bruja joven que
vivía en una caverna a la entrada de la bahía y a la que se consideraba muy hábil en brujerías. Y fue hacia ella corriendo, tal era su impaciencia por desprenderse de su alma, y una nube de polvo le siguió
en su carrera sobre la arena de la playa. Por una picazón en la palma
de la mano, la joven bruja supo que él se acercaba y, riendo, se soltó
la roja cabellera. Con el cabello grana sobre sus hombros esperó a la
entrada de la cueva, llevando en la mano una rama de cicuta silvestre cubierta de flores.

— ¿Qué necesitas? ¿Qué necesitas? —le gritó al verle llegar ja-
deante mientras se inclinaba hacia ella—. ¿Peces para tus redes cuando el viento es contrario? Tengo una flautilla, y cuando lo toco los
salmones acuden a la bahía. Pero tiene su precio, buen mozo, tiene
su precio. ¿Qué necesitas? ¿Qué necesitas? ¿Una tormenta que hun-
da los barcos y arroje a la playa las arcas llenas de tesoros? Soy más
rica en tormentas que el propio viento, porque sirvo a uno que es
más poderoso que el viento, y con un pasador y un cubo de agua
puedo enviar las grandes galeras al fondo del mar. Pero, ¡tiene un
precio, buen mozo, tiene un precio! ¿Qué necesitas? ¿Qué necesitas? una flor que crece en el valle y que sólo yo he visto. Tiene hojas
purpúreas y una estrella en el corazón, y su savia es tan blanca como
la leche. Si con esta flor pudieras tocar los labios de la Reina, iría
contigo por el mundo. Del lecho del Rey se levantaría y por todo el
mundo te seguiría. ¡Pero tiene un precio, buen mozo, tiene un precio! ¿Qué necesitas? ¿Qué necesitas? Puedo hacer polvo a un sapo
en un mortero y hacer caldo con él y revolver el caldo con la mano
de un muerto. Humedece con él a tu enemigo mientras duerme y se
convertirá en una víbora negra y su propia madre le matará. Con una
rueda puedo atraer a la luna del cielo y puedo mostrarte la Muerte
en un cristal. ¿Qué te hace falta? ¿Qué te hace falta? Dime lo que
anhelas y te lo concederé, me pagarás su precio, buen mozo, me
pagarás su precio.

—Mi deseo es algo insignificante —dijo el joven pescador——, aún así, se ha molestado conmigo el sacerdote y me ha arrojado de su presencia. Es una cosa pequeña, y los mercaderes se han burlado de mí por ella y me la han negado. Por eso vengo a ti, aunque la gente diga que eres mala, y, sea cual fuere tu precio, te pagaré.

—¿Qué quieres?—preguntó la bruja acercándosele.

—Quiero desprenderme de mi alma —respondió el joven pescador.

La bruja palideció, se estremeció y se cubrió el rostro con su manto azul.

—Buen mozo, buen mozo —murmuró—, lo que me pides que haga es una cosa terrible.

Pero él sacudió sus negros rizos, riendo y aclaró:

—Mi alma no es nada para mí. No puedo verla. No puedo tocarla. No la conozco.

—¿Qué me darás a cambio? —preguntó la bruja mirándole con sus bellos ojos.

—Cinco monedas de oro —contestó— y mis redes, y la casa donde vivo, y la barca pintada con que navego. Si tu me dices cómo puedo desprenderme de mi alma, te doy lo que poseo.

Riendo burlona, lo golpeó con la rama de cicuta silvestre, diciéndole:

—Puedo transformar en oro las hojas de otoño, y puedo trenzar los rayos de luna como hilos de plata, si quiero. Aquel a quien sirvo es más rico que todos los reyes del mundo y es dueño de sus dominios.

—¿Qué puedo darte —exclamó—, si tu precio no es el oro ni la plata?

Con sus delgadas manos, la bruja le acarició el cabello. Le habló en un murmullo y mientras le hablaba sonreía.

—Tienes que bailar conmigo, buen mozo.

—¿Nada más que esto? —exclamó el joven pescador, asombrado, y se puso en pie.

—Nada más —dijo la bruja volviendo a sonreírle.

—Cuando se ponga el sol bailaremos en algún lugar secreto, y después de haber bailado tú me dirás lo que deseo saber.

Ella movió la cabeza y le dijo quedamente:

—Cuando la luna aparezca, cuando la luna aparezca.

Entonces miró a su alrededor y puso atento el oído. Un pájaro azul se elevó graznando desde su nido y voló en círculo sobre las dunas y tres pájaros pintos se movieron entre las hierbas secas y se silbaron uno a otro. No se oía más que el roce de las olas sobre las lisas piedrecitas de la playa. Y la bruja tendió la mano, y atrajo para sí al joven pescador, diciéndole con sus resecos labios al oído:

—Esta noche tendrás que subir a la cumbre de la montaña. Es noche de aquelarre y él estará allí.

El joven pescador se sobresaltó y la miró, en respuesta, ella sonrió, mostrando sus blanquísimos dientes.

—¿De quién me hablas?

—Por ahora no importa. Acude esta noche y espera mi llegada bajo las hojas de la adelfa. Si un perro negro se avalanza sobre ti, pégale con una vara de sauce y se marchará. Si una lechuza te habla, no le contestes. Cuando la luna esté alta me encontrarás a tu lado y bailaremos juntos sobre la hierba.

—Pero, júrame que me dirás cómo desprenderme de mi alma.

Entonces ella se adelantó a donde daba el sol, y el aire agitó su roja cabellera y juró:

—Lo juro por las pezuñas del macho cabrío.

—Eres la mejor de las brujas —exclamó el joven pescador—, y bailaré contigo esta noche en la cima de la montaña. Aunque me hubiera gustado más que me pidieras oro y plata, pero te pagaré el precio que me pides, porque es una cosa muy pequeña.

Y ante ella se quitó el gorro, inclinó la cabeza y regresó corriendo a la ciudad rebosante de alegría.

La bruja lo miró alejarse, y después entró a la cueva y, sacando un espejo de una caja de cedro tallado, lo colocó en un marco y quemó verbena sobre carbones encendidos y miró a través de la volutas de humo. En seguida apretó los puños y murmuró en tono soberbio:

—Debería pertenecerme a mí, soy tan hermosa como ella.

Y cuando aquella noche se levantó la luna, el joven pescador subió a la cima de la montaña y esperó bajo las ramas de la adelfa. El mar, bruñido como una rueda de metal, brillaba a sus pies, y las sombras de los pequeños botes de pesca avanzaban en la bahía. Una gran lechuza de ojos amarillos como el azufre le llamó por su nombre, pero él no le contestó. Un perro negro se le echó encima dejando lucir sus fieros dientes. Le golpeó con una vara de sauce y se alejó gimiendo.

A media noche, las brujas llegaron volando por el aire como murciélagos.

—¡Uf! —gritaban al tocar el suelo—, aquí hay alguien que no conocemos— y parecía que olfateaban, se hablaban en murmullos y hacían señas entre sí.

Finalmente llegó la bruja joven con su rubia cabellera ondulante por el viento. Vestía un traje tejido de oro bordado de ojos de pavo real y se cubría la cabeza con un gorrito de terciopelo verde.

—¿Dónde está? ¿Dónde está? —chillaron las brujas al verla, pero ella sólo sonrió, y corrió a la adelfa, y, cogiendo al joven pescador de la mano, lo llevó hasta un claro bañado por la luna y comenzaron a bailar.

Giraban y volvían a girar, y la joven bruja daba unos saltos tan altos que el muchacho podía ver los rojos tacones de sus zapatos. De pronto, entre los que bailaban se oyó el ruido del galope de un caballo, pero no se vio caballo alguno, y entonces sintió miedo.

—¡Más rápido! —gritó la bruja, y le rodeó el cuello con sus brazos, emitiendo su caldeado aliento sobre la cara de él. ¡Aprisa, más aprisa! —gritaba la bruja, y la tierra parecía girar bajo sus pies, y su cerebro se confundía, y un gran miedo se apoderó de él, como si algún mal le acechara, y al fin se dio cuenta de que debajo de un saliente rocoso, entre la sombra, observó una figura que no había visto allí hasta ese momento.

Era un hombre vestido de terciopelo negro, con un traje al estilo español. Tenía el rostro débil y extraño, pero sus labios eran como una rozagante flor grana. Parecía cansado, y se recargaba sobre la roca, jugando distraído con la empuñadura de su daga. Encima de la hierba, a su lado, había un sombrero con plumas y un par de guantes de montar, con empalmes de encaje dorado y bordado con perlas, elaborado en raro diseño. De su hombro pendía una capa corta forrada de martas, y entre los finos dedos de sus manos relucían anillos. Los párpados pesados ocultaban sus ojos.

El joven pescador le miró como si estuviera embrujado.

Por fin sus ojos se encontraron y, girara donde girara, los ojos el hombre estaban encima de él. Oyó reír a la bruja, y la tomó por la cintura haciéndola girar en una danza enloquecedora.

En ese momento, un perro ladró en el bosque y los danzantes se detuvieron y, de dos en dos, fueron hasta el hombre, se arrodillaron y le besaron las manos. Al hacerlo, una sonrisa tenue vagaba sobre los orgullosos labios, como roza un pájaro el agua y la hace sonreír. Pero había desprecio en la sonrisa, y no dejaba de mirar al joven pescador.

—¡Ven, vamos a adorarle! —murmuró la bruja, y lo guió.

Y se adueñó de él un obsesivo deseo de hacer lo que se le pedía; así que la siguió. Pero al llegar cerca, y sin saber por qué lo hacía, trazó sobre su pecho la señal de la cruz y pronunció el nombre de Dios.

Después que lo hubo hecho, las brujas huyeron chillando como halcones, y el pálido rostro que le había estado observando se constriñó en un gesto de dolor. El hombre se alejó a un pequeño bosque y silbó. Una jaca con arreos de plata se le acercó corriendo. Al saltar sobre la silla se dio la vuelta y miró con tristeza al joven pescador.

Y la bruja de cabellos rojos quiso salir volando también, pero el pescador la tomó por las muñecas y la detuvo con toda su fuerza.

—Suéltame —gritaba—, deja que me vaya. Porque has nombrado lo que no puede nombrarse y has hecho la señal que no podemos mirar.

—No —contestó el pescador—, no te dejaré marchar hasta que no me hayas dicho tu secreto.

—¿Qué secreto? —dijo la bruja debatiéndose como un gato salvaje y mordiéndose los labios, envueltos en espuma.

—Ya lo sabes.

Sus ojos, verdes como la hierba, se llenaron de lágrimas, y suplicó al pescador:

—Pídeme lo que quieras, excepto eso.

Pero él rió y la retuvo con más fuerza.

Y cuando la bruja vio que no podía soltarse, le dijo susurrante:

—Yo soy tan hermosa como la hija del mar, tan agraciada como aquellas que viven en las aguas azules— y lo miró con amor y acercó su rostro al suyo.

Pero él la rechazó enojado, diciéndole:

—O cumples la promesa que me hiciste, o te mataré por bruja falsa.

Ella se demudó, tomando una tonalidad grisácea como la flor del árbol de Judas y tiritó.

—Que sea como deseas —asintió—. Se trata de tu alma, no de la mía. Haz con ella lo que quieras.

Y sacó de su cinturón una pequeña daga con el puño forrado de piel de víbora verde y se lo dio.

—¿Y esto para qué puede servirme? —preguntó él, sorprendido.

Por un instante, la bruja guardó silencio y una expresión de terror se reflejó en su rostro. Luego apartó el cabello que caía sobre su frente y, con una sonrisa malévola le dijo:

—Lo que llaman los hombres la sombra del cuerpo no es la sombra del cuerpo, sino el cuerpo del alma. Vete a la playa, ponte de espaldas a la luna y corta la sombra alrededor de tus pies, que es el cuerpo de tu alma, y di a tu alma que te abandone, y así lo hará.

El joven pescador se estremeció, murmurando:

—¿Es cierto eso?

—Es cierto, y hubiera preferido no decírtelo, —exclamó la bruja abrazándose a sus rodillas, y llorando.

Pero él la apartó de sí y la dejó sobre la tupida hierba. Acercándose al borde de la montaña, colocó la pequeña daga en su cinto y comenzó a descender.

Y el alma que lo acompañaba lo llamó diciéndole:

—Oye, he vivido contigo todos estos años y he sido tu esclava. No me alejes de ti ahora, porque, ¿qué daño te he hecho?

Y el joven pescador se echó a reír.

—No, aunque no me has hecho daño, no te necesito —contestó—. El mundo es inmenso, y hay un cielo y un infierno, y entre los dos hay una casa débilmente iluminada. Ve a donde quieras, pero no me entretengas, porque mi amor me está llamando.

Y su alma con dolor le suplicaba, pero no le hizo caso, y bajó saltando de peña en peña, con la misma seguridad de una cabra del monte y por fin llegó abajo a la arena ocre del mar.

De clásica figura, con cuerpo de bronce, como una estatua tallada por los griegos, se irguió en la arena de espaldas a la luna, y por entre la espuma del mar salían blancos brazos que le llamaban, y sobre las olas se levantaban formas difusas que le rendían culto. Y ante él se extendía su sombra, que era el cuerpo de su alma, y tras él la luna quedaba suspendida en el color miel del aire

Y su alma le dijo:

—Si realmente me alejas de ti, no me despidas sin un corazón. El mundo es cruel; dame tu corazón, para que pueda llevármelo.

Pero él movió la cabeza y contestó sonriendo:

—¡Con qué amaría a mi amada si te entregara mi corazón?

—Sé compasivo —insistió el alma—; dame tu corazón, por que el mundo es muy cruel y tengo miedo.

—Mi corazón es de mi amada —respondió el pescador—; de modo que no me quites más tiempo y aléjate.

—¿Entonces, yo no debo amar? —preguntó su alma.

—Vete, porque no me haces falta —gritó el joven; y sacó una pequeña daga con su puño de piel de víbora y cortó la sombra alrededor de sus pies. Y ésta se levantó y le miró y era igual a él.

El pescador retrocedió, guardó la pequeña arma en su cinto y experimentó una profunda sensación de terror.

—Vete —ordenó en un murmullo— y haz que no vuelva a verte más.

—No veo por qué tenemos que encontrarnos —dijo el alma. Su voz era de un tono agudo y de resignación, y sus labios casi no se movían al hablar.

—¿Cómo nos encontraremos otra vez? —gritó el pescador—. No vas a ir tras de mí a las profundidades del mar.

—Una vez al año vendré a este lugar y te llamaré —dijo el alma—. Tal vez me necesites.

—¿Por qué voy a necesitarte? Pero haz como tú quieras.

Y se sumergió en las aguas y los tritones soplaron en sus cuernos, y la sirenita salió a recibirle y, echándole los brazos al cuello, le besó en los labios.

Y el alma permaneció contemplándolos en la solitaria playa, cuando se hubieron perdido en las profundidades del mar, se fue llorando por las marismas.

Cuando pasó un año, el alma bajó a la orilla del mar y llamó al joven pescador, y él salió de lo profundo y preguntó:

—¿Por qué me llamas?

Y el alma contestó:

—Acércate para que pueda hablar contigo, porque he visto cosas maravillosas.

Él se acercó y se echó en el agua baja de la orilla, y sostuvo, su cabeza en la mano, atendió. El alma le refirió:

—Desde que me separé de ti, miré al Este y viajé. Todo lo que es sabio y prudente procede del Este. Viajé durante seis días, y con la primera luz del séptimo día, llegué hasta la colina de la nación de los tártaros. Me senté a la sombra de un tamarindo para protegerme del sol. La tierra estaba seca y requemada por el calor. La gente iba y venía por la llanura como moscas remolcadas por un disco de cobre pulido.

Hacia el mediodía, una nube de polvo rojizo ascendió en la orilla de la planicie. Cuando los tártaros la vieron, tensaron sus arcos pintados y, después de montar sus caballejos, galoparon a su encuentro. Las mujeres huyeron gritando a refugiarse en sus carros y se quedaron detrás de las cortinas de fieltro.

Al llegar la tarde, los tártaros regresaron, pero faltaban cinco de ellos, y entre los que volvieron había algunos heridos. Engancharon sus caballos a los carros y se retiraron velozmente. Tres chacales salieron de una cueva y los siguieron con la mirada. Luego olfatearon el aire y tomaron de prisa la dirección opuesta.

Cuando la luna se alzó vi cómo ardía una hoguera en la llanura y me fui hacia ella. Algunos mercaderes estaban sentados alrededor del fuego sobre tapetes. Sus camellos estaban atados detrás, y los negros que eran sus servidores plantaban tiendas de cuero en la arena, protegidos tras un cercado de altas chumberas.

Cuando pude acercarme a ellos, el jefe se levantó y, desenvainando la espada, me preguntó qué quería.

Le contesté que yo era príncipe en mi tierra y que me había escapado de los tártaros, que querían hacerme su esclavo. El jefe sonrió y me enseñó cinco cabezas clavadas sobre largas cañas de bambú.

Fue cuando me preguntó quién era el profeta de Dios, y le contesté que Mahoma.

Y en cuanto escuchó el nombre del falso profeta, se acercó y me tomó de la mano y me sentó a su lado. Un negro me trajo leche de yegua en una escudilla de madera y un trozo de cordero asado.

Cuando el día despuntó continuamos el viaje. Yo cabalgaba un camello de pelo rojo, al lado del jefe y un corredor iba delante de nosotros con una lanza. Los guerreros nos protegían por ambos lados, y los mulos seguían con las mercancías. Integraban la caravana cuarenta camellos, los mulos eran el doble.

Del país de los tártaros pasamos al mismo donde maldicen la luna. Vimos los grifos guardando su oro en las peñas blancas y los dragones de escamas duras durmiendo en sus cuevas. Cuando pasábamos las montañas, conteníamos el aliento para evitar que la nieve se desplomara sobre nosotros, y todos nos cubríamos el rostro con una tela de seda. Al cruzar los valles, los pigmeos nos dispararon flechas desde los huecos de los árboles, y durante la noche oíamos a los salvajes golpeando sus tambores.

Al llegar a la Torre de los Monos, les dimos frutas y no nos hicieron daño. Al llegar a la Torre de las Serpientes, les dimos leche templada en vasos de cobre y nos dejaron pasar. Por tres veces, durante nuestro viaje, llegamos a orillas del Oxo. Lo atravesamos sobre balsas de madera sujetas entre sí por vejigas de piel llenas de aire. Los hipopótamos se encolerizaron y trataron de exterminarnos. Cuando los camellos los vieron se pusieron a temblar.

Por cada ciudad que pasábamos, los reyes nos cobraban impuestos, pero no permitían que cruzáramos sus murallas. Nos tiraban pan desde arriba, tortas de maíz cocidas con miel y pasteles de harina de trigo blanco rellenos de dátiles. Por cada cien cestos les dábamos una cuenta de ámbar.

Cuando nos veían llegar los pobladores de la ciudad, envenenaban los pozos y huían a la cima de las colinas. Luchamos con los "magadas", que nacen viejos y se van haciendo jóvenes al correr del tiempo, y mueren cuando son niños de corta edad; y con los "lactros", que se dicen hijos de tigres, se pintan de negro y amarillo; y con los "aurantes", que colocan sus muertos en las copas de los árboles y viven en oscuras cavernas, para que el sol, que es su dios, no los mate; y con los "crimnios", que adoran a un cocodrilo y le regalan pendientes de vidrio verde, y le alimentan con grasa y aves; con los "agazombanos, que tienen cara de perro; y con los "sibanos", que tienen pies de caballo y corren más veloces que los caballos. Una tercera parte de los nuestros murieron en batallas y otro tercio murió de hambre. Los otros hablaban contra mí, diciendo que les había traído la mala suerte. De debajo de una piedra saqué una víbora cornuda y la dejé que me picara. Cuando vieron que no me hacía daño, pude notar que se asustaron.

Llegamos al cuarto mes, a la ciudad de Illel. Era de noche cuando descendimos de las cabalgaduras al suelo de la arboleda que hay al pie de sus murallas, y el aire era sofocante, porque estábamos en la luna de Escorpión. Cogimos granadas maduras de los árboles y las partimos y bebimos sus dulces zumos. Después descansamos sobre nuestros tapetes y esperamos a que llegara el día.

Cuando amaneció nos levantamos y llamamos a la puerta de la ciudad. Era una puerta de bronce rojo labrada en relieve con dragones de mar y dragones alados. Los guardias nos observaban desde las almenas y preguntaban que queríamos. El intérprete de la caravana contestó que veníamos de la isla de Siria con muchas mercancías. Nos tomaron rehenes y nos dijeron que abrirían las puertas para nosotros a mediodía y nos mandaron esperar hasta entonces.

Cuando llegó el mediodía abrieron la puerta, y conforme entrábamos, la gente salía de sus casas y se acercaba para mirarnos y un pregonero dio la vuelta a la ciudad soplando en una caracola. Permanecimos en la plaza del mercado, y los negros desataron los fardos de tela estampada y abrieron los tallados cofres de sicomoro.

Terminada la tarea, los mercaderes exhibieron sus exóticas mercancías: lienzo encerado de Egipto, lino pintado de la tierra de los etíopes, esponjas púrpura de Tiro y colgantes azules de Sidón, copa de frío ámbar, vasijas de fino cristal y extrañas vasijas de arcilla quemada. Desde el tejado de una casa había mujeres observándonos, y una de ellas llevaba una máscara de piel dorada.

En el primer día los sacerdotes vinieron e hicieron intercambio con nosotros, y al segundo llegaron los nobles y al tercero los artesanos y los esclavos. Porque tal es su costumbre con los mercaderes mientras permanecen en las ciudad.

Y es así como permanecimos toda una luna, y cuando la luna empezó a menguar, yo me cansé y caminé por las calles de la ciudad y llegué al jardín de su dios. Los sacerdotes con sus ropas amarillas andaban silenciosamente por entre los árboles verdes, y sobre un pavimento de mármol negro se alzaba una casa de un rosa rojizo, en la que el dios tenía su vivienda. Sus puertas eran de laca brillante y en ella estaban tallados, en relieve y cubiertos de oro fino toros y pavos reales. El tejado era de porcelana verde mar, y sus aleros estaban adornados por campanillas. Y cuando pasaban por ahí las palomas, con su vuelo rozaban las campanillas y las hacían sonar.

Al frente del templo había un estanque de agua clara embaldosado de ónice. Me acerqué a su orilla y con mis amarillentos dedos acaricié las enormes hojas. Uno de los sacerdotes vino hacia mí y se quedó detrás. Llevaba sandalias en sus pies, una piel de serpiente y otra de pájaro con sus puntas. En su cabeza llevaba una mitra de fieltro negro decorado de medias lunas de plata. Su túnica estaba tejida con siete amarillos distintos y su crespa cabellera estaba teñida con antimonio.

Luego de un instante me habló y me preguntó qué deseaba.

Le dije que mi deseo era ver al dios.

—El dios está cazando —contestó el sacerdote, mirándome de un modo raro con sus rasgados y pequeños ojos.

—Dime en qué bosque, y cabalgaré con él —repuse.

Desarrugó los flecos de la túnica con sus largas y puntiagudas uñas y murmuró:

—El dios está dormido.

—Dime en qué lecho y velaré a su lado —dije.

—El dios está en una fiesta —exclamó.

—Si el vino es dulce, lo beberé con él, y si fuera amargo lo bebería también —fue lo que le contesté.

El sacerdote inclinó la cabeza asombrado y, tomándome de la mano, me levantó y me llevo hacia el templo.

En la primera estancia, vi un ídolo sentado en un trono de jaspe orlado de grandes perlas de Oriente. Era una talla de ébano y su estatura era la de un hombre. Tenía en su frente un hermoso rubí y de su cabellera caía óleo hasta sus caderas. Sus pies estaban enrojecidos por la sangre de un cabrito recién sacrificado, y su cintura ceñida por un cinturón de cobre, en el que había siete esmeraldas engarzadas.

Y dije al sacerdote:

—¿Es este el dios?

Y él me contestó:

—Este es el dios.

—Muéstrame el dios —grité— o te mataré.

Y toqué su mano y se marchitó

Y el sacerdote me replicó diciendo:

—Alivie mi señor a su siervo y le mostraré el dios.

Dejé ir mi aliento sobre su mano y su mano sanó. Temblando me condujo hasta la segunda estancia, y vi un ídolo en pie sobre un loto de jade del que colgaban grandes esmeraldas. Estaba tallado en marfil y su estatura era doble de la de un hombre. Sobre su frente había crisólito, y su pecho estaba envuelto con mirra y canela. En una mano sostenía un cetro de jade, y en la otra un cristal redondo. Llevaba zapatos muy altos de bronce y su grueso cuello estaba rodeado de un collar de selenitas.

Y dije al sacerdote:

—¿Es este dios?

Y él me contestó:

—Éste es el dios.

—Muéstrame el dios —grité—, o te mataré.

Y toqué sus ojos y los cegué.

Y el sacerdote me suplicó, diciendo:

—Alivie mi señor a su siervo y le mostraré el dios.

Así que dejé ir mi aliento sobre sus ojos y la vista volvió a ellos. Volvió a temblar y temblando me condujo hasta la tercera estancia, y he aquí que no había en ella ídolo alguno, ni imagen, solamente un espejo de metal, redondo, colocado en un altar de piedra.

Y pregunté al sacerdote:

—¿Dónde está el dios?

Y él me contestó:

—No existe otro dios que el mismo espejo que ves, porque éste es el espejo de la Sabiduría. Y en él se reflejan todas las cosas que hay en el cielo y en la tierra, excepto el rostro del que se mira en él. A éste no le refleja para que el que se mira en él pueda ser prudente y sabio. Hay muchos más espejos, pero son únicamente espejos de Opinión. Sólo éste es el espejo de la Sabiduría. Y los que poseen este espejo lo saben todo, no hay nada oculto para ellos. Y los que no lo poseen no poseen la sabiduría. Por tanto, éste es el dios y le adoramos.

Y miré al espejo y ocurrió tal como me lo había dicho. Y entonces hice una cosa muy rara, pero esto no importa, porque en un valle que se encuentra a una jornada de marcha de este lugar tengo escondido el espejo de la Sabiduría. Dame la oportunidad de volver dentro de ti y ser tu esclava, y serás más sabio que todos los sabios, y la sabiduría y la prudencia te pertenecerán. Permíteme entrar en ti, y no habrá nadie tan sabio como tú.

Pero el joven pescador se rió, exclamando:

—El amor es mejor que la sabiduría y la sirenita me ama.

—Nada hay mejor que la sabiduría —repuso el alma.

—Es mejor el amor —insistió el joven pescador, y se hundió en lo más profundo del mar y el alma se alejó llorando por las marismas.

Al llegar el segundo año, el alma bajó a la orilla del mar y llamó al joven pescador, y él salió de las aguas y dijo:

—¿Por qué me llamas?

Y el alma contestó:

—Ven para que pueda hablar contigo, porque he visto cosas increíbles.

Así que se acercó y se echó en el agua baja de la orilla y, reposó su cabeza en la mano.

Y el alma le dijo:

—Cuando me retiré de ti, me volví hacia el Sur y viajé. Del Sur llega todo lo que es precioso. Durante seis días viajé por las carreteras que llevan a la ciudad de Aster, por las rojas y polvorientas carreteras que utilizan los peregrinos y a la mañana del séptimo día levanté la vista, y he aquí que la ciudad se extendía a mis pies, porque está en un valle.

Dan acceso a la ciudad nueve puertas y frente a cada puerta hay un caballo de bronce que relincha cuando los beduinos bajan de la montañas. Las murallas están cubiertas de cobre, y las torres de los guardias de las murallas tienen un tejado de bronce. En cada torre está de guardia un arquero con un arco en la mano. Al salir el sol, disparan una flecha contra un gong; al ponerse, hacen sonar un cuerno.

Cuando me decidí a entrar, los guardias me detuvieron deseando saber quién era. Contesté que era un "derviche" camino de la ciudad de La Meca, donde hay un velo verde sobre el cual los ángeles bordaron en plata, con sus manos, versículos del Corán. Se sorprendieron de tal manera que me suplicaron que entrara.

Todo aquello era un exótico bazar. En verdad, hubieras debido venir conmigo. Entre las calles estrechas, las vistosas linternas de papel se agitaban como enormes mariposas. Cuando el viento sopla sobre los tejados, se alzan y caen como burbujas pintadas. Ante sus tenderetes, los mercaderes están sentados sobre suaves alfombras.

Tienen largas barbas negras y lacias, y sus turbantes están cubiertos de lentejuelas doradas, y sus dedos desgranan rosarios de cuentas de ámbar y huesos de melocotón labrados. Algunos de ellos venden gálbano y nardo y curiosos perfumes de las islas del mar Índico, y espeso aceite de rosas rojas, y mirra, y las olorosas flores del clavero. Cuando uno les dirige la palabra, echan granitos de incienso en un braserito donde arde carbón vegetal y perfuman el aire. Vi a un sirio que sostenía en sus manos una vara fina como un junco. Nubecillas alargadas de humo se desprendían, y su aroma, al estar ardiendo, recordaba a la del almendro rosa en primavera. Otros venden brazaletes de plata cuajados de turquesas de un azul cremoso, y argollas de cobre trenzado orladas de perlas y garras de tigre engarzadas en oro, y las uñas de ese gato dorado que es el leopardo también engarzadas en oro, y pendientes de esmeralda perforada y sortijas de jade. Desde las casas de té llega el sonido del laúd, y los fumadores de opio, con sus pálidos y sonrientes rostros, miran a los que pasan por la calle.

Debiste venir conmigo. Los vendedores de vino se abren paso, arremetiendo entre la multitud con sus enormes pellejos negros colgados de la espalda. Lo sirven en pequeñas copas de metal y lo perfuman con hojas de rosa. En la plaza del mercado están los vendedores de fruta; las tienen de toda clase: higos maduros, con su carne púrpura; melones que huelen a almizcle y son amarillos como topacios; pomelos y manzanas rosadas; racimos de uva blanca; naranjos de oro rojo, y limones ovalados de color oro verdoso. En una ocasión vi, caminar un elefante, lucía su trompa pintada de un rojo bermellón y cúrcuma, y sobre las orejas llevaba una red de seda rojo. Se detuvo frente a uno de los puestos y empezó a comer las naranjas, y el propietario se echó a reír. No puedes figurarte lo raro que son esos hombres. Cuando se sienten alegres van a los pajareros, compran un pájaro enjaulado y lo sueltan, para que su contento sea mayor, y cuando están tristes se azotan con zarzas, para que su tristeza no aminore.

Un atardecer encontré a unos negros que llevaban un pesado palanquín por el bazar. Estaba hecho de bambú dorado y las varas eran de laca roja claveteada de pavos reales de cobre. Sobre las ventanas colgaban cortinas de delicada muselina bordada con alas de escarabajo y aljófar, al pasar junto a mí una circasiana, asomó su pálido rostro y me sonrió. Yo permanecí detrás, y los negros caminaban con aire soberbio. Pero no me importaba, ya una curiosidad irrefrenable me había capturado.

De pronto se detuvieron frente a una casa cuadrada pintada de blanco. Carecía de ventanas, sólo se veía una puerta pequeña como la de una tumba. Dejaron el palanquín en el suelo y golpearon por tres veces con un martillo de bronce. Un armenio con un caftán de piel verde miró por el ventanillo, y al verlo abrió la puerta y extendió una alfombra sobre el suelo, y la mujer bajó del palanquín. Cuando atravesó la puerta se volvió y me bajó del palanquín. Cuando atravesó la puerta se volvió y me sonrió de nuevo. Jamás había visto a nadie tan demacrado.

Se alzó la luna y volví al lugar y busqué la casa, pero ya no estaba allí. Al ver aquéllo, comprendí quién era la mujer y por qué me había sonreído.

En verdad, debiste haber venido conmigo. En la fiesta de la Luna Nueva, el joven emperador salió de su palacio y entró en la mezquita para rezar. Su cabello y su barba estaban tejidos con hojas de rosa, y sus mejillas, tenían polvo de oro. Las plantas de sus pies y las palmas de sus manos eran amarillas, pintadas con azafrán.

Al brillar la luz del día, salió de su palacio con una túnica de plata y al atardecer, volvió a palacio con una túnica de oro. La gente se echó al suelo y se cubrió el rostro, pero yo no quise hacerlo. Me quedé junto al puesto de un vendedor de dátiles y esperé. Cuando el Emperador me vio, levantó sus retocadas cejas y se detuvo. No me moví y no le hice reverencia. La gente se extrañó por mi atrevimiento y me sugirió que huyera de la ciudad. No les hice caso, sino que me fui a sentar con los vendedores de dioses forasteros, los que eran odiados.

Cuando les dije lo que había hecho, cada uno de ellos me dio un dios y me suplicaron que me fuera de su lado.

Esa noche, mientras descansaba sobre un cojín en la casa de té que está en la calle de las Granadas, los guardias del Emperador entraron y me llevaron a palacio. Ya en el interior, cerraron tras de mí las puertas y las encadenaron. Dentro había un gran patio con arcadas a lo largo de sus cuatro costados. Las paredes de alabastro blanco, incrustadas de mosaicos verdes y azules. Las columnas eran de mármol verde, y el suelo, de mármol color durazno. Nunca hasta ese día, había visto algo semejante.

Al cruzar el patio, dos mujeres veladas miraron desde una galería y me maldijeron. Los guardias apresuraron el paso y las lanzas resonaron sobre el brillante suelo. Abrieron una puerta de marfil tallado y me encontré en un jardín regado de surtidores, con siete terrazas. Estaba plantado de tulipanes y dondiegos y grandes áloes plateados. El hilo de agua de un surtidor se alzaba en el aire tranquilo como un junco de cristal. Los cipreses parecían antorchas apagadas. En uno de ellos cantaba un ruiseñor.

Al fondo del jardín se levantaba un pabellón. Al acercarnos, dos eunucos vinieron a nuestro encuentro. Sus gordos cuerpos se movían al andar, y me contemplaron inquisitivos con sus ojos, de párpados amarillentos. Uno de ellos apartó a un lado al capitán de la guardia y le dijo algo en voz baja. El otro continuó masticando pastillas perfumadas que sacaba, con gesto afectado de una caja ovalada de esmalte morado.

Luego, el capitán de la guardia despidió a los soldados. Regresaron a palacio seguidos lentamente por los eunucos y cogiendo dulces moras de los árboles al pasar. Cuando el mayor de los dos se volvió hacia mí y me sonrió perversamente.

Entonces el capitán de la guardia me señaló la entrada del pabellón. Entré sin temblar y, apartando la pesada cortina, atravesé el umbral.

El joven Emperador reposaba sobre un lecho de pieles de león teñidas, y sobre su muñeca tenía un halcón. Detrás de él estaba un joven con turbante rematado de bronce, desnudo hasta la cintura, con enormes aros colgando de sus orejas. Sobre una mesa al lado del diván había una gran cimitarra.

Cuando el Emperador me vio, se molestó y me dijo:

—¿Cómo te llamas? ¿Acaso no sabes que soy el Emperador de esta ciudad?

Pero no le contesté.

Indicó con el dedo la cimitarra, y el joven se apoderó de ella y, lanzándose sobre mí, me golpeó con gran violencia. La hoja me traspasó, no me hirió. El hombre cayó al suelo cuan largo era, y se fue a esconder tras el diván.

El Emperador se incorporó de un salto y, tomando una lanza de un soporte de armas, me la tiró. La cogí en el aire y partí el asta en dos. Me disparó una flecha, pero levanté las manos y la detuve en su camino. Luego sacó una daga de un cinturón de cuero blanco y la clavó en la garganta del nubio, por miedo a que el esclavo difundiera su deshonor. El hombre se retorció como una serpiente lastimada y por sus labios se asomó una espuma carmesí.

En cuanto estuvo muerto, el Emperador se volvió hacia mí, y después de secarse el sudor de su frente con una servilleta de seda roja me dijo:

—¿Eres acaso un profeta y no puedo herirte?, ¿o el hijo de un profeta y no debo hacerte daño? Te ruego que esta noche te vayas de mi ciudad, porque si permaneces en ella yo no soy su Señor.

Y yo le contesté:

—Me iré si me das la mitad de tu tesoro.

Me tomó de la mano y me llevó hasta el jardín. Cuando el capitán de la guardia me vio se quedó pasmado. Cuando los eunucos me vieron, les temblaron las rodillas y se derrumbaron hasta el suelo atemorizados.

En palacio hay una estancia que tiene ocho muros de pórfido y el techo recubierto de escamas de cobre, del que cuelgan lámparas. El emperador tocó uno de los muros y se abrió, y pasamos por un corredor iluminado por varias antorchas. En hornacinas, a cada lado, había grandes jarras llenas a rebosar de monedas de plata. Cuando llegamos al centro del corredor, el Emperador dijo una palabra que no debe repetirse, y una puerta de granito giró sobre sus goznes secretos y se cubrió el rostro con las manos para no quedar deslumbrado.

No puedes imaginarte la belleza de aquel sitio. Había enormes conchas de tortuga llenas de perlas, y piedras de luna huecas, de gran tamaño, llenas de rubíes. El oro estaba guardado en cofres de piel de elefante, y el polvo de oro, en botellas de cuero. Había ópalos y zafiros, los primeros en copas de cristal, los últimos en copas de jade. Grandes esmeraldas redondas se ordenaban en hileras sobre fuentes de marfil, y en un rincón había sacos de seda llenos de turquesas y esmeraldas. Los cuernos de marfil estaban repletos de amatistas, y los de cobre, de calcedonias y zafiros. En las columnas de cedro se enroscaban sartas de belóculos amarillos. Sobre los escudos planos brillaban los carbunclos, unos rojos como el vino, otros verdes como la hierba. Y sólo te digo una mínima parte de lo que allí había.

Y cuando el Emperador hubo apartado las manos de su rostro, me dijo:

—Este es el recinto de mi tesoro, y la mitad de lo que hay en ella es tuyo, tal como te he prometido. Y te daré tres camellos, y sus conductores obedecerán tus órdenes y transportarán tu parte del tesoro a cualquier lugar del mundo a donde desees ir. Y esto se hará esta misma noche, porque no quisiera que el Sol, que es mi padre, viera que en mi ciudad hay un hombre al que no puedo destruir.

Pero yo le contesté:

—Todo el oro que hay aquí es tuyo, y la plata también es tuya, y tuyas son las preciosas joyas y las cosas de valor. Yo no necesito nada de esto. No me llevaré nada más que esta pequeña sortija que luces en el dedo de tu mano.

Y el emperador se molestó.

—Sólo es un anillo de plomo —exclamó—, carece de valor. Así que llévate la mitad de mi tesoro y márchate de mi ciudad.

—No —respondí—, no me llevaré más que esta sortija de plomo, porque sé lo que está escrito dentro y por qué motivo.

Y el emperador se echó a temblar y me suplicó, diciendo:

—Llévate todo el tesoro y sal de mi ciudad. Mi mitad será tuya también.

Solamente hice algo peculiar, aunque lo que hice no importa, porque en una cueva que se encuentra a un día de camino de este lugar he escondido el Anillo de la Riqueza. Está sólo a un día de camino de este lugar y espera tu llegada. Todo el que posee este anillo es más rico que todos los reyes del mundo. Ve a buscarlo, y las riquezas serán tuyas.

Pero el joven pescador exclamó, riendo:

—El amor es mejor que la riqueza, y la sirenita me ama.

—No, no hay mejor que la riqueza —dijo el alma.

—El amor es mejor —respondió el joven pescador, y se sumergió en las profundidades del mar, y el alma se alejó llorando por entre las marismas.

Cuando llegó el tercer año, el alma bajó a la orilla del mar y llamó al joven pescador, y él salió de lo profundo y dijo:

—¿Por qué me llamas?

Y el alma respondió:

—Ven para que pueda hablar contigo, porque he visto cosas increíbles.

El joven pescador se acercó y se echó en el agua baja de la orilla y descansó la cabeza en su mano, escuchó.

Y el alma le dijo:

—En una ciudad que conozco hay una posada a la orilla de un río. Estuve en ella acompañado con marineros que bebían vino de dos colores y comían pan de centeno y pequeños peces de agua salada servidos con hojas de laurel y vinagre. Estábamos contentos allí senados, cuando se acercó a nosotros un anciano con una alfombra de cuero y un laúd rematado por dos cuernos de ámbar.

Desplegó la alfombra sobre el suelo, y empezó a tocar las cuerdas de su laúd, una joven con el rostro velado entró corriendo y se puso a bailar para nosotros. Su rostro estaba oculto por un velo de gasa pero llevaba los pies desnudos. Desnudos estaban sus pies, y se movían sobre la alfombra como palomas blancas. Jamás había visto nada tan maravilloso, y la ciudad donde baila está sólo a una jornada de este lugar.

Cuando el joven pescador escuchó a su alma, recordó que la sirenita no tenía pies y no podía bailar, y un gran deseo se apoderó de él y se dijo:

No es más que una jornada de camino y puedo volver junto a mi amor.

Y rió y, levantándose en el agua baja, se encaminó a la playa.

Y cuando hubo llegado a la arena seca volvió a reír y tendió los brazos a su alma. Y su alma, lanzó un gran grito de alegría y corrió a su encuentro y penetró en él, y el joven pescador vio extenderse ante él, sobre la arena la sombra del cuerpo, que es el cuerpo del alma.

Y su alma le dijo:

—Retirémonos ahora mismo de aquí, porque los dioses del mar son celosos y tienen monstruos que obedecen sus órdenes.

Se alejaron de prisa y durante toda la noche caminaron bajo la luna, y al día siguiente viajaron bajo el sol, y al anochecer llegaron a una ciudad.

Y el joven pescador dijo a su alma:

—¿Es ésta la ciudad donde baila aquella joven de quien me hablaste?

Y su alma le contestó:

—No es ésta, sino otra. Pero entremos aquí.

Y entraron, y atravesaron las calles, y al pasar por la calle de los Joyeros, el joven pescador vio una hermosa copa de plata expuesta en un tenderete. Y su alma le dijo:

—Toma esa copa y guárdala.

El cogió la copa y la escondió en los pliegues de su túnica y se alejaron rápidamente de la ciudad.

Y cuando estuvieron a una legua de la ciudad, el joven pescador se molestó y arrojó la copa lejos de sí, y entonces, reclamó a su alma.

—¿Por qué me dijiste que tomara la copa y la escondiese, ello representa una mala acción?

Pero su alma le contestó:

—Cálmate, cálmate.

Y al anochecer del segundo día llegaron a una ciudad y el joven pescador dijo a su alma:

—¿Es ésta la ciudad donde baila aquella joven de quien hablaste?

Y el alma le contestó:

—No es ésta, sino otra. Pero entremos aquí.

Y entraron y recorrieron las calles y al pasar por la de "los vendedores de sandalias", el joven pescador vio a un niño de pie junto a una jarra de agua. Y su alma le dijo:

—Golpea a ese niño.

Así que él lo golpeó hasta que lo hizo llorar, y cuando lo hubo conseguido salieron rápidamente de la ciudad.

Y cuando estuvieron a una legua de la ciudad, el joven pescador le reclamó a su alma:

—¿Por qué dijiste que golpeara al niño, ello representa una mala acción?

Pero su alma le contestó:

—Cálmate, cálmate.

Y al anochecer del tercer día llegaron a una ciudad y el joven pescador dijo a su alma:

—¿Es ésta la ciudad donde baila aquella joven de quien me hablaste?

Y el alma le contestó:

—Puede que sea ésta, por lo tanto, entremos.

Y entraron y recorrieron las calles, pero el joven pescador no pudo encontrar por ninguna parte ni la posada ni el río a cuya orilla estaba. Y la gente de la ciudad lo miraba con curiosidad, y él empezó a sentir miedo y dijo a su alma:

—Alejémonos, porque aquella que baila con sus blancos pies no está aquí.

Pero su alma contestó:

—Tendremos que esperar, porque la noche es oscura y habrá ladrones en el camino.

El joven pescador se sentó a descansar en la plaza del mercado, y poco después pasó un mercader cubierto del rostro, con una capa de paño tártaro y llevando una linterna de cuero perforado, colgada del extremo de un bambú. Y el mercader le dijo:

—¿Por qué te sientas en la plaza del mercado, si los puestos ya están cerrados y atados los fardos?

Y el joven pescador le contestó:

—No tengo dónde estar en esta ciudad, ni familia que pueda alojarme.

—¿Acaso no somos todos familia? —respondió el mercader— ¿Acaso no nos creó a todos un mismo Dios?

Ven conmigo, tengo una estancia para invitados.

Y el joven pescador se levantó y siguió al mercader a su casa. Cuando atravesaron un jardín de granados, y después de entrar en la casa, el mercader le trajo agua de rosas en una bandeja de cobre para que pudiera lavarse las manos y melones maduros para aplacar su sed, y puso delante de él una taza de arroz y un trozo de cabrito asado.

Y luego que hubo terminado, el mercader le condujo a la estancia de invitados y le deseó buen sueño y buen descanso. Y el joven pescador le dio las gracias y besó el anillo que llevaba en la mano y se acostó sobre las alfombras de pelo de cabra teñidas. Y ya que se abrigó con una cubierta de lana de cordero negro, se quedó dormido.

Y tres horas antes de que amaneciera y mientras era de noche, su alma le despertó diciendo:

—Levántate y ve a la alcoba del mercader, allí donde duerme y mátale y róbale su oro, porque lo necesitamos.

Y el joven pescador se levantó y fue sigilosamente hasta la alcoba del mercader, y sobre los pies del mercader había una espada curvada, y sobre la bandeja de cabecera del mercader había nueve bolsas de oro. Y tendió la mano y tocó la espada y el mercader despertó sobresaltado y poniéndose de pie de un salto, se apoderó de la espada y le riñó al joven pescador, diciéndole:

—¿Devuelves mal por bien, y pagas derramando sangre a la bondad que he tenido para contigo?

Y el alma dijo al joven pescador:

—Mátale.

Y lo golpeó hasta que perdió el conocimiento y, apoderándose de las nueves bolsas de oro, salió precipitadamente por el jardín de granadas y emprendió el camino vuelto su rostro al lucero de la mañana.

Y cuando estuvieron a una legua de la ciudad, el joven pescador se golpeó el pecho y dijo a su alma:

—¿Por qué me mandaste matar al mercader y robarle su oro? En verdad eres mala.

Pero su alma le contestó:

—Cálmate, cálmate.

—No —respondió el joven pescador—, no puedo tener calma, porque aborrezco todo lo que me has mandado que hiciera. A ti también te aborrezco y te ruego que me digas por qué me has tratado de esa manera.

Y su alma le contestó:

—Cuando te desprendiste de mí y me lanzaste al mundo no me diste corazón; así que aprendí a disfrutar de las cosas que conocí.

—¿Qué estás diciendo? —exclamó el joven pescador.

—Ya lo sabes —le contestó su alma—; lo sabes muy bien. ¿Has olvidado que no me diste el corazón? No lo creo. Así, que no te preocupes por ti o por mí, sino que cálmate, porque no hay dolor que no alejes de ti, ni placer que no puedas obtener.

Cuando el joven pescador escuchó tales palabras, entró su cuerpo en un repentino temblor y le dijo a su alma:

—Eres mala, y me has hecho olvidar a mi amada y me has tocado con tentaciones, y puesto mis pies en los caminos del pecado.

Y su alma le dijo:

—Olvidas que cuando me lanzaste de tu lado no me diste corazón. Ven, entremos en otra ciudad y divirtámonos, porque tenemos nueve bolsas de oro.

Pero el joven pescador tomó las nueve bolsas de oro, las arrojó al suelo y las pisoteó.

—No, no quiero tener nada que ver contigo, ni iré a ninguna parte contigo, sino que me desprenderé de ti ahora, como me desprendí de ti antes, porque no me has hecho sino mal.

Y, dando la espalda a la luna y con la pequeña daga que tenía el puño de piel de víbora verde, trató de cortar de sus pies a la sombra del cuerpo, que es el cuerpo del alma.

Pero su sombra no se movió, ni hizo caso de su mandato, sino que le dijo:

—El hechizo que te dio la bruja ya no te sirve más, porque ya no puedo dejarte, ni tú puedes desprenderte de mí. Sólo una vez en la vida puede el hombre desprenderse de su alma, pero el que vuelve a recibirla debe conservarla para siempre, y éste es su castigo y su recompensa.

Y el joven pescador palideció y, apretando los puños, gritó:

—¡Era una mala bruja, puesto que no me advirtió eso!

—No —respondió el alma—; sólo fue fiel a aquel a quien adora y cuya sierva será eternamente.

Convencido de no poder ya desprenderse de su alma, y que era un alma mala que viviría para siempre con él, el joven pescador se entristeció y lloró amargamente.

Y cuando fue de día, el joven pescador se levantó y dijo a su alma:

—Amarraré mis manos para no hacer lo que me mandes, y clausuraré mis labios para no repetir tus palabras, y volveré al lugar donde mora aquella a quien amo. Hasta el mar regresaré, a la pequeña bahía donde ella suele cantar, y la llamaré y le diré el mal que he hecho y el mal que me has ordenado hacer.

Y el alma le tentó diciendo:

—¿Qué es tu amor, que quieres volver junto a ella? El mundo está lleno de mujeres más hermosas. Están las bailarinas de Samaria, que bailan emulando toda variedad de pájaros y de animales. Sus pies están teñidos de henné y en sus manos suenan campanillas de cobre. Ríen mientras bailan, y su risa es cristalina como la risa del agua. Ven conmigo y te llevaré junto a ellas. ¿Por qué te preocupas tanto por lo que tú aprecias como pecado? ¿Acaso lo que es agradable al paladar no está hecho para ser disfrutado? ¿Acaso hay veneno en lo que es dulce de beber? No te preocupes y ven conmigo a otra ciudad. Cerca de aquí se encuentra una pequeña ciudad en la que hay un jardín de árboles de tulipán. En ese hermoso jardín viven pavos reales blancos y pavos reales de pecho azul. Cuando abren sus colas al sol son como ruedas de marfil y discos de oro. Y la doncella que los alimenta baila para ellos, algunas veces sobre las manos y otras sobre los pies. Sus ojos están pintados con antimonio y las aletas de su nariz tienen forma de alas de golondrina. De una de estas aletas cuelga una flor tallada en un perla. Ríe mientras baila, y los anillos de plata de sus tobillos suenan como campanillas de plata. No pienses más y ven conmigo a esa ciudad.

Pero el joven pescador no contestó a su alma, sino que cerró sus labios con el sello del silencio y con una cuerda fuerte amarró sus manos, y volvió al lugar de donde había venido, hasta la pequeña bahía donde su amor solía cantar. Mientras caminaron, el alma continuó aconsejándole, pero no le contestó ni quiso hacer ninguna de las malas acciones que le sugería, tan grande era la fuerza del amor que en él ardía.

Y cuando llegó a la orilla del mar, soltó la cuerda que ataba sus manos, y arrancó de sus labios el sello del silencio, y llamó a la sirenita. Pero no acudió a su llamada aunque durante todo el día la llamó y le suplicó con grande anhelo.

Y su alma le zahería diciéndole:

—Observa que tu amor no te da placer. Eres como el que en época de muerte vierte agua en una jarra rota. Das lo que tienes y nada recibes a cambio. Sería mejor que te vinieras conmigo, porque sé dónde se encuentra el valle de los Placeres y lo que ocurre allí.

El joven pescador se abstuvo de contestarle y en una hendidura de la roca se hizo una barraca de cañas y en ella vivió durante un año. Y todas las mañanas llamaba a la sirenita y todos los mediodías la volvía a llamar y por la noche pronunciaba su nombre. Sin embargo, no salió nunca del mar para ir a su encuentro, ni en ningún lugar del mar pudo encontrarla aunque la buscó en las cavernas y en las aguas verdes, en los charcos que deja la marea y en los pozos que hay en el fondo del mar.

Y su alma no cejaba en tratar de seducirle hacia el mal y de hablar de cosas horribles. Sin embargo, no pudo prevalecer contra él, tan grande era la fuerza de su amor.

Y una vez que hubo transcurrido el año, el alma se dijo:

He tentado a mi dueño con el mal, y su amor es más fuerte que yo. Ahora le tentaré con el bien, y quizás así venga conmigo.

Habló al joven pescador, diciéndole:

—Te he hablado de los placeres del mundo y no me escuchas. Permíteme que te hable de los dolores del mundo, y puede que así me hagas caso. Porque en verdad, el dolor es el amo del mundo, y no hay quien pueda escapar de sus redes. Hay quienes carecen de ropas y hay quienes carecen de pan. Hay viudas que visten púrpura y viudas que se cubren con harapos. Los leprosos andan de un lado a otro de los pantanos y los tratan con crueldad. Los mendigos andan por los caminos, y sus bolsas están vacías. El Hambre pasa por calles de la ciudad, y la Peste se sienta a sus puertas. ¿Para qué seguir llamando a tu amor, puesto que ves que no acude a tu llamada? ¿Y qué tanto te significa el amor, para que le prestes ese cuidado?

El joven pescador no contestó, pues grande era la fuerza de su amor. Y cada mañana llamó a la sirena y cada mediodía volvió a llamarla y por la noche pronunciaba su nombre. Sin embargo, ni una sola vez salió del mar para reunirse con él, ni en ningún lugar del mar pudo encontrarla, aunque la buscó en las corrientes del mar y en los valles que duermen bajo las olas, en el mar que al atardecer pinta de púrpura y en el mar que la mañana vuelve gris.

Y luego que transcurrió el segundo año, el alma habló por la noche al joven pescador cuando éste se encontraba sentado solo en su choza y le dijo:

—Te he tentado con el mal y con bien, y tu amor es más fuerte que yo y no voy a tentarte más, pero te pido que me dejes entrar en tu corazón, para que sea uno contigo, como en otro tiempo.

—Ahora sí te dejo entrar —respondió el joven pescador—, porque en el tiempo que caminaste por el mundo sin corazón debes haber sufrido mucho.

—¡Ay! —gimió el alma—, no puedo encontrar por dónde entrar, tan lleno de amor está tu corazón.

—¡Sin embargo, quisiera poder ayudarte!

Y mientras así hablaba surgió del mar un clamor de duelo, como el grito que oyen los hombres cuando muere algún hijo del mar. Y el joven pescador se puso en pie de un salto y abandonó su choza y corrió hacia la orilla. Y las negras olas se apresuraban hacia la playa llevando consigo una carga que era más blanca que la plata. Blanca como la espuma se la veía y como una flor la zarandeaban las aguas. Y la resaca la arrancó de las olas, y la espuma se la quitó a la marea, y la playa la recibió, y el joven pescador vio, tendido a sus pies, el cuerpo de la sirenita. Muerta a sus pies reposaba.

Destrozado lloraba por el dolor, y se arrojó al suelo junto a ella, y besó la rosa fría de su boca, y oprimía el húmedo ámbar de su cabellera. Se arrojó a su lado sobre la arena, llorando como quien se estremece de placer, y con sus morenos brazos la estrechó sobre su pecho. Helados eran sus labios y los besó, salada la miel de su cabello y la saboreó con aquel amargo placer. Besó los cerrados párpados y la sal que encontró en ellos era menos salada que sus lágrimas.

Y delante de la muerta reconoció sus faltas. Vació el amargo vino de su historia en las conchas de sus orejas, acomodó las manitas alrededor de su cuello, y con sus dedos acarició el frágil junco de su garganta. Amarga, muy amarga era su alegría, y lleno de extraño regocijo era su dolor.

Avanzó hacia él el mar negrísimo, y la blanca espuma plañía como un leproso. Con garras blancas de espuma, el mar echaba zarpazos a la playa. Desde el palacio del Rey del Mar llegó de nuevo aquel clamor de duelo, y allá a lo lejos en alta mar los tritones soplaron en sus broncos cuernos.

—Huye —dijo su alma—, porque el mar está cada vez más cerca, y si te quedas te matará. Huye, porque tengo miedo al ver que tu corazón está cerrado para mí por causa de la inmensidad de tu amor. Ve adonde puedas estar seguro. ¿No querrás que me vaya a otro mundo sin corazón?

Pero el joven pescador no escuchaba a su alma, sino que llamaba a la sirenita, diciéndole:

—El amor es mejor que la sabiduría, y más precioso que la riqueza, y más bello que los pies de las hijas de los hombres. Los fuegos no pueden destruirlo, ni apagarlo las aguas. Te llamé al amanecer, y no acudiste a mi llamada. La luna oyó tu nombre, mas tú no me hiciste caso. Porque con maldad te abandoné y me alejé de ti para mi dolor. Pero siempre tu amor vivió dentro de mí y siempre fue igualmente fuerte; nada prevaleció contra él, aunque he visto el mal y el bien. Y ahora que tú estás muerta, yo también moriré.

Entonces el alma le pidió que se retirara y no quiso, tan grande era la fuerza de su amor. Y el mar se acercó más y trató de cubrirle con sus olas, y cuando vio que el fin estaba próximo, besó locamente los gélidos labios de la sirena y el corazón que tenía en su pecho se partió. Y como su corazón se partió por la plenitud de su amor, el alma encontró una entrada y se metió en él, y fue uno con él como en otros tiempos. Y el mar cubrió con sus olas al joven pescador.

Y por la mañana el sacerdote fue a bendecir el mar porque estaba muy agitado. Y con él fueron los frailes, y los músicos, y los portadores de cirios, y los incensarios, y una gran multitud.

Y cuando el sacerdote llegó a la orilla vio al joven pescador ahogado en la playa y el cuerpo de la sirenita estrechado en sus brazos. Y retrocedió airado y, después de hacer la señal de la cruz, alzó la voz, diciendo:

—No bendeciré el mar ni nada de lo que hay en él. Malditos sean los hijos del mar y malditos todos los que tratan con ellos. En cuanto al que por amor olvidó a Dios, tomad su cuerpo y el de su amante y enterradlos en un rincón del Campo de los Batanes y no les pongáis marca ni símbolo alguno sobre su tumba, para que nadie pueda saber el lugar donde descansan. Porque así como estuvieron malditos en vida estarán igualmente malditos en la muerte.

Toda la gente fue a cumplir lo que se le había mandado, y en el rincón del Campo de los Batanes donde ni siquiera crecen las hierbas, cavaron una fosa profunda y en ella echaron aquellos dos muertos.

Y una vez hubo transcurrido el tercer año, en un día que era de fiesta, el sacerdote subió a la capilla para poder mostrar al pueblo las heridas del Señor y hablarles de la ira de Dios.

Cuando el ministro se vistió con sus ornamentos fue a inclinarse ante el altar, vio que lo cubrían unas flores extrañas, jamás vistas, eran de una curiosa hermosura y su belleza lo trastornó, y su aroma era dulce a su olfato, y se sintió contento, pero no conocía el origen de su alegría.

Luego que hubo abierto el tabernáculo y echado incienso a la custodia que en él se guardaba, y después de mostrar la sagrada hostia a la gente y volverla a guardar tras el velo de los velos, se dirigió a la gente, porque ansiaba hablarles de la ira de Dios. Pero la belleza de las blancas flores lo turbaba, y su aroma era dulce a su olfato, y a sus labios asomó otra palabra y no les habló de la ira de Dios, sino del Dios cuyo nombre significa Amor. Desconocía también por qué se expresaba de aquel modo. Cuando terminó el sermón, la gente lloraba, y el sacerdote volvió a la sacristía, de sus ojos salían lágrimas. Se apresuraron los diáconos y comenzaron a quitarle sus ornamentos y le despojaron del alba y el cíngulo, del manípulo y la estola. Y entró en un delicioso sopor.

Y cuando lo hubieron desvestido del todo, los miro y preguntó:

—¿Qué flores son esas que hay en el altar y de dónde vienen?

Y le respondieron:

—Qué flores son, no lo sabemos pero vienen del rincón del Campo de los Batanes.

El sacerdote, al oírlo, se estremeció y se fue a su casa a orar.

Y por la mañana, cuando amanecía, salió con los frailes, y los músicos, y los portadores de cirios, y los portadores de incienso, y una gran multitud, y llegó hasta la orilla del mar, y bendijo el mar y todas las cosas que en él habitan. También bendijo a los faunos, y a todos los seres pequeños de ojos brillantes que atisbaban por entre las hojas. Y bendijo toda las cosas de Dios, y la gente se maravillaba y se sentía feliz. Pero nunca más volvieron a crecer flores de ninguna clase en el rincón del Campo de los Batanes, el que volvió a ser tan desierto como antaño. Ni los hijos del mar volvieron a la bahía, como acostumbraban hacer en otros tiempos, porque se fueron a otro lugar del mar.

# El cumpleaños de la Infanta

Ese día cumplía años la Infanta. Arribaba a los doce años y el sol esplendente vivificaba los jardines del palacio.

Aunque era una genuina princesa, la infanta de España, sólo tenía un cumpleaños cada año, lo mismo que los niños de la gente más pobre; pero era un asunto de la mayor importancia para todo el país que la Infanta tuviera un maravilloso día en tal ocasión. En efecto, el día era excelente. Los esbeltos y veteados tulipanes se erguían sobre sus tallos como un largo desfile de soldados y miraban, retadores a las rosas, y decían:

—Somos tan admirables como vosotras.

Las mariposas purpúreas revoloteaban, cubiertas las alas de polvo de oro, visitando a las flores una a una; las lagartijas salían de las rendijas de los muros y se calentaban al sol, las granadas reventaban y se abrían con el calor y quedaba al descubierto su sangrante y rojo corazón. También los pálidos limones amarillos que colgaban exuberantemente en los carcomidos enrejados y a lo largo de las sombrías arcadas, parecían haber recuperado abundancia de color con la maravillosa luz del sol, las magnolias abrían sus grandes flores, parecidas a globos de marfil inundando el aire con su empalagoso y ofensivo aroma.

La pequeña princesa paseaba por la terraza con sus compañeras y jugaba al escondite por entre los jarrones de piedra y las viejas estatuas vestidas de musgo. En los días comunes jugaba sólo con niños de su misma clase; así que tenía que jugar a solas; pero su cumpleaños era un privilegio, y el rey había ordenado que invitara a sus amigos que desearan asistir y jugar con ella. Había una exquisita gracia en los elegantes niños españoles que correteaban por allí, los muchachos con sus sombreros de enorme pluma y sus cortas capas flotantes, y las niñas juntándose la cola de sus largos trajes de brocado y cuidándose los ojos del sol con enormes abanicos negro y plata. La Infanta era la más graciosa, la que vestía con mejor gusto, a pesar de que la moda, en aquel tiempo era un tanto incómoda. Su traje era de raso gris, con la falda y las amplias mangas abullonadas iban bordadas con plata, y el apretado corpiño decorado con hileras de finas perlas. Dos diminutos zapatitos con rosetas de color rosa asomaban al andar bajo la falda. Su gran abanico de gasa era de color rosa y perla, y en su cabello, que enmarcaba su blanca carita como una aureola de oro pálido, llevaba una hermosa rosa blanca.

Desde una ventana del palacio, el Rey, desconsolado, los contemplaba. De pie detrás de él estaba su hermano don Pedro de Aragón, al que odiaba; su confesor, el Gran Inquisidor de Granada, se encontraba sentado al lado suyo. Más triste que de costumbre se sentía el Rey, porque al contemplar a la Infanta saludando con infantil gravedad a los cortesanos reunidos o riéndose tras el abanico de la amenazante duquesa de Alburquerque, que la acompañaba siempre, pensaba en la joven reina, madre de la niña, que poco tiempo atrás aún así le parecía— había llegado del alegre país de Francia y se había marchitado entre el sombrío esplendor de la Corte española, muriendo seis meses después del nacimiento de su hija y antes de haber visto florecer por dos veces los almendros del huerto, o cortado por segunda vez los frutos de la vieja y nudosa higuera que se levantaba en el centro del patio, ahora devastado por la hierba. Tan grande había sido su amor por ella, que no permitió que el sepulcro concediera en separarlos. Había sido embalsamada por un médico moro, a quien se le hizo gracia de la vida por tal servicio, sentenciado por el Santo Oficio, en juicio de herejía y prácticas de magia. El cuerpo de la reina descansaba todavía en su ataúd forrado de tapices en la capilla de mármol negro de palacio, tal como había sido depositado allá por los monjes un día airoso del mes de marzo, doce años atrás. Una vez al mes, el rey, envuelto en una capa oscura y con una linterna sorda en la mano, entraba y se arrodillaba a su lado, gimiendo: "¡Mi reina, mi reina!" y a veces, faltando a la rígida etiqueta que gobierna en España cada acto de la vida y pone incluso límite a la aflicción de un rey, asía las manos enjoyadas, en un acceso violento de dolor, y pretendía reanimar con el frenesí de sus besos el rostro frío y maquillado.

Hoy creía verla, como la había visto por primera vez en el castillo de Fontainebleau, cuando él contaba sólo quince años y ella menos aún. En aquella ocasión, el nuncio de su Santidad había celebrado los esponsales con asistencia del rey de Francia y de la Corte, él regresó a El Escorial llevando consigo un mechón de cabellos de oro pálido y el recuerdo de unos labios infantiles inclinándose para besar su mano cuando subió al carruaje. Posteriormente se celebró la boda en Burgos, y la gran entrada pública en Madrid con la acostumbrada celebración de la suntuosa misa en la iglesia de la Virgen de Atocha, y un auto de fe más solemne que de costumbre, en el que cerca de trescientos herejes, entre los que había varios ingleses, fueron entregados al brazo secular para ser quemados.

En verdad la había amado con locura y, según opinión de muchos, al extremo de arruinar el país, entonces en guerra contra Inglaterra por la posesión del imperio del Nuevo Mundo. Casi no permitía que se apartara de él; por ella había olvidado los graves asuntos de Estado, y, con aquella ofuscación que la pasión impone a sus víctimas, no le permitió observar que las complicadas ceremonias con que procuraba alegrarla no hicieron sino agravar la extraña enfermedad que sufría. Cuando la reina murió, el Rey quedó como privado de razón por algún tiempo. Es indudable que hubiera abdicado formalmente y se hubiera retirado al gran monasterio trapense de Granada, del que era prior titular, de no haber temido abandonar a la Infantita a merced de su hermano, cuya crueldad, aún en España era notoria, y de quien muchas personas sospechaba que era el causante de la muerte de la reina, mediante un par de guantes envenenados que le había regalado en una ocasión en que ella lo visitó en su castillo de Aragón. Aun después de pasar los tres años de luto que había ordenado en sus vastos dominios por edicto real, jamás permitió a sus ministros que le hablaran de nuevas alianzas, y cuando el propio emperador le hizo ofrecer la mano de su sobrina, la bella archiduquesa de Bohemia, rogó a los embajadores que dijeran a su señor que el rey de España estaba ya casado con la Melancolía, y que aunque ésta fuese una esposa infértil, la amaba más que a la Belleza; respuesta que costó a la corona las ricas provincias de los Países Bajos, que al poco tiempo, a instigación del emperador, se rebelaron contra el Rey de España, bajo la dirección de fanáticos de la Reforma.

Toda su vida matrimonial, con sus ardientes alegrías y el terrible dolor de su fin súbito, parecían revivir en él al ver ahora a la Infanta jugando en la terraza. Poseía la misma graciosa petulancia de ademanes que su madre la Reina, el mismo movimiento caprichoso de su cabeza, la misma arrogante boca de hermosos pliegues, la misma sonrisa maravillosa, *vrai sourire de France*, al mirar ocasionalmente hacia la ventana o al extender su manita para que se la besaran los altivos caballeros españoles. Pero las estridentes risas de los niños le lastimaban el oído, y la vívida y despiadada luz del sol se burlaba de su tristeza, y un tenue olor a extrañas especias, como las empleadas por los embalsamadores, parecía impregnar —¿o era la imaginación?— el transparente aire mañanero. Escondió la cara entre las manos, y cuando la Infanta volvió a mirar a la ventana, las cortinas habían sido corridas y el Rey se había retirado.

La pequeña hizo un gesto de contrariedad y se encogió de hombros. Bien podía haberse quedado cerca de ella en el día de su cumpleaños. ¿Qué importaban los estúpidos asuntos de Estado? ¿Acaso se había ido a la capilla sombría, donde siempre ardían los cirios y adonde jamás se le permitía entrar? ¡Qué tonto era, cuando el sol brillaba con semejante alegría y todo el mundo era tan feliz! Además se iba a perder la pantomima de la corrida de toros, que ya una trompeta estaba anunciando, sin mencionar las marionetas y tantas otras cosas maravillosas. Su tío y el Gran Inquisidor eran mucho más prudentes. Habían salido a la terraza y la cumplimentaban. Así pues, sacudió la cabecita y, tomando a don Pedro de la mano, bajó lentamente la escalera y se dirigió hacia la amplia tienda de seda púrpura que había sido levantada a un extremo del jardín, seguida por los demás niños, en estricto orden de precedencia, es decir, yendo delante aquellos cuyos nombres eran más largos.

Salió a recibirla una procesión de niños nobles vestidos de toreros, y el joven conde de Tierra Nueva, aunque joven de unos catorce años, descubriéndose con toda la gracia que otorga el nacimiento hidalgo y la grandeza de España, la condujo solemnemente hasta el pequeño sillón de oro y marfil colocado sobre un estrado que dominaba el redondel. Los niños se agruparon a su alrededor con gran agitación de abanicos y cuchicheos, mientras don Pedro y el Gran Inquisidor permanecían de pie en la entrada, riéndose. Incluso la duquesa, la camarera mayor como se la llamaba, una mujer delgada,

de rasgos duros y cuello plisado amarillo no tenía el aspecto tan mal-
humorado como de costumbre, al extremo que algo parecido a una
fría sonrisa se dibujaba en su ajado rostro y contraía sus delgados y
lívidos labios.

Ciertamente era aquélla una corrida de toros maravillosa y mucho más bonita, pensaba la Infanta, que la corrida de verdad que vio
en Sevilla, adonde la llevaron con motivo de la visita del duque de
Parma a su padre. Algunos de los muchachos caracoleaban sobre
caballos de pelo ricamente engualdrapados, blandiendo largas picas
encintadas de alegres colores; otros iban a pie agitando sus capas
escarlata ante el toro y saltando con ligereza la barrera cuando los
embestía; en cuanto al toro, era como un toro vivo aunque estuviera
hecho de mimbre y recubierto por una piel estirada, dando a veces
la vuelta a la plaza sobre sus patas traseras, lo que ningún toro de
verdad soñaría con poder hacer. Además, luchó y se defendió de un
modo espléndido, y los niños se entusiasmaron tanto que subieron a
los bancos y agitaron sus pañuelos de encaje gritando:

"¡*Bravo toro*! ¡*Bravo toro*!", con igual sensatez que las personas
mayores. Sin embargo, después de una lidia prolongada, durante la
cual varios caballos de pelo fueron reventados y derribados sus jinetes, el joven conde de Tierra Nueva hizo arrodillar al toro a sus pies y,
después de pedir y obtener la venia de la Infanta para el *coup de
grace*, hundió su espada de madera en el cuello del animal con tal
violencia que le arrancó la cabeza y dejó al descubierto la cara sonriente del pequeño monsieur de Lorraine, hijo del embajador de
Francia en Madrid.

Se despejó entonces el redondel entre grandes aplausos y los caballos muertos fueron arrastrados con gran solemnidad por dos pajes
moriscos de librea negra y amarilla, y después de un breve interme-
dio, durante el cual un acróbata francés se exhibió sobre una cuerda
tensa, unas marionetas italianas representaron la tragedia semiclási-
ca de *Sofonisba* en un pequeño escenario levantado al efecto. Traba-
jaron tan bien y sus gestos fueron tan extremadamente naturales,
que, al terminar la representación, los ojos de la Infanta estaban llenos de lágrimas. La verdad es que algunos de los niños lloraron y
tuvieron que ser consolados con golosinas, y el propio Gran Inquisidor se impresionó tanto que no pudo evitar decirle a don Pedro que
le parecía intolerable que unos muñecos hechos sencillamente de

madera y cera coloreada, movidos mecánicamente por alambres, pudieran ser tan desgraciados y sufrieran tales infortunios.

Apareció entonces un artista ambulante africano, que trajo una gran cesta plana cubierta con un paño rojo, y, después de colocarla en el centro del redondel, sacó de su turbante una rústica flauta y empezó a soplar. A los pocos instantes, el paño rojo empezó a moverse, y a medida que la flauta tocó más estridente, dos serpientes, verdes y doradas, fueron levantando sus cabezas triangulares, se alzaron pausadamente balanceándose al compás de la música, como se mueven las algas en el agua. Pero los niños se asustaron al ver sus jaspeadas cabezas y sus aguzadas lenguas; les gustó mucho más cuando el mago hizo nacer un naranjo enano en la arena que se cubrió de blanco azahar y de frutos de verdad; también cuando se apoderó del abanico de la hijita del marqués de Las Torres y lo transformó en un pájaro azul que voló por dentro de la tienda cantando; el gozo y el asombro de los niños no tuvieron límites. Además, el selecto minueto ejecutado por los niños bailarines de la iglesia de Nuestra Señora del Pilar fue encantador. La Infanta no había presenciado nunca esta ceremonia fabulosa, que se repite todos los años en el mes de mayo ante el altar mayor de la Virgen, en su honor; en verdad, ningún miembro de la familia real de España había entrado en la gran catedral de Zaragoza desde que un sacerdote loco, que muchos suponían al servicio de Isabel de Inglaterra, había intentado envenenar al entonces príncipe de Asturias. Así que la Infanta sólo conocía de oídas la *Danza de Nuestra Señora*, según se la llamaba; que era muy digna de verse. Los niños llevaban trajes de corte de terciopelo blanco, y sus sombreros estaban ribeteados de plata y coronados por enormes plumas de avestruz: la deslumbrante blancura de sus trajes, al moverse en plena luz del sol, lucía más por el contraste con sus morenas caras y su larga y negra cabellera. Todo el mundo quedó embelesado por la grave dignidad con que se movían en las complicadas figuras de la danza y por la estudiada gracia de sus lentos ademanes y majestuosos saludos; cuando terminaron su representación y se inclinaron ante la Infanta con los grandes sombreros emplumados, aceptó ésta su homenaje con gran cortesía e hizo voto de mandar un gran cirio al santuario de Nuestra Señora del Pilar, a cambio del placer que le habían provocado.

Un grupo de hermosos egipcios —como en aquel tiempo se llamaba a los gitanos— avanzó hacia el redondel sentándose en el piso con las piernas cruzadas formando un círculo, empezaron a tocar suavemente sus cítaras moviendo sus cuerpos al compás de la melodía y tarareando, en un tono apenas audible y lleno de ensueño. Cuando los gitanos se dieron cuenta de la presencia de don Pedro le refunfuñaron, algunos de ellos francamente aterrorizados, porque hacía un par de semanas había mandado ahorcar a dos de su tribu, acusados de brujería, en la plaza mayor de Sevilla; pero la bella Infanta los encantó al verla echarse hacia atrás y mirar con sus azules ojos por encima del abanico, sintiéndose seguros al suponer que tan encantadora personilla no podría ser cruel con alguien. Tocaron dulcemente rozando apenas las cuerdas de sus cítaras con sus largas y puntiagudas uñas y cabeceando como si el sueño los venciera. De pronto, con un grito tan agudo que todos los niños se sobresaltaron y la mano de don Pedro se cerró sobre la empuñadura de ágata de su daga, todos ellos saltaron sobre sus pies y giraron locamente por el redondel golpeando sus panderetas y entonando una exaltada canción de amor en su extraño y gutural lenguaje. Luego, a una nueva señal, volvieron a echarse al suelo y permanecieron quietos, y el rasgueo de sus cítaras era el único sonido que rompía el silencio. Después de repetir esto varias veces, desaparecieron por unos instantes, y volvieron trayendo un oso pardo y lento, sujeto con una cadena, y unos monitos berberiscos sentados sobre sus hombros. El oso se sostuvo sobre la cabeza con la máxima gravedad, y los monos, con sus caritas de viejos, hicieron toda clase de juegos y acrobacias con dos chiquillos gitanos que parecían ser sus dueños: combatieron a espada, dispararon sus mosquetes y ejecutaron una serie de ejercicios militares, los mismos que hacía la guardia personal del Rey. En resumen, los gitanos lograron un gran éxito.

Pero la parte más jocosa de toda la fiesta matinal fue el baile del pequeño enano. Cuando entró, dando traspiés en el redondel tambaleándose sobre sus torcidas piernas y moviendo la cabeza grande y deforme de un lado a otro, los niños gritaron alegres y la propia Infanta rió tanto que la camarera mayor tuvo que recordarle que, aunque había precedentes en España de que una hija de reyes hubiera llorado ante sus iguales, pero no de que una princesa de sangre azul se divirtiera tanto ante aquellos inferiores a su linaje. Sin embargo el enano era irresistible, tanto que, incluso en la Corte española, famosa siempre por su culta afición a lo grotesco, no se había visto tan fantástico pequeño monstruo. Era, además su primera aparición.

Había sido descubierto el día anterior, corriendo por el bosque bastante hosco, por dos nobles que cazaban en un lugar remoto del gran bosque de alcornoque que rodeaba la ciudad, y lo habían trasladado a palacio como sorpresa para la Infanta; su padre, un pobre carbonero, se había mostrado más que satisfecho de deshacerse de un hijo tan feo como inútil. Tal vez lo más divertido del enano era la completa ignorancia de su desagradable aspecto. Verdaderamente parecía feliz y estaba pleno de agilidad. Cuando los niños reían él se reía también tan alegre y libremente como cualquiera de ellos, y al final de cada baile hacía las más cómicas reverencias, sonriéndoles y saludándolos como si fuera uno de ellos y no una cosilla deforme que la Naturaleza, en un momento de humor, había creado para diversión de los demás. Pero la Infanta le simpatizó. No podía apartar los ojos de ella y parecía bailar para ella sola. Al terminar la representación, recordando haber visto que las grandes damas de la Corte arrojaban flores de Cafarelli, el famoso cantante italiano que el Papa había mandado a Madrid procedente de la Capilla Sixtina, con el fin de curar la melancolía del rey con la dulzura de su voz, se quitó del cabello la hermosa rosa blanca y, parte como una broma y parte para hacer rabiar a la camarera mayor, se la arrojó al centro del redondel con la más dulce de sus sonrisas. El enano tomó la cosa muy en serio y, apretando la flor contra sus ásperos labios, apoyó la mano en su corazón y dobló la rodilla ante la Infanta, con una sonrisa de oreja a oreja y llenos de satisfacción los ojos.

La Infanta estuvo tan divertida que se vio presa de un ataque de risa, al extremo de no poder parar ni después de que el enano hubo salido de la pista, expresando a su tío el deseo de que el baile se repitiera inmediatamente. No obstante la camarera mayor, con el pretexto de que el sol calentaba demasiado decidió, que era mejor que Su Alteza regresara sin tardar a palacio donde se le había preparado un magnífico banquete que incluía un verdadero pastel de cumpleaños, son sus iniciales trazadas con azúcar de color y rematado por un precioso banderín de plata. En consecuencia, la Infanta se levantó con gran dignidad y, habiendo ordenado que el enanito volviera a bailar para ella después de la siesta y agradeciendo al conde de Tierra Nueva su papel en la recepción, se dirigió a sus habitaciones, seguida por los niños en el mismo orden en que habían venido.

Cuando el enanito se enteró de que iba a bailar de nuevo ante la Infanta y por su expreso mandato, se puso tan orgulloso que corrió al jardín, besando la rosa blanca en un desatinado éxtasis de placer demostrándolo con ademanes extravagantes y desmañados.

Las flores se enfadaron al verlo irrumpir en su bella morada y cuando contemplaron sus cabriolas por las avenidas del jardín, agitando los brazos por encima de la cabeza de modo tan ridículo, no pudieron reprimirse más.

—Es demasiado feo para que se le permita jugar donde estamos nosotros —protestaron los tulipanes.

—Debería beber jugo de adormidera y dormir durante un milenio —exclamaron los lirios escarlata y la ira los encendió.

—¡Es un horror! —chilló el cacto—. Es torcido y chato, y su cabeza es desproporcionada en relación con sus piernas. Me erizo con sólo verlo, y si se atreve a acercarse, lo pincho con mis espinas.

—Y tiene en sus manos una de mis mejores flores —gimió el blanco rosal—. Yo mismo se la di a la Infanta esta mañana, como regalo de cumpleaños, y él se la ha robado. Y comenzó a gritarle—: ¡Ladrón, ladrón, ladrón!

Hasta los geranios rojos, que no solían darse aires de importancia y a quienes se les conocía una infinidad de parientes molestos, se retorcieron disgustados al verle y cuando las violetas observaron, discretamente, si bien era en extremo feo, no era culpa suya, se le respondió con imparcialidad que ese era su defecto principal y que eso no era argumento para ensalzar a nadie por el solo hecho de no ser enmendable. Sinceramente, algunas violetas consideraron la fealdad del enano poco menos que ostentosa, añadiendo que hubiera sido de mejor gusto un comportamiento triste, quizá reflexivo en lugar de saltar alegremente y adoptar actitudes tragicómicas.

Por su parte, el viejo reloj de sol, que era un personaje destacado y había dado las horas nada menos que al emperador Carlos V en personas, quedó tan impresionado por la aparición del enanito que por poco se olvida de marcar dos minutos con su largo dedo de sombra y no pudo evitar decirle al gran pavo real, tan blanco como la leche y que toma el sol en el pasamanos, que todo el mundo sabía que los hijos de reyes eran reyes y que los hijos de los carboneros eran carboneros y que era absurdo pretender lo contrario, afirmó

chillando: "¡Por supuesto, por supuesto!", con voz tan fuerte y desagradable, que los peces de colores que vivían en el tazón del fresco
surtidor sacaron las cabezas del agua y preguntaron a los enormes
tritones de piedra, qué diablos ocurría allí afuera.

En cambio a los pájaros les gustaba el enanito. Lo habían visto
con frecuencia en el bosque, bailando como un duendecillo tras las
hojas llevadas por el otoño o escondido dentro del hueco de algún
viejo roble, compartiendo sus nueces con las ardillas. No les importaba que fuese feo. Pues incluso el ruiseñor que cantaba con tanta
dulzura de noche en los naranjales, a tal punto que la luna se inclinaba
para oírle no tenía tampoco gran belleza. Además había sido bueno para con ellos, y durante aquel invierno tan terriblemente frío, en
que no hubo bayas en los árboles y la tierra fue dura como el hierro
y los lobos bajaron a las puertas de la ciudad en busca de comida, ni
un solo día se había olvidado de ellos, sino que les había dado migas de
su mendrugo de pan negro y compartía con ellos su mísero desayuno.

De suerte que los pájaros volaban a su alrededor acariciando su
mejilla con las alas al pasar, y charlaban entre sí y el enanito estaba
tan contento que no se cansaba de mostrarles la hermosa rosa blanca, de contarles que la Infanta en persona se la había dado porque le
amaba.

Desde luego que ellos no entendían una sola palabra de lo que
les decía, pero no importaba porque inclinaban sus cabecitas a un
lado como si atendieran y comprendieran, lo que vale tanto como
entender de verdad una cosa, y así es mucho más fácil.

Las lagartijas también se fascinaron con él, y cuando se cansó de
corretear y se dejó caer en el césped para descansar, jugaron y reto-
zaron por encima de él e intentaron distraerle lo mejor que podían.

—No todo el mundo puede tener la belleza de las lagartijas —exclamaron—; sería pedir demasiado. Y aunque parezca absurdo confe-
sarlo, al fin y al cabo no es tan feo, sobre todo si uno cierra los ojos y
evita mirarlo.

Las lagartijas tenían naturaleza de filósofas, y se pasaban horas y
horas juntas, pensando, cuando no tenían otra cosa que hacer o
cuando el tiempo era demasiado lluvioso para salir de paseo.

Pero las flores estaban realmente disgustadas con el proceder de
las lagartijas y de los pájaros.

—Esto demuestra —decían— lo vulgar que uno se vuelve con este incesante moverse y revolotear. La gente bien educada se queda siempre en un mismo lugar, como nosotras. Jamás nos ha visto alguien saltando por los caminos o galopando locamente por entre el césped en busca de libélulas. Cuando queremos cambiar de aires mandamos llamar al jardinero y nos trasplanta a otro terreno. Eso es digno y es tal como debe ser. Pero los pájaros y las lagartijas no tienen idea del descanso, y la verdad es que los pájaros no tienen residencia fija. Son tan vagabundos como los gitanos; debería tratárseles del mismo modo.

Tomaron una actitud muy altiva, y haciendo muecas de burla se pusieron contentas cuando al poco rato vieron al enanito levantarse del césped y dirigirse a palacio a través de la terraza.

—Deberían encerrarlo durante el resto de su vida —comentaron—. Mirad su joroba y sus piernas volteadas y se echaron a reír.

Pero el enano ignoraba todo esto. Le gustaban mucho los pájaros y las lagartijas y creía que las flores eran lo más maravilloso del mundo excepto la Infanta, que le había regalado la bella rosa blanca porque lo amaba, y esto era algo muy distinto.

¡Cómo le hubiera gustado regresar con ella al bosque! Ella lo colocaría a su derecha, le sonreiría y él nunca habría de abandonarla, sino que la haría su compañera de juegos, enseñándole toda clase de divertidas estratagemas, porque aunque hasta entonces no había estado en ningún palacio conocía infinidad de cosas maravillosas. Sabía hacer jaulitas de junco para encerrar a los grillos cantores y cortar cañas de bambú para hacer las flautas que Pan, el dios de los rebaños gustaba de oír. Conocía el grito de cada pájaro y sabía llamar a los estorninos de las copas de los árboles y a las garzas de la laguna. Conocía el rastro de cada animal y sabía seguir a la liebre por sus delicadas huellas y al jabalí por las hojas pisoteadas. Conocía todas las danzas de la selva: la danza roja, con el traje rojo del otoño; la danza ligera de sandalias azules sobre el trigo, en verano; la danza de las guirnaldas de nieve, en invierno, y la danza de las flores por las huertas en primavera. Sabía dónde hacen sus nidos las palomas torcaces, y, una vez que un cazador había atrapado a una pareja que anidaba, él mismo crió a los pichones y les construyó un palomar en la hendidura de un olmo. Los pichones eran mansos y comían todas las mañanas en sus manos. Ella también los querría, así como a los conejos que se escondían por entre los helechos, y a los grajos con sus

plumas metálicas y sus picos negros, y a los erizos que se enroscaban
y se convertían en esferas espinosas, y las grandes tortugas prudentes
que se trasladan despacio, meneando las cabezas y mordisqueando
las hojas tiernas. Sí, la Infanta iría al bosque y jugaría con él. Le cede-
ría su camita y montaría la guardia delante de su ventana hasta que
amaneciera, para que el ganado no le hiciera daño no los lobos hambrientos se acercaran demasiado a su cabaña. Y al salir el sol golpea-
ría los postigos para despertarla, y saldrían juntos, y bailarían todo el
día. Realmente, el bosque no era un lugar solitario. A veces pasaba
un obispo montado sobre su mulo blanco leyendo un libro con es-
tampas. A veces, los halconeros, con sus gorros de terciopelo verde y
sus justillos de piel de ciervo curtida pasaban por allí con halcones
encapuchados en la muñeca. En tiempos de vendimia llegaban los
lagareros, de manos y pies teñidos de púrpura, coronados de brillantes hojas de hiedra y chorreantes de vino, y los carboneros se sentaban por la noche alrededor de las hogueras, contemplando cómo los
troncos secos se carbonizaban lentamente en el fuego y asando cas-
tañas en las brasas, y los malhechores salían de sus cuevas para plati-
car con ellos. Una vez había visto también una preciosa cabalgata
desplazándose por la polvorienta ruta hacia Toledo. Los monjes iban
delante cantando dulcemente y llevando pendones de colores y cruces
de oro seguidos por los soldados, con armaduras plateadas, arcabu-
ces y picas, y en medio de ellos iban tres hombres descalzos, vestidos
con singulares túnicas amarillas y dibujos extraordinarios, sostenien-
do en las manos cirios encendidos. Sí, había mucho qué ver en el
bosque, y cuando la Infanta se cansara de él, le buscaría un mullido
lecho de musgo o la llevaría en brazos, porque era muy fuerte aunque su estatura fuera pequeña. Le haría un collar de rojas bayas de
brionia, tan hermosas como las bayas blancas que llevaba cosidas en
su traje, y cuando se cansara de ellas podría tirarlas y él le buscaría
otras. Le daría pequeñas copas hechas de bellotas y anémonas hú-
medas de rocío, y luciérnagas que brillarían como estrellas en el oro
pálido de su cabellera.

—Pero ¿dónde estaba la Infanta? Se lo preguntó a la rosa blanca
y no obtuvo respuesta.

El palacio entero parecía dormido y aunque los postigos no estu-
vieran cerrados, se habían corrido pesados cortinajes delante de las
ventanas para evitar el reflejo del sol. Anduvo por todas partes buscando una entrada por dónde colarse, y al fin descubrió una peque-

ña puerta de escape, que estaba abierta. Se deslizó cuidadosamente al interior y se encontró en una estancia espléndida, más espléndida, pensó impresionado, que el bosque, porque en ella todo era mucho más dorado, e incluso el suelo estaba cubierto con grandes piedras de colores unidas entre sí y formando dibujos geométricos. Pero la Infanta no estaba allí, sino solamente unas maravillosas estatuas blancas que le contemplaban desde sus pedestales de jaspe con ojos tristes, ciegos y labios curiosamente risueños.

En un extremo de la estancia había una cortina de terciopelo negro ricamente bordada con una lluvia de soles y estrellas, los dibujos predilectos del Rey recamados en los colores que él prefería. ¿Tal vez ella, se escondía detrás del cortinaje? De todos modos, miraría.

Cruzó sigilosamente la estancia y apartó la cortina. No; detrás había solamente otra estancia, pero mucho más bonita que la anterior. Las paredes estaban recubiertas por tapices verdes hechos con aguja, representando una cacería; trabajo de unos artistas flamencos que habían pasado casi siete años en su elaboración. Había sido en otros tiempos la habitación de Juan el Loco, el rey tan enamorado de la caza que, en su delirio, había intentando montar los grandes corceles encabritados y derribar el venado acosado por los perros, tocando el cuerno de caza y clavando su puñal en los pálidos ciervos fugitivos, representados en la tapicería. La estancia se usaba ahora como Sala de Consejo, y en la mesa central se veían las rojas carteras de los ministros, en las que sobresalía la estampa del tulipán de oro en España, las armas y emblemas de la casa de Habsburgo.

El enanito miró asombrado a su alrededor, temeroso de seguir adelante. Los extraños jinetes silenciosos que galopaban con tanta rapidez a lo largo de las veredas sin hacer el menor ruido, se le figuraron los espantosos fantasmas de que había oído hablar a los carboneros..., los *Comprachos*, que cazan sólo de noche y si se encuentran con un hombre lo transforman en cierva y lo persiguen. Pero pensó en la hermosa Infanta y recobró el valor. Quería encontrarla a solas y decirle que la amaba. Quizás estuviera en la estancia contigua.

Corrió sobre las mullidas alfombras moriscas y abrió la puerta. No. Tampoco estaba allí. El lugar se encontraba vacío.

Era el salón del Trono, utilizado para recibir a los embajadores cuando el Rey —ahora con poca frecuencia— consentía en darles audiencia personal; el mismo salón donde años atrás se había recibido a enviados de Inglaterra para concertar el matrimonio de su Reina, uno de los soberanos católicos de Europa, con el hijo mayor del Emperador. Las colgaduras eran de dorado cuero de Córdoba, y del techo blanco y negro, pendía una enorme araña dorada, cuyos brazos sostenían trescientas velas. Debajo de un gran dosel de tisú de oro, bordados en el aljófar los leones y las torres de Castilla, se hallaba el trono, recubierto por una tela de terciopelo negro, tachonado de tulipanes de plata con ribetes de perlas y plata. En el segundo escalón del trono estaba el reclinatorio de la Infanta, con su almohadón de tisú de plata; más abajo, fuera del lugar que cubría el dosel, la silla del Nuncio Apostólico, único con derecho a estar sentado en presencia del Rey en las ceremonias públicas y cuyo capelo cardenalicio, con sus borlas escarlata, descansaba enfrente, sobre un taburete cubierto de púrpura. En la pared delante del trono se veía el retrato de Carlos V, de tamaño natural, vestido de caza con un enorme mastín a su lado, y el de Felipe II recibiendo el homenaje de los Países Bajos, ocupaba el centro del otro muro. Entre las ventanas se veía un bargueño de ébano con incrustaciones de marfil, en el que habían sido grabadas las figuras de la *Danza de la Muerte* de Holbein, según se decía por la mano del propio maestro.

Pero toda esta magnificencia tenía sin cuidado al enanito. Él no habría dado su rosa por todas las perlas del dosel ni un solo pétalo de la rosa por el trono. Lo que él deseaba era ver a la Infanta antes de que ésta bajara al pabellón del jardín y pedirle que se fuera al bosque con él cuando terminara el baile. Aquí, en palacio, el aire era denso, pero en el bosque, la brisa soplaba libremente y la luz del sol, con sus errantes manos de oro, apartaba las trémulas hojas. También en el bosque había flores, no tan espléndidas quizá como las del jardín, pero mucho más perfumadas; los jacintos, al empezar la primavera, llenaban con su púrpura ondulante las frescas cañadas y las herbosas lomas; las prímulas amarillas se arracimaban alrededor de las retorcidas raíces de los robles, así como celidonias de vivos colores, verónicas azules y lirios lila y oro. Había amentos grises en los avellanos y digitales que caían por el peso de sus corolas continuamente atacadas por las abejas. El castaño lucía sus torres de estrellas blancas, y el oxiacanto, sus bellísimas lunas de blanco esplendor. Sí, ¡ciertamente, la Infanta iría si tan sólo lograba encontrarla! Iría al bosque, y él bailaría todo el día para alegrarla. Una sonrisa iluminó sus ojos al pensarlo, y pasó a la estancia siguiente.

De los salones, éste era el más iluminado y hermoso. Los muros estaban recubiertos de damasco de Lucca con flores en tono rosa, moteados de pájaros y de menudas florecitas de plata; los muebles eran de plata maciza, festoneados de guirnaldas donde se mecían los juguetones cupidos; ante las dos enormes chimeneas había grandes biombos bordados con loros y pavos reales, y el piso que era de cuarzo verde mar, parecía prolongarse en la distancia.

No estaba solo. De pie, en la sombra de la puerta al cabo del salón, vio a una figurilla que lo observaba. Le trepidó el corazón; un grito de alegría escapó de sus labios y avanzó hasta la parte iluminada. Al adelantarse, la figurilla se movió también y así pudo verla con claridad.

¿La Infanta? ¡No! Era un monstruo, el monstruo más estrafalario que jamás había visto. No tenía la misma forma que la demás gente, sino que tenía joroba y la piernas torcidas con una enorme cabezota oscilante, rematada por una enmarañada melena negra. El enanito arrugó el entrecejo y el monstruo también. Rió, y el monstruo rió con él; puso los brazos en jarras lo mismo que él. Le hizo una reverencia burlona, y le devolvió la profunda reverencia. Se acercó a él, y éste se adelantó, imitando cada paso y deteniéndose cuando él se detenía. Gritó alborozado, corrió hacia delante y tendió la mano, y la mano del monstruo tocó la suya, y la encontró fría como el hielo. Se asustó y retiró su mano, y la mano del monstruo se retiró veloz. Trató de adelantar, pero algo duro y liso se lo impidió. La cara del monstruo estaba ahora cerca de la suya y parecía llena de terror. Apartó el cabello que le caía sobre los ojos, y le imitó. La atacó, y ella le devolvió golpe por golpe. La aborreció, y leyó en su rostro la misma repugnancia. Dio un paso atrás, y el monstruo se retiró también.

¿Qué era aquéllo? Pensó un momento y miró alrededor de la estancia. Era algo raro; todo parecía duplicarse en aquella pared invisible de agua clara. Sí, cuadro por cuadro se repetía, y sofá por sofá; el fauno dormido junto a la puerta tenía un hermano gemelo que también dormitaba, y la Venus de plata que se erguía al sol alargaba los brazos a la otra Venus tan hermosa como ella.

¿Sería el Eco? Una vez lo llamó en el valle y le contestó palabra por palabra. ¿Podía engañar con los ojos, lo mismo que engañaba imitando la voz? ¿Podía crear un mundo real? ¿Podían las sombras de las cosas tener color y vida y movimientos? ¿Podía ser que...?

Se alarmó y, tomando de su pecho la hermosa rosa blanca, dio la vuelta y la besó. El monstruo tenía también una rosa igual a la suya, pétalo por pétalo. La besaba con los mismos besos y la apretaba sobre su corazón con gestos horribles.

Cuando se dio cuenta de la verdad, lanzó un grito loco de desesperación y cayó lloriqueando al suelo. Así que era él, el deforme, horrible y grotesco jorobado. El propio monstruo era él; de él se habían estado riendo todos los niños, y la princesita que él creía que lo amaba... también se había mofado de su fealdad y de sus retorcidos miembros. ¿Por qué no le habían dejado en el bosque, donde ningún espejo que pudiera revelarle cuán repugnante era? ¿Por qué no lo había matado su padre antes que venderlo para vergüenza suya? Lágrimas ardientes resbalaron por sus mejillas; destrozo la rosa blanca dispersando al aire los despedazados pétalos, y el horrible monstruo hizo lo mismo. Éste se revolcó en el suelo y, al mirarle el enanito apreciaba en aquella expresión de intenso dolor. Se alejó para no verle ocultando el rostro con las manos. Se arrastró como un animal herido hacia la sombra, y allí se quedó gimiendo.

En aquel momento entró la Infanta con su cortejo por la ventana abierta, y cuando vieron al feo enanito tirado en el suelo golpeándolo con sus puños cerrados de manera extravagante y fantástica estallaron en alegres carcajadas y le rodearon para contemplarlo.

—Su baile era divertido —dijo la Infanta—, pero sus gestos son poco naturales. En verdad es casi tan bueno como las marionetas.

Y abrió su gran abanico y aplaudió.

Pero el enanito no levantó la cabeza para mirarla, y sus sollozos fueron cada vez más débiles, y de pronto exhaló un extraño suspiro y se llevó la mano al costado. Luego cayó hacia atrás y se quedó inmóvil.

—¡Es admirable! —dijo la Infanta después de una pausa—. Pero ahora tienes que bailar para mí.

—Sí —exclamaron todos los niños—, levántate y baila, porque eres tan inteligente como los monos berberiscos, pero nos haces reír muchísimo más.

Pero el enanito no contestó.

Y la Infanta golpeó el suelo con el pie y llamó a su tío, que paseaba por la terraza con el chambelán leyendo algunos despachos recién llegados de México, donde recientemente se había establecido el Santo Oficio.

—Mi enanito es indolente —le dijo—; anímale y ordénale que baile.

Se sonrieron y entraron en la estancia, y don Pedro se inclinó y golpeó al enano en la mejilla con su bordado guante.

—Tienes que bailar, *petit monstre* —le dijo—. Tienes que bailar. La Infanta de España y de las Indias quiere divertirse.

Pero el enanito no se movió.

—Hay que llamar al maestro azotador —murmuró don Pedro, fastidiado regresó a la terraza. Pero el Chambelán, con aspecto severo se arrodilló al lado del enanito y le puso la mano encima del corazón. Pasados unos instantes se encogió de hombros, se levantó y, después de hacer una reverencia ante la Infanta, dijo:

—Mi bella princesa, vuestro divertidísimo enanito no volverá a bailar más. Es una lástima, porque es tan feo, que pudo haber hecho reír al Rey.

—Pero ¿por qué no volverá a bailar? —preguntó riendo la Infanta.

—Porque se le ha roto el corazón —contestó el Chambelán.

Y la Infanta frunció el ceño y sus finísimos labios de rosas se plegaron en un encantador visaje

—Que en adelante los que vengan a jugar conmigo no tengan corazón —exclamó, alejándose a toda prisa hacia el jardín.

# El niño Estrella

A
Miss Margot Tennant

Había una vez dos pobres leñadores que regresaban, camino de su casa, por en medio de un gran pinar. Era invierno, y hacía una noche crudísima. Una gruesa capa de nieve cubría la tierra y las ramas de los árboles. La escarcha hacía crepitar al paso de ellos, los vástagos tiernos que bordeaban el sendero; y al llegar al torrente de la montaña, lo vieron suspendido, inmóvil en el aire, pues el Rey del Hielo lo había besado.

Tal frío hacía, que ni siquiera los animales sabían qué hacer.

¡Uf! —gruñía el lobo, renqueando por los breñales, con el rabo entre piernas—. ¡Vaya tiempo tan detestable! ¿Por qué no interviene el gobierno?

—¡Uit, uit, uit! —exclaman los verderones—; muerta está la vieja tierra, envuelta en su níveo sudario.

—La tierra va a casarse, y éste es su traje de bodas—, susurraban entre sí las tórtolas. Tenían las rojas patitas completamente entumecidas, pero creían de su deber considerar las cosas desde un punto de vista romántico.

—¡Qué necedad —refunfuñó el lobo—. Os digo que todo esto es culpa del gobierno, y si no me creen tendré que engullírmelos.

El lobo tenía un espíritu extremadamente práctico, y nunca le faltaba algún argumento indiscutible.

—Bueno; por mi parte —dijo el pájaro carpintero, que era filóso-fo por naturaleza—, no será una teoría atomística que lo explique. Las cosas son como son, y en este momento el frío es terrible.

Innegablemente, hacía un frío terrible. Las ardillas que vivían en el interior del abeto gigante, se restregaban la nariz, mutuamente para entrar en calor, y los conejos se hacían un ovillo en el fondo de sus madrigueras, sin atreverse a mirar hacia fuera. Los únicos que parecían satisfechos eran los grandes búhos. Tenían las plumas rígi-das por la escarcha; pero, sin reparar en ellos, revolvían sus anchos ojos amarillos, y se llamaban unos a otros por el bosque: "¡Tu-juit, tu-jú! ¡Tu-juit, tu-jú! ¡Qué tiempo tan delicioso!"

Los dos leñadores seguían camino adelante, soplándose obstina-damente los dedos y golpeando, con sus zapatones con adornos de hierro, la nieve endurecida. Una vez se hundieron en un hoyo pro-fundo, del cual salieron blancos como molineros durante la molien-da; otra, resbalaron sobre la tersa superficie helada de una charca, y sus atados se deshicieron, viéndose obligados a liarlos nuevamente; otra, creyeron haberse extraviado, y un gran pánico se apoderó de ellos, pues sabían lo cruel que es la nieve con quienes se duermen en sus brazos. Pero pusieron su confianza en el buen San Martín, que vela por todos los caminantes, y volviendo pies atrás avanzaron pru-dentemente, hasta que al fin llegaron a la linde del bosque, y, vieron, allá en el fondo del valle, las luces de la aldea en que vivían.

Tan contentos se sintieron de verse en salvo, que se echaron a reír, y la tierra les pareció una flor de plata, y la luna, una de oro.

Sin embargo, después de haber reído, entristeciéronse, pues re-cordaron su miseria; y uno de ellos dijo al otro:

—¿Por qué alegrarnos, si vemos que la vida es para el rico, y no para gentes cual nosotros? Mejor hubiera sido morir de frío en el bosque, o haber topado con alguna fiera que nos devorase

—Cierto —contestó su compañero—. Unos tienen demasiado, y otros demasiado poco. La injusticia hizo los lotes en el mundo, y nada, fue repartido por igual, salvo el dolor. Simultáneamente a sus quejas recíprocas a causa de su miseria, ocurrió una cosa extraña. Una estrella resplandeciente y dorada cayó del cielo. Deslizándose obli-cuamente por el firmamento, rozando a su paso a las demás estre-llas, mientras los leñadores la contemplaban asombrados, fue a caer, o al menos tal les pareció, tras un grupo de sauces que crecían junto a un redil, a una pedrada escasa del lugar en que se hallaban.

—¡Buen trasto con oro para quien lo encuentre! —exclamaron, echando a correr; tan grande era su angustia por el oro.

Uno de ellos corría más velozmente que su compañero y dejándolo atrás, abrióse paso a través de los sauces. En efecto, al llegar al otro lado, vio una cosa dorada que estaba sobre la blanca nieve. Dirigióse inmediatamente hacia ella y, agachándose, la levantó con sus manos. Vio que era una capa de tisú de oro, singularmente bordada de estrellas y doblada en grandes pliegues. Gritó a su compañero que había encontrado el tesoro caído del cielo, y cuando el otro llegó, sentáronse ambos sobre la nieve y desdoblaron la capa para repartirse las monedas de oro. Pero, ¡ay!, la capa no contenía oro alguno, ni plata, ni tesoro de ninguna especie. Unicamente había en ella un niñito dormido.

Y uno de ellos dijo al otro:

—¡Amargo fin de nuestra esperanza! Poca suerte tenemos; pues, ¿en qué puede ayudar un niño a un hombre? Dejémoslo aquí, y sigamos nuestro camino, que pobres somos e hijos propios tenemos, cuyo pan no podemos dar a los ajenos.

Pero su compañero repuso:

—No, indigno dejar morir a este niño entre la nieve, y aunque tan pobre soy como tú, con muchas bocas que alimentar y poca comida en la olla, yo lo llevaré a casa y mi mujer cuidará de él.

Y cogiéndole tiernamente en brazos, y envolviéndole bien en la capa para resguardarle del frío, siguió colina abajo hacia la aldea, mientras su compañero se hacía cruces de su imprudencia y blandura de corazón.

Y cuando llegaron a la aldea su compañero le dijo:

—Tú tienes el niño; dame, pues, la capa. Recuerda que convinimos en repartirnos el hallazgo.

Pero él le contestó:

—No. La capa no es tuya ni mía, sino del niño.

—Y diciéndole adiós, se dirigió hacia su casa, a cuya puerta llamó.

Cuando su mujer abrió la puerta y vio que su marido volvía sano y salvo, le echó los brazos al cuello y le besó. Luego ayudóle a descargar el haz de leña, y limpiándole la nieve de los zapatos le invitó a que entrase.

Pero él le dijo:

—He encontrado una cosa en el bosque, y te la he traído para que cuides de ella.

Y continuaba inmóvil en el umbral.

—¿Qué es ello? —preguntó la mujer—. Enséñamelo, que la casa está desprovista de todo y son muchas las cosas que necesitamos.

Entonces él entreabrió la capa y le mostró al niño dormido.

—¡Ay, desventurados! —murmuró ella—. ¿Acaso no tenemos hijos propios, para que traigas a un niño abandonado a sentarse en nuestro hogar? Y ¡quién sabe si no vendrá con él la mala suerte! Y ¿cómo nos las vamos a arreglar para criarle?

Y se enfureció contra su marido.

—No; que es un niño estrella —repuso el leñador.

Y le contó de qué extraño modo le había hallado.

Pero ella, lejos de apaciguarse, burlóse de él y le reprendió rudamente:

—No tenemos pan para nuestros hijos, y ¿vamos a alimentar a los ajenos? ¿Quién cuida de nosotros? ¿Quién nos da de comer?

—No importa; Dios cuida hasta de los gorriones y les da de comer —contestó él.

¿No se mueren de hambre los gorriones en el invierno? —preguntó ella—. Y ¿acaso no estamos en invierno?

Nada respondió el leñador; pero continuó inmóvil en el umbral.

Un viento glacial procedente de la selva penetró por la puerta abierta e hizo estremecer y dar diente con diente a la mujer, que le dijo:

—¿Quieres cerrar la puerta? Entra un viento que hiela.

—En una casa donde hay un corazón duro, ¿acaso no entra siempre un viento que hiela? —preguntó él.

La mujer no contestó palabra; pero arrimóse más al fuego.

Al poco rato se volvió y le miró, y sus ojos estaban llenos de lágrimas. Él entró precipitadamente y puso al niño en sus brazos, ella lo besó y acostó en una camita donde dormía el más pequeño de sus hijos.

A la mañana siguiente, el leñador cogió la extraña capa de oro y la guardó en un arca; un collar de ámbar que llevaba el niño al cuello, su mujer lo cogió y también lo guardó en el arca.

Así, el niño estrella fue criado con los hijos del leñador, y se sentó a la misma mesa que ellos, y fue su compañero de juegos. Cada año se hacía más hermoso, a tal punto, que todos los habitantes de la aldea se maravillaban; pues en tanto que ellos eran de tez morena y cabellos negros, él era blanco y delicado como el marfil, y sus rizos semejaban las volutas del asfódelo. Sus labios, también eran semejantes a los pétalos de una flor roja, sus ojos como violetas al borde de un arroyo cristalino y su cuerpo como el narciso de un campo donde no ha entrado el segador.

Sin embargo, su belleza fue perjudicial para él. Pues creció altanero, cruel y egoísta. Despreciaba a los hijos del leñador y a los demás niños de la aldea, diciendo que eran de baja extracción, en tanto que él era noble, procedente de una estrella; y constituído en señor de ellos, los llamaba sus criados. No se apiadaba del pobre, ni del ciego y el lisiado, ni de los que de cualquier otro modo habían sido maltratados por el destino; antes bien, les tiraba piedras, persiguiéndolos hasta el camino real, ordenándoles mendigaran su pan en otra parte; de tal suerte, que, excepto los proscritos, nadie volvía a pedir limosna en esta aldea. Realmente, era un enamorado de la belleza, y burlábase del contrahecho y del enclenque, haciendo mofa de ellos. Sólo a sí mismo amaba, y en verano, cuando callaban los vientos, gustaba de tenderse junto al pozo del huerto del párroco y de contemplar en él la maravilla de su rostro, riendo de contento al admirar su hermosura.

El leñador y su mujer le reprendían a menudo, diciéndole:

—No obramos nosotros contigo como tú obras con los abandonados, con los que a nadie tienen que les socorra. ¿Por qué eres tan cruel con todos los que han menester de compasión?

Con frecuencia el anciano párroco enviaba a buscarle, y trataba de enseñarle a amar a todos los seres, diciéndole:

—La mosca es tu hermana; no le hagas daño. Los pájaros que vagan por el bosque, gozan de su libertad: no les prives de ella por gusto. Dios hizo a la lombriz y al topo, y a cada uno indicó su lugar. ¿Quién eres tú para traer el dolor al mundo de Dios? Hasta los rebaños del campo le bendicen.

Pero el niño estrella, sin hacer caso de sus palabras, fruncía el entrecejo, encogiéndose de hombros y volvía al lado de sus compañeros, a quienes gobernaba a su antojo. Sus compañeros le seguían porque era hermoso, ágil de pies, sabía bailar, tocar el caramillo y hacer música. Dondequiera que el niño estrella los conducía, ellos, dócilmente, le seguían; todo lo que el niño estrella les ordenaba, ellos, dócilmente, lo hacían. Cuando él, con un junco aguzado, sacaba los opacos ojos de algún topo, ellos reían, y cuando lanzaba piedras a los leprosos, también reían. En todo y por todo él los dirigía; a tal punto, que llegaron a hacerse tan duros de corazón como él.

He aquí que un día pasó por la aldea una pobre mendiga. Llevaba el traje hecho harapos, y los pies sangrando a consecuencia del escabroso camino que había recorrido. Su aspecto era, realmente, lastimoso. Sintiéndose cansada, se sentó a descansar a la sombra de un castaño.

Pero en cuanto el niño estrella la hubo divisado, dijo a sus compañeros:

—Mirad aquella asquerosa mendiga que se ha sentado a la sombra de aquel hermoso árbol. Venid, vamos a echarla de ahí, que es fea y deforme.

Acercándose, le tiraba piedras y hacía burla de ella, que le miraba con ojos aterrados y fijos.

Cuando el leñador, que se encontraba cerca de allí partiendo leña, vio lo que hacía el niño estrella, acudió en seguida y le reprendió, diciéndole:

—No cabe duda de que eres duro de corazón y no conoces la piedad; pues ¿qué daño te ha hecho esta pobre mujer para tratarla de ese modo?

Pero el niño estrella enrojeció de cólera y, dando con el pie en tierra, exclamó:

—¿Quién eres tú para pedirme cuentas de lo que hago? No soy hijo tuyo para tener que obedecerte.

— Dices verdad —repuso el leñador—; pero, sin embargo, yo fui compasivo contigo cuando te encontré en el bosque.

Apenas oyó la mujer estas palabras, cuando, lanzando un gran grito, cayó desmayada.

Transportóla el leñador a su casa, su mujer la atendió solícitamente. Cuando hubo recobrado los sentidos, pusieron ante ella de comer y beber, invitándola a que restaurara sus fuerzas.

Pero ella, sin querer comer ni beber, preguntó al leñador:

—¿Dijiste que habías encontrado al niño en el bosque? ¿Fue ello hace diez años?

El leñador contesto:

—Sí, en el bosque lo encontré, y diez años hace de ello.

—¿Qué señales encontraste en él? —exclamó ella—. ¿No llevaba al cuello un collar de ámbar? ¿No iba envuelto en una capa de tisú de oro bordada de estrella?

—Cierto —contesto el leñador—; fue como dices.

Sacando la capa y el collar de ámbar del arca en que yacían, se los mostró.

Apenas los vio ella, echóse a llorar de alegría, y dijo:

—Es el hijo mío que perdí en el bosque. Te suplico lo llames en seguida que en busca suya he recorrido el mundo.

El leñador y su mujer salieron a llamar al niño estrella, y le dijeron:

—Entra en la casa y encontrarás a tu madre que te está esperando.

Él entró corriendo, lleno de júbilo y de asombro. Pero cuando vio quién era la que le aguardaba, se echó a reír sarcásticamente y dijo:

—¿Dónde está mi madre? Aquí no veo más que a esta vil mendiga.

La mujer le dijo:

—Yo soy tu madre.

—Estás loca —gritó furioso el niño estrella. Yo no soy hijo tuyo, pues tú eres una mendiga, y fea, y andrajosa. Vete, pues, y que no vuelva a ver tu rostro repugnante.

—No; tú eres en verdad mi hijito, el que perdí en el bosque —exclamó ella.

Y cayó de rodillas, tendiéndole los brazos.

—Los ladrones te robaron y abandonaron después, para que murieses de hambre —murmuró—; pero en cuanto te he visto te reconocí; y también las señales: la capa de tisú de oro y el collar de ámbar. Te ruego, pues, vengas conmigo, que el mundo entero llevo recorrido en tu busca. Ven conmigo, hijo mío, que me hace falta tu amor.

Pero el niño estrella continuó inmóvil, cerrando las puertas de su corazón. Y sólo se oían los sollozos de la desgraciada.

—Si realmente eres mi madre dijo—, mejor habría sido que no vinieses a traerme humillación y vergüenza. Yo creía ser hijo de alguna estrella, no de una mendiga, como tú me aseguras. Vete, pues, y que no vuelva a verte.

—¡Ay, hijo mío! —gimió ella—. ¿No querrás, siquiera, darme un beso antes de que me vaya? ¡He sufrido tanto para encontrarte!

—No —dijo el niño estrella—; eres demasiado repulsiva, y antes preferiría besar a un sapo o una víbora que besarte a ti.

Entonces la mujer se levantó, y alejóse por el bosque, llorando amargamente. Y cuando el niño estrella vio que se había ido, sintióse contento, y volvió corriendo hacia sus compañeros para seguir jugando.

Pero, cuando ellos le vieron venir, empezaron a burlarse de él, diciendo:

—Eres asqueroso como el sapo, y más feo y repugnante que la víbora. Vete de aquí, que no consentiremos juegues con nosotros.

Y le arrojaron del jardín.

El niño estrella frunció el entrecejo, y se dijo:

—¿Qué están diciendo esos? Iré al pozo, a mirarme en el agua, ella me hablará de mi belleza.

Dirigiéndose al pozo, se miró en el agua. Y, ¡oh sorpresa!, su rostro era semejante al rostro de un sapo, su cuerpo escamoso como el de una víbora. Desplomándose sobre la hierba, lloró amargamente, y se dijo:

—Sin duda, esto me ha sucedido a causa de mi pecado. Pues yo he renegado de mi madre, la arrojé de mi lado, he sido orgulloso y cruel con ella. Pero, ahora, iré en su busca por toda la Tierra, y no descansaré hasta que la haya encontrado.

Entonces vino hacia él la hijita del leñador, y poniéndole la mano en el hombro, le dijo:

—¿Qué importa que hayas perdido tu belleza? Quédate con nosotros, que yo no me burlaré de ti.

Él le contestó:

—No; he sido cruel con mi madre, y en castigo me ha sido enviado este mal. Tengo, pues, que partir, vagar por el mundo hasta que dé con ella y obtenga su perdón.

Echando a correr hacia el bosque, llamaba a gritos a su madre, sin obtener respuesta. Todo el día estuvo llamándola, cuando el sol se puso, tendióse a descansar sobre un lecho de hojas, y los pájaros y los animales huían de él, recordando su crueldad; y quedó solo con el sapo que le velaba y con la víbora lenta que serpeaba en torno suyo.

Al amanecer se levantó, y arrancando algunas bayas amargas de los árboles las comió, siguió su camino a través de la selva, llorando amargamente. A todos los seres que encontraba preguntaba si por acaso habían visto a su madre.

Decía al topo:

—Tú, que puedes andar bajo la tierra, dime: ¿esta allí mi madre?

El topo respondía:

—Tú cegaste mis ojos. ¿Cómo podría saberlo?

Decía al jilguero:

—Tú, que puedes volar sobre los árboles y ver el mundo entero, dime: ¿puedes ver a mi madre?

El jilguero respondía:

—Tú cortaste mis alas, por capricho. ¿Cómo podría volar?

A la ardillita, que moraba en el abeto y vivía solitaria, le preguntaba:

—¿Dónde está mi madre?

A la ardilla respondía:

Tú mataste a los míos. ¿Es que también tratas de matar a los tuyos?

Él niño estrella lloraba, inclinando la cabeza, suplicaba a las criaturas de Dios que le perdonasen, proseguía selva adelante, en busca de la mendiga. Al tercer día llego al otro lado del bosque descendió a la llanura.

Cuando pasaba por las aldeas, los niños hacían burla de él y le tiraban piedras, los aldeanos no querían permitirle ni siquiera que durmiese en los graneros, por temor a que trajese el tizón al grano almacenado, tan horrible era; los jornaleros le ahuyentaban, nadie tenía lástima de él. En parte alguna pudo saber nada de su madre la mendiga, aunque por espacio de tres años viajó por todo el mundo. A menudo creía verla en la lejanía de un camino y, llamándola, corría en pos de ella, hasta que los guijarros hacían sangrar sus pies. Pero nunca le era posible darle alcance; los que habitaban junto al camino, siempre negaban haberla visto, ni nada que le fuera parecido y hacían mofa de su dolor.

Por espacio de tres años viajó por todo el mundo; en el mundo no había ni amor, ni bondad, ni caridad; pues tal como él se lo había forjado en los días de su soberbia, así era el mundo.

Un día, al anochecer, llegó a la puerta de una ciudad amurallada, situada a orillas de un río; cansado y doloridos los pies, trató de entrar, en ella. Pero los soldados que estaban de guardia cruzaron sus lanzas con cuchilla a través de la puerta preguntándole rudamente:

—¿Qué te trae a esta ciudad?

—Voy en busca de mi madre —contestó—; les suplico me dejen entrar, pues quizá se halla en esta ciudad.

Pero los soldados hicieron burla de él, uno de ellos sacudiendo su barba negra y poniendo en tierra el escudo, exclamó:

—En verdad que tu madre no se regocijará mucho de verte, porque eres más repugnante que el sapo del pantano y la víbora que se arrastra por el cieno. ¡Largo de aquí! ¡Largo de aquí! Tu madre no vive en esta ciudad.

Otro soldado, que sostenía un estandarte amarillo, le preguntó:

—¿Quién es tu madre, por qué vas en busca de ella?

Él contestó:

—Mi madre es una mendiga como yo, que la traté malvadamente. Les ruego me permitan pasar, para que pueda perdonarme si es que por acaso, ha hecho alto en esta ciudad.

Pero ellos, lejos de consentírselo, le pincharon con sus lanzas.

Ya se iba llorando cuando llegó un guerrero, de armadura adornada con incrustaciones de flores de oro y yelmo figurando un león alado, preguntó a los soldados quién era el que solicitaba entrada. Éstos le dijeron:

—Es un mendigo, hijo de una mendiga, al que hemos ahuyentado.

—¿Por qué? —exclamo él riendo—; venderemos al mísero como esclavo, y su precio será el precio de una jarra de buen vino.

Un viejo de rostro perverso que pasaba por allí, gritó:

—Yo lo compro por ese precio.

Cuando hubo pagado el precio convenido, cogió de la mano al niño estrella y lo introdujo en la ciudad.

Después de recorrer diversas callejuelas, llegaron a una puertecita, abierta en un muro, que un granado cubría con sus ramas. El viejo tocó la puerta con un anillo de jaspe entallado y la puerta se abrió. Y bajando cinco peldaños de bronce, penetraron en un jardín lleno de negras adormideras y verdes tinajas de arcilla. El viejo se quitó del turbante una banda de seda estampada, vendó con ella los ojos del niño estrella, empujándolo luego ante sí. Cuando le fue quitada la venda de los ojos, encontróse el niño estrella en una mazmorra, alumbrada por una linterna de cuerno.

El viejo colocó en un tajo de cocina ante él, un mendrugo de pan mohoso, y le dijo: "¡Come!"; y una taza llena de agua i salobre, y le dijo: "¡Bebe!" Así que hubo comido y bebido, salió el viejo, cerrando la puerta tras sí, asegurándola con una cadena de hierro.

A la mañana siguiente, el viejo, que, en realidad, era el más astuto de los Magos de la Libia, había aprendido su arte de uno de esos que habitaban en las tumbas del Nilo, entró en la mazmorra y, mirándole ceñudamente, le dijo:

—En un bosque inmediato a las puertas de esta ciudad de infieles, hay tres monedas de oro. Una es de oro blanco, otra de oro amarillo y de oro rojo la tercera. Hoy tienes que traerme la moneda de oro blanco; si no la traes te daré un ciento de azotes. Vete sin tardar. Al ponerse el sol te aguardaré a la puerta del jardín. Cuida bien de traer el oro blanco, o de otro modo lo pasarás mal, pues tú eres mi esclavo, yo te compré por una jarra de buen vino.

Y vendando los ojos del niño estrella con la banda de seda, le hizo atravesar la casa y el jardín de adormideras, y subir los cinco peldaños de bronce. Abriendo la puertecilla con su anillo, le dejó en la calle.

El niño estrella salió por la puerta de la ciudad, llegó al bosque del que el Mago le hablara.

Visto desde fuera, este bosque parecía hermosísimo, y lleno de pájaros canoros y flores bien olientes, así que el niño estrella entró en él alegremente. Sin embargo, de poco le aprovechó su belleza, pues dondequiera que iba zarzas y abrojos punzadores brotaban del suelo, envolviéndole; y ortigas malignas le pinchaban, y el cardo le atravesaba con sus puñales, a tal punto, que el desaliento y la angustia se apoderaron de él. En parte alguna le fue posible encontrar la moneda de oro blanco de que el Mago le había hablado, a pesar de estar buscándola desde la mañana al mediodía, y del mediodía al anochecer. Al ponerse el sol se encaminó hacia la ciudad, llorando amargamente, pues sabía la suerte que le estaba reservada.

Pero apenas había llegado a los linderos del bosque, cuando oyó salir de un matorral como un grito de dolor. Olvidando su propia pena, volvió hacia el lugar y pudo ver una liebre presa en una trampa preparada por algún cazador.

El niño estrella se apiadó de ella, y la libró de la trampa diciendo:

—Yo, que no soy mas que un esclavo, puedo no obstante darte la libertad.

La liebre le contestó:

—Cierto que me das la libertad. ¿Qué podría darte yo en cambio?

El niño estrella repuso:

—Ando a la busca de una moneda de oro blanco, y no puedo hallarla. Si no se la llevo, mi amo me pegará.

—Ven conmigo —dijo la liebre—, yo te conduciré hasta ella, pues sé dónde se encuentra y con qué fin.

El niño estrella siguió a la liebre, y... en el hueco de una gran encina, vio la moneda de oro blanco que buscaba. Lleno de alegría, la cogió, diciendo a la liebre:

—El servicio que te hice, con usura me lo has pagado; y la bondad que te mostré, me la has devuelto centuplicada.

—No —replicó la liebre—; como tú obraste conmigo, así he obrado yo contigo.

Y echó a correr velozmente, mientras el niño estrella se dirigía hacia la ciudad.

Ahora bien: a la puerta de la ciudad estaba sentado un leproso, con el rostro cubierto por una capucha de lienzo gris, a través de cuyos agujeros los ojos le lucían como brasas. Y al ver venir al niño estrella, golpeó su escudilla de madera y, haciendo sonar su esquila, le llamó, diciéndole:

—Dame una moneda, o moriré de hambre, pues me han arrojado de la ciudad, nadie tiene compasión de mí.

—¡Ay! —exclamó el niño estrella—; sólo tengo una moneda en mi bolsa, si no la llevo a mi amo, éste me pegará, pues soy esclavo suyo.

Pero tanto le imploró el leproso, que el niño estrella se apiadó de él, entregándole, al fin, la moneda de oro blanco.

Y cuando llegó a casa del Mago, éste le abrió la puerta, y le hizo entrar, preguntándole:

—¿Traes la moneda de oro blanco?

Y el niño estrella contestó: No la traigo.

Entonces el Mago se arrojó sobre él, golpeándole. Colocó ante él un tajo vacío, diciéndole: "¡Come!", y una jarra vacía, diciéndole: "¡Bebe!"; y le encerró de nuevo en la mazmorra.

A la mañana siguiente, vino el Mago a buscarle, y le dijo:

—Si hoy no me traes la moneda de oro amarillo, puedes estar seguro de que te conservaré en esclavitud, y te daré trescientos correazos.

El niño estrella fue al bosque, todo el día estuvo buscando la moneda de oro amarillo, sin poderla encontrar en parte alguna.

Al ponerse el sol, se sentó a llorar; y, estando llorando, vio venir hacia él a la liebre que había libertado del cepo.

La liebre le dijo:

—¿Por qué lloras? ¿Y qué buscas en el bosque?

El niño estrella le contestó:

—Ando a la busca de una moneda de oro amarillo que hay oculta aquí, si no la encuentro, amo me pegará y conservará en esclavitud.

Sígueme —exclamó la liebre.

Y echó a correr a través del bosque, hasta llegar a una charca de agua. En el fondo de la charca yacía la moneda de oro amarillo.

—¿Cómo darte las gracias? —dijo el niño estrella—. Ésta es la segunda vez que me socorres.

—No; tú fuiste el primero en apiadarte de mí —dijo la liebre, echando a correr velozmente.

El niño estrella cogió la moneda de oro amarillo y guardándola en su bolsa, se dirigió apresuradamente hacia la ciudad.

—Pero el leproso le vio venir, y corriendo a su encuentro se arrodilló ante él, gritando:

—Dame una moneda o moriré de hambre! El niño estrella le dijo:

—No tengo en mi bolsa más que una moneda de oro amarillo, si no se la llevo, mi amo me pegará y conservará en esclavitud.

Pero tanto le rogó el leproso, que el niño estrella se apiadó de él, entregándole, al fin, la moneda de oro amarillo. Cuando llegó a casa del Mago, éste le abrió la puerta, y le hizo entrar, preguntándole:

—¿Traes la moneda de oro amarillo?

El niño estrella contestó:

—No la traigo.

Entonces el Mago se arrojó sobre el, golpeándole. Y cargándole de cadenas, le encerró de nuevo en la mazamorra.

A la mañana siguiente, vino el Mago a buscarle y le dijo:

—Si hoy me traes la moneda de oro rojo, te devolveré la libertad; pero, si no me la traes, ten por seguro que te mataré.

Él niño estrella fue al bosque, todo el día estuvo buscando la moneda de oro rojo, sin poderla encontrar en parte alguna. Al anochecer se sentó a llorar; y estando llorando, vio venir hacia él a la liebre.

La liebre le dijo:

—La moneda de oro rojo que buscas se halla en la caverna que está a tus espaldas. Por lo tanto, no llores más: alégrate.

—¿Cómo recompensarte? —exclamó el niño estrella—. Esta es la tercera vez que me socorres.

—No; tú fuiste el primero en apiadarte de mí —dijo la liebre, echando a correr velozmente.

El niño estrella penetró en la caverna, en un rincón más apartado halló la moneda de oro rojo. Guardándola en su bolsa se dirigió apresuradamente hacia la ciudad.

Pero el leproso, viéndole venir, se plantó en medio del camino, gritando:

—Dame la moneda roja o tendré que morir.

El niño estrella se apiadó nuevamente de él, y le entregó la moneda de oro, diciéndole:

—Tu miseria es mayor que la mía.

No obstante, entristecióse; pues sabía la suerte que le esperaba.

Pero he aquí que, al entrar por la puerta de la ciudad, los guardias se inclinaron ante el y le rindieron homenaje, diciendo:

¡Qué hermoso es nuestro señor!

Un tropel de ciudadanos le siguió gritando:

—¡Seguramente que no hay en todo el mundo otro tan hermoso!

De tal modo, que; el niño estrella lloraba, diciéndose:

—Se están burlando de mí, haciendo mofa de mi desgracia.

Tal era el gentío que, equivocándose de camino, fue a parar a una gran plaza, donde se alzaba un regio alcázar.

La puerta del palacio se abrió, los sacerdotes y altos dignatarios de la ciudad avanzaron hacia él humillándose en su presencia, le dijeron:

—Tú eres nuestro señor, el que esperábamos, hijo de nuestro Rey.

Y el niño estrella les contestó:

—Yo no soy hijo de ningún Rey, sino de una pobre mendiga. ¿Y cómo decís que soy hermoso, si sé que soy horrible?

Entonces, aquel cuya armadura estaba adornada con doradas flores en ataujía y en cuyo yelmo yacía un león alado, levantó su escudo, exclamando:

—¿Cómo dice mi señor que no es hermoso?

Y el niño estrella se miró, y he aquí que su rostro no era como había sido, y su belleza había vuelto a él, y veía en sus ojos lo que no había visto antes.

Y los sacerdotes y los altos dignatarios se arrodillaron en tierra, diciéndole:

—De antiguo estaba profetizado que en este día vendría el que ha de gobernarnos. Tome, pues, nuestro señor el cetro y la corona, y sea, en su justicia y misericordia, nuestro Rey.

Pero él les respondió:

—No soy digno; pues he detestado a la madre que me engendró, y no puedo descansar hasta que la haya encontrado y obtenido su perdón. Dejad, pues, que me vaya; tengo que seguir vagando por el mundo, y no puedo hacer alto aquí, aunque me ofrezcas el cetro y la corona.

Y al hablar así, se volvió hacia la calle que conducía a la puerta de la ciudad.

He aquí que entre la multitud que se agolpaba en torno de los soldados, distinguió a la mendiga, su madre y junto a ella al leproso del camino.

—Un grito de júbilo se escapó de sus labios y corriendo hacia ellos se prosternó en tierra, besando los pies llagados de su madre y bañándolos con sus lágrimas. Con la cabeza en el polvo y sollozando como si el corazón fuera a rompérsele, le dijo:

—¡Madre, yo te renegué en los días de mi soberbia! ¡Acógeme en los días de mi humildad! ¡Madre, yo te di odio! ¡Dame tú, amor! ¡Madre, yo te rechacé! ¡Recibe a tu hijo ahora!

Pero el leproso no contestó palabra.

Él tendió las manos, abrazando los blancos pies del leproso, y le dijo:

—¡Tres veces te di mi compasión! ¡Ruega a mi madre que me hable una vez siquiera!

Pero el leproso no contestó palabra.

Él sollozó de nuevo, y dijo:

—¡Madre, mi dolor es superior a mis fuerzas! Dame tu perdón y déjame volver al bosque.

Y la mendiga le puso la mano sobre la cabeza, y le dijo: "¡Levanta!"; el leproso le puso la mano sobre la cabeza, y le dijo también: "¡Levanta!"

Se puso en pie, y los miró. Y he aquí que ambos eran semejantes a un Rey y a una Reina.

La Reina le dijo:

—Éste es tu padre, al que socorriste.

El Rey le dijo:

—Ésta es tu madre, cuyos pies lavaste con tus lágrimas.

Y arrojándose a su cuello, le besaron, le hicieron entrar en el palacio, le vistieron con un rico ropaje, colocaron la corona en su cabeza y el cetro en su mano; sobre la ciudad que se eleva a orillas de un río gobernó y fue su soberano. Gran justicia y misericordia mostró a todos, el perverso Mago fue desterrado, y al leñador y a su mujer envió ricos presentes, y a sus hijos concedió grandes honores.

## «Ego te absolvo»

### Capítulo I

Bajo sus boinas azules, ennegrecidas por la pólvora y manchadas por el polvo de los caminos, los soldados de Miralles tienen caras de bandidos, con su piel color hollín y sus barbas y cabelleras descuidadas. Desde hace cinco largas semanas se arrastran por las carreteras, sin casi dormir, sin casi descansar, tiroteando en cualquier momento con una rabia creciente.

¿No acabarán con aquellos bandidos liberales? Don Carlos les había prometido, sin embargo, que después de las fatigas de Estella, España sería suya.

Todos ellos tienen sed de venganza y de sangre, y la alegría de derramarla es la que les mantiene en pie, por muy cansados y rendidos que se encuentren.

Vascos, navarros, catalanes, hijos de desterrados que murieron de hambre y de miseria en tierras extranjeras, sienten rabia de fieras contra aquellos soldados que les disputan el camino de la meseta de Castilla, la vía de los palacios en los que han jurado establecer al legítimo rey para repartirse, sobre las gradas del trono restaurado, los cargos del reino y las riquezas de los vencidos.

Entre estos montañeses y los hombres de los partidos nuevos no median únicamente rencores políticos: existen, sobre todo, y antes que nada, viejas cuentas de asesinatos impunes, saqueos sin indemnizar, incendios sin revancha.

Por eso, cuando un soldado de Concha cae entre sus manos, ¡infeliz de él!, paga por los demás, por los que se escabullen.

—Hermano, hay que morir —le dice, apoyándose contra una roca:

El hombre inicia el signo de la cruz y no bien desciende su mano en un amén mas lento, los fusiles, alineados a diez pasos de su pecho, vomitan la muerte.

La víctima se desploma como una piltrafa y no se vuelve a hablar de la cosa.

Los buitres de los Pirineos hacen lo demás

Si el cura de Miralles, un hombrecillo rechoncho y encorvado, de ojos semicerrados, con la sotana arremangada pasa junto a los guerrilleros, se cuelga su fusil al hombro y absuelve o bendice al moribundo con gesto rápido.

A veces, sin separar sus ojos del catalejo marino que le sirve para escudriñar rocas o encinares, confiesa al prisionero.

¡Un general es responsable de la vida de sus tropas, qué diantres!

Liberal, pero, eso sí, católico, el prisionero no parece sorprendido del extraño doble oficio del sacerdote soldado.

Es necesario que le confiese, puesto que van a fusilarle, y es muy natural que le fusilen, puesto que se había dejado coger y porque él fusilaría lo mismo si hubiera cogido un prisionero.

Esta lógica satisface por completo las débiles exigencias de su cerebro de campesino, arrancado del terruño para doblar la cerviz bajo los arreos militares.

Además, ¿para qué luchar con este hecho brutal de la muerte amenazadora, inmediata, inevitable?

Puesto que tiene que llegar, se trata solamente de hacer el equipaje, bien para presentarse con todo en orden cuando le corresponda hacer su entrada en el más allá inevitable.

## Capítulo II

Aquella noche, al ponerse el Sol, hallábase Pedro Careaga de centinela en la sima de Mallorta, cuando una mujer con un mulo dobló por el sendero de Buenavista.

Tiró al azar y fue el mulo el que cayó. La mujer corrió hacia él sin darle tiempo a cargar otra vez, y cuando la tuvo en la punta del cañón el navarro no pudo decidirse a tirar.

La hembra era bella y deseable, con sus largos cabellos negros que caían en cascada hasta sus piernas, sus labios rojos y sus pupilas brillantes.

Pedro Careaga olvidó, por su prisionera, la causa de don Carlos y la Libertad.

La mujer, que tenía miedo, le juró que adoraba al "rey neto". Le probó que no detestaba las caricias perfumadas con pólvora de guerra y que Pedro Careaga era, si no el mas hermoso de los mortales por lo menos el más mimado de los vencedores: todo esto entre las moles de piedra de la barranca de Mallorta.

Los brazos de la prisionera rodeaban aún, como un collar de oro moreno, el cuello curtido de Careaga, cuando llegó Joaquín Martínez a relevarle.

—¡Eh, poquito a poco! —dijo—. Hay que repartir, caballerito. Las noches son frescas. No es bueno dormir sin capote, compañero. Ya veo que eres hombre precavido: dosel de pelo, brazos tibios como pañuelo del cuello y manta de carne suave. ¡Me llegó la vez, amigo

Careaga se levantó y, colocando detrás de él a la prisionera, respondió:

—¡Te llegó la vez, mequetrefe! Donde reina Careaga, no hay otro rey. Si las noches son frescas, ve a calentarte contra esa mula que ha tirado patas arriba mi carabina, o si no tira tú otra. ¡Mi botín es mío, como Navarra es del rey Carlos, hijo de judía!

Joaquín Martínez se echó el fusil a la cara, e iba a tirar, cuando la mujer, de un brinco salvaje, desvió el cañón y mandó la bala a perderse en las nubes.

Alzándose de hombros, Martínez tiró el arma descargada y de un navajazo en pleno vientre tendió en el suelo a la prisionera de Careaga.

—¡Ah canalla! —aulló el navarro precipitándose hacia adelante y blandiendo su carabina.

Pero un nuevo navajazo cortó en sus labios el rosario de las blasfemias. Y se desplomó arrojando una espuma blanquecina por la comisura de los labios en el charco de sangre que salía del cuerpo de la mujer destripada.

Atraído por el ruido de la detonación, llegaba Miralles seguido de unos cuantos hombres.

Con sus ojos casi desprovistos de cejas por el estallido de un mal fusil, el cura bandolero abarcó la escena.

—¡Puercos! —gruñó sordamente—. Veamos la hembra. ¡Hermosa mujer despachada de un negro navajazo! ¡De qué te ha servido, inocente narciso! Careaga, por lo menos, ha gozado. Bien, muchacho— repuso dirigiéndose a Martínez, cuyos ojos no se despegaban de él—, ¡es muy bonito eso de querer robar el botín de un compañero! ¡Eh, ustedes! Déjenme confesar a este pagano; aquí no se necesita para nada. Di tu "confíteor", Martínez, y haz acto de contrición.

—"Ego te absolvo" —murmuró Miralles con un gesto de bendición—. ¡Puercos, malditos hijos de p... que se destrozan por una hembra!

Y en seguida, encañonando bruscamente su fusil hacia el individuo, le abrasó los sesos sobre los dos cadáveres.

—¡Si les dejase uno hacer a estos mocitos —refunfuñó— no tendría don Carlos ejército dentro de poco!

# El viejo obispo

Fue una noche en el *Epatant*.

Aquel caprichoso Loiselier charlaba en uno de los amplios sofás con lord Stephen Algernon Sydney, el extraño desterrado por su gusto, que huyó al otro lado de la Mancha, ante las denuncias furibundas de un padre como se encuentran poquísimos.

De pronto, Algernon Sydney tiró el cigarrillo que sostenía siempre entre sus dedos sin encenderlo nunca, y dijo, levantando la voz:

—Señores, ¿conocen ustedes Nottingham? Como no sean fabricantes de encajes, tejedores de tul o vendedores de carbón, es muy probable que me respondan con una negativa.

—Permítame —interrumpió Cerneval, el trotamundos a quien los galardones han desvelado tantas veces y que el año pasado consiguió, después de tres tentativas menos afortunadas, dar la vuelta al mundo en 76 días, 22 horas, 37 minutos y 9 segundos—, permítame decirle que no soy ni fabricante, ni tejedor, ni carbonero, y conozco Nottingham, sin embargo; "Nottingham, en la confluencia del Leen y del Trent, a 200 kilómetros al NO. de Londres, ciudad antiquísima, fortificada por Guillermo el Conquistador, sede de varias cortes. Fábricas de chales, sederías, lanerías, tules, encajes, porcelanas, cereales, carbones, quesos y... ganado. Ruinas, castillo y museo; magníficos hospitales, 193,591 habitantes." Todo esto para probarle a usted mi querido lord, que hay por lo menos un francés en *Epatant* que se sabe su geografía.

—Crea usted, mi querido conde, que jamás se me ha ocurrido poner en entredicho sus conocimientos geográficos, así como tam-

poco ignoro que ha recorrido, probablemente, diez veces más camino del que recorreré yo en todos los años de mi vida; pero la ciencia
geográfica y la vida en los salones de un edificio público son cosas
diferentes, no creía yo encontrar aquí un hombre para quien la caverna de Robin Hood y The Forest no tienen ya secretos.

Cerneval, que estaba de muy mal humor aquella noche inició un
gesto burlón:

—¡Valientes secretos los de esa caverna o, mejor dicho gruta
de Robin Hood y los de esa selva, que no es sino un vulgar campo de
carreras

—Un campo de carreras, mi querido conde, donde se... coquetea a las nueve de la noche, como no se coquetea en Longchamps; y
digo coquetear porque estamos en Inglaterra, el país de la gazmoñe-
ría. En Italia eso es llamaría de otra manera. En último caso, poco
importa, pues allí se coquetea a las nueve de la noche ante la faz de
la luna y a las de los policías, a quienes les falta poco para pedir
perdón a los flirteadores por la molestia; a media noche se asesina,
o, mejor dicho, se asesinaba hace todavía unos años, porque las buenas tradiciones se pierden en todas partes como sabrá usted, mi querido conde, usted que ha pasado por las plazas de Montevideo y por
las calles de Buenos Aires sin temor al lazo de los caballeros de la
noche.

—Si nos pasea usted de ese modo, Algernon, visitaremos esta
noche en su compañía los camposantos de Italia y las plazas de la
Constitución de todas las ciudades sudamericanas, sin haber adelan-
tado nada —interrumpió a su vez el obeso Loiselier, a quien la conocida antipatía de Cerneval hacia lord Algernon no parecía ya diver-
tir—. Tiene usted una manera de contar perfectamente inglesa, aunque se parezca bastante a la del Demandado en los Querellantes:

Dice con gran detalle lo que no importa
y pasan a gran galope sobre los hechos.

Y este sistema es muy desagradable para un hombre que digiere.
Cuente, cuente usted, no me opongo a ello, pero hágalo de una
manera agradable como decía aquel animal de Lippmann.

—No se impaciente usted, Loiselier, no se altere. Enfadarse es cosa aún peor para un hombre que digiere, y ya sabe usted, amigo mío, que le acecha la apoplejía al primer rapto de cólera. Así es que escúcheme tranquilamente, con calma y afabilidad, como si fuese yo una gentil cancionista. Estoy, por lo demás, en lo más culminante de mi relato, y cuando le hablo a usted de los caballeros de la noche de Montevideo se necesita ser tan miope como usted es para creerme alejado de los caballeros de la niebla de Nottingham, que son los héroes de mi anécdota, porque no es sino una anécdota lo que cuento.

Como saben ustedes, he frecuentado en mi vida una buena cantidad de gente mal afamada. No profeso los prejuicios vulgares sobre esta cuestión.

Siento más aprecio por un Jack el Destripador, que por un opulento joyero. Estrecho con más gusto la mano de un profesional que la de un estafador como ese Ladislas Teligny, a quien expulsaron ustedes el mes pasado y que había engañado hasta al señor Cerneval.

Pocas veces he conocido en este mundo tan poco cristiano, a una persona que me haya inspirado de buenas a primeras tanta simpatía como el antiguo carcelero Dickson. Este honrado canalla, cien veces peor, con toda seguridad, que el peor de los hombres que estaba él encargado de mantener en la húmeda paja de los calabozos, tenía un repertorio de recuerdos a cual más atrayente; y cuando se le dejaba en compañía de dos o tres buenas botellas de ron auténtico, soltaba una verdadera fanfarria.

He leído las memorias de nuestro verdugo Barry, el hombre que ahorcó 973 criminales en quince años. Bueno pues eso es una minucia al lado de los recuerdos del Dickson de mi relato. No me refiero al talento del cuentista: Barry o su Cirineo carecen de él en absoluto. La educación de los verdugos está muy descuidada en nuestros días. Dickson, por el contrario, poseía el don de la presentación en sus más alto grado; hacía vivir los héroes de sus historias.

¡Pobre Dickson! Era como la virgen del poeta de ustedes que amaba demasiado el baile y que murió a causa de él; a Dickson le gustaba demasiado el ron y éste fue el que le mató. A mí me entusiasmaban mucho sus relatos. Por eso un día que la emprendíamos con la quinta botella, Dickson cayó en pleno y no se ha despertado más. Fue una lástima realmente.

Pensé levantarle una estatua frente a la de William Morifeld, aquel filántropo que ganaba 400 libras esterlinas anuales explotando a sus obreros y quería restituirles 500 en forma de subvenciones a los hospitales, y asilos de ancianos.

El Ayuntamiento de Nottingham ha juzgado improcedente ese paralelo entre el más grande hombre regional y el borracho no menos original; ese paralelo es lo que me encantaba.

Mi excelente padre, en 811 querellas contra mí, ha colocado esa proposición, que califica de infame, a la cabeza de las pruebas irrefutables de mi inmoralidad.

Loiselier esbozó una sonrisa mientras Cerneval lanzaba una franca carcajada.

—Bueno, señores, vuelvo a los caballeros de la niebla de la selva. Hará unos ochenta o cien años —no lo sé con exactitud— hallábanse seis o siete penados bajo las pesadas bóvedas de El Viejo Obispo entregados a las dulzuras del padre de mi amigo Dickson, cuando éste recibió la visita de un conocido cirujano de Nottingham.

Debo advertir a ustedes, señores, que en Inglaterra se profesa un porfiado culto a lo que llaman derechos individuales.

Entre ustedes, cuando se habla de la dignidad humana, se hace, creo yo, desde un punto de vista puramente moral; allende el Estrecho colocan la dignidad humana en otro lado. Cuestión de latitud simplemente.

A pesar de lo cual, guillotinan y ahorcan lo mismo; así es que no veo qué diferencia encontrará el guillotinado o el ahorcado.

Pero, en tanto que en París el cuerpo de un guillotinado pertenece casi legalmente, a las experiencias de la Facultad, y los muertos de los hospitales de ustedes pertenecen a las salas de disección (lo cual es mucho más natural, ya que por el solo hecho de ser indigentes son más culpables que los malhechores), en Inglaterra, en cambio, no se atreven a disponer del cuerpo de un ahorcado sin su voluntario consentimiento.

De aquí la necesidad en que se ven los cirujanos amantes del estudio de visitar nuestras prisiones para hacer la corte a los "caballe-

ros" condenados, con el fin de decidirles a firmar un pequeño con-
trato con todos los requisitos, a fin de que vendan, no su alma, sino
su carroña.

A eso conduce el respeto a la dignidad humana, en el país de mi
verdadero padre.

Los caballeros de la niebla de El Viejo Obispo estaban tan com-
penetrados como nuestra legislación con ese sentimiento de la dignidad humana; accedían a que les ahorcasen, porque no podían hacer
otra cosa; pero vender su cuerpo al cirujano, ¡eso nunca señores!

Ni oro, ni cheques, si tentadoras promesas de "trasiegos ni comi-
lonas de gorra", como dice su Rabelais, consiguieron nada; los señores caballeros se mostraron y nuestro cirujano se retiraba todo ante
su fracaso, cuando se le ocurrió preguntar a Dickson padre, si El
Viejo Obispo no encerraba ningún condenado a muerte.

—Tenemos uno, señor; pero ¡ese sí que es un caballero Es un
hijo frustrado del diablo —repuso Dickson rascándose la oreja como
un hombre que tiene que decir algo muy difícil.

Ya conoce usted, Loiselier, esa linda jaulita de ardillas, esa mone-
ría de molino en el que se entregan alternativamente los condenados
a una mímica tan expresiva; habrá usted creído que era un suplicio
de la Edad Media; nada de eso, amigo mío. Es una pena moderna,
una mejora.

El suplicio antiguo era más cruel; pero también en aquellos re-
motos tiempos no existían telegrafistas según la costumbre, ni pajes
de ópera para capitalistas como usted.

El estimable prisionero de El Viejo Obispo esperaba la hora del
verdugo.

Después de su completo fracaso en los otros calabozos, el cirujano se quedó asombrado al encontrar en el "hijo frustrado del diablo"
a un hombre a quien no repugnaba en modo alguno aceptar tres
guineas.

Un cuarto de hora después salía de la cárcel con su documento
en regla.

Transcurrieron tres días.

El cliente del cirujano se festejaba a lo grande.

La primera guinea se fundió como por encanto. Y una nueva media corona acababa de desaparecer en el vaso en forma de bebidas tan variadas como alcohólicas que absorbía el gaznate del recluso.

Viéndole beber con aquella soltura. Dickson, tan borracho como su progenie, sentía desaparecer su desprecio por aquel "hijo frustrado del diablo".

Por la noche, no pudiendo retener su lengua, y sobre todo su garganta, que ardía de deseo, se decidió a entablar conversación con su huésped, y, como una cortesía implica otra, los nuevos amigos se repartieron los tragos desde aquel momento.

—Pero ahora —decía apesadumbrado Dickson, mientras vaciaban juntos la última botella , ahora ya está todo bebido y tendrás que hacerte a la idea de que ese cirujano roñoso va a trinchar tu carne. Cosa que me desgarra el corazón, mi pobre amigo —sollozó Dickson con una ternura de borracho.

—No soy tan tonto —replicó el cliente del cirujano—. Mi sentencia dice: "y morirá ahorcado para ser quemado inmediatamente después en el lugar de la ejecución". Conozco las leyes, mi querido amigo, y sé que no puede nadie, ni el mismo rey, cambiar su contenido. El cirujano hará la disección de mis cenizas, si quiere. Quiero ser quemado y lo seré...

El pequeño La Salcete entró como una bomba, con el sombrero inclinado sobre la oreja, como de costumbre.

—Señores: ustedes de charla y la Ópera Cómica ardiendo.

En un instante se levantaron todos, y como aquélla fue la noche en que le destrozó una viga la cabeza a lord Stephen Algernon Sydney, mientras intentaba sacar de las llamas al insignificante Cavanier, no hemos sabido nunca cómo murió el astuto cliente del cirujano de Nottingham ni lo que debíamos pensar de la detestable reputación que atribuía el padre de Algernon a su hijo y de la que éste, en su orgulloso desprecio hacia la hipocresía inglesa se jactaba, con una especie de desafío...

# El famoso cohete

"El hijo del Rey estaba próximo a casarse. Con este motivo el júbilo se había generalizado. Un año entero había aguardado a su novia, y al fin ésta llegó. Era una princesa rusa, que había venido desde Finlandia en un trineo tirado por seis renos, cuya forma era la de un gran cisne dorado, entre sus alas yacía la Princesita. Un largo manto de armiño caía verticalmente hasta sus pies, cubría su cabeza una linda cofia de tisú de plata, y era tan pálida como el palacio de nieve en que siempre había vivido. Tan pálida era, que el pasar por las calles todo el mundo se asombraba.

—¡Parece una rosa blanca! —exclamaban, arrojándole flores desde los balcones.

A la puerta del castillo la esperaba el Príncipe.

Tenía unos ojos soñadores de color violeta, y sus cabellos eran como oro fino. Al verla, dobló una rodilla y le besó la mano.

—Tu retrato hermoso —murmuró—, pero eres mas hermosa que tu retrato.

Y la Princesita se ruborizó.

—Hace un momento era como una rosa blanca —dijo un pajecillo a su vecino—; pero ahora es como una rosa roja.

Y toda la corte quedó encantada de la frase.

Durante tres días todo el mundo fue diciendo:

—Rosa blanca, rosa roja; rosa roja, rosa blanca.

Y el Rey dio órdenes para que doblasen el salario del paje. Como éste no recibía salario alguno, no le fue de gran provecho la real orden, pero se consideró como un gran honor, y fue debidamente publicada en la Gaceta de la Corte.

Al cabo de tres días se celebraron las bodas. Fue una ceremonia magnífica, y los novios pasearon cogidos de la mano, bajo un palio de terciopelo carmesí bordado de perlas blancas. Luego hubo un banquete oficial, que duró cinco horas. El Príncipe y la Princesa se sentaron a un extremo del gran salón, y bebieron en una copa de diáfano cristal. Sólo los verdaderos enamorados podían beber en esta copa, pues si la tocaban labios engañosos se volvía gris y opaca y brumosa.

—Bien claro está que se aman —dijo el pajecillo—, ¡tan transparente el cristal!

Y el Rey dobló por segunda vez su salario.

—¡Qué honor! —exclamaron todos los cortesanos.

Después del banquete debía celebrarse un baile. Los novios bailarían juntos la danza de la Rosa, y el Rey había prometido tocar la flauta. Tocaba pésimamente, pero nadie se hubiera atrevido nunca a decírselo, pues para eso era el Rey. En realidad no sabía más que dos piezas, y nunca estaba completamente seguro de cuál de las dos tocaba; pero poco importaba; pues, hiciera lo que hiciera, todo el mundo exclamaba:

—¡Delicioso! ¡Fascinante!

El número final del programa eran unos espléndidos fuegos artificiales, que debían terminar a medianoche. La Princesita no había visto en su vida fuegos artificiales, por lo que el Rey había dado órdenes al pirotécnico de la Casa Real para que se superara el día del casamiento.

—¿Cómo son los fuegos artificiales? —preguntó la Princesita al Príncipe, cuando caminaban por la terraza.

—Son como la aurora boreal —dijo el Rey, que siempre contestaba a las preguntas que se hacían a los demás—. Sólo que mucho más naturales. Yo, los prefiero a las estrellas, pues se sabe cuándo van a aparecer, y son casi tan deliciosos como la música de mi flauta. Ya veréis...

Así, pues, construyeron al extremo del jardín un gran tablado. Apenas el pirotécnico de la Casa Real había puesto todo en orden, cuando los fuegos de artificio comenzaron a hablar entre sí.

—¡Qué hermoso es el mundo! —afirmó un pequeño Buscapiés—. Fijaos en esos tulipanes amarillos. ¡A fe mía, ni aun siendo cohetes de verdad podrían ser más hermosos! ¡Cuánto me alegro de haber viajado! Los viajes educan el espíritu, y eliminan los prejuicios.

—El jardín del Rey no es el mundo, necio Buscapiés —dijo una gruesa Candela Romana—; el mundo es un espacio enorme, y necesitarías tres días para verlo entero.

—Todo lugar que amamos es para nosotros el mundo —exclamó una pensativa Rueda Catalina, que había formado parte en otro tiempo de una vieja caja de pino y se envanecía de su corazón destrozado; pero el amor no está ya de moda; los poetas lo han matado. Escribieron tanto sobre él, que nadie, actualmente cree; y no me extraña. El verdadero amor sufre y calla. Recuerdo que yo misma, una vez... Pero esto no hace al caso. La novela pertenece ya al pasado.

—¡Qué exageración! —replicó la Candela Romana—; la novela nunca muere. Es como la luna, y vive eternamente. Los novios, por ejemplo, se quieren con pasión. Esta mañana se lo oí decir a un cartucho de papel oscuro, que por casualidad estaba en el mismo cajón que yo, y que sabía las últimas noticias de la Corte.

Pero la Rueda Catalina meneó la cabeza.

—¡Lo sentimental ha muerto, lo sentimental ha muerto, lo sentimental ha muerto! —murmuró.

Era como una de esas personas que creen que, a fuerza de repetir la misma cosa muchas veces, acaba por ser verdad.

De pronto, una expresión fuerte y áspera, y todos miraron en derredor. Provenía de un altanero y espigado cohete, atado a la extremidad de una varilla. Tosía siempre antes de hablar, para llamar la atención.

—¡Ejem, ejem! —hizo; y todo el mundo prestó oído, excepto la pobre Rueda Catalina, que continuaba meneando la cabeza y murmurando:

—¡La Novela ha muerto!

—¡Orden! ¡Orden! —gritó un Triquitraque.

Tenía algo del político, siempre había tomado parte activa en las elecciones locales, así que sabía con exactitud las expresiones parlamentarias que debía emplear.

—¡Muerta sin remisión! —susurró la Rueda Catalina, quedándose dormida.

Apenas se hubo hecho un silencio perfecto, tosió el Cohete por tercera vez, y comenzó. Hablaba en voz queda, muy lenta y clara, como si estuviese dictando sus memorias, y miraba siempre por encima del hombro a su interlocutor. Realmente, tenía modales muy distinguidos.

—¡Qué afortunado es el hijo del Rey! —exclamó—. Casarse el mismo día en que me van a disparar! ¡Ni aun haciéndolo a propósito podría ser; mejor para él! Pero los Príncipes siempre tienen suerte.

—¿Cómo? —dijo el pequeño Buscapiés—; yo creía que era al revés, y que éramos nosotros los que íbamos a ser disparados en honor del Príncipe.

—Eso puede que sea verdad con respecto a ti —replicó el Cohete—. Sí, sin duda alguna... Pero, en lo que a mí se refiere, es otra cosa. Yo soy un Cohete notabilísimo y desciendo de padres muy notables. Mi madre fue la giróndula más célebre de su época, y alcanzó gran renombre por la gracia de su danza. Cuando su famosa aparición en público, dio diez y nueve vueltas antes de consumirse, y a cada vuelta lanzaba al aire siete estrellas encarnadas. Tenía tres pies y medio de diámetro, y estaba hecha con pólvora de la mejor. Mi padre fue un Cohete como yo, y de origen francés. Voló tan alto, que temieron no volviera a bajar. Bajó, sin embargo, pues era de un carácter muy bondadoso, e hizo un descenso brillantísimo, en medio de una lluvia de oro. Los periódicos hablaron de él en términos muy halagüeños; como que la Gaceta de la Corte le proclamó un triunfo del arte "pilotécnico".

—Pirotécnico, pirotécnico, querrás decir —advirtió una Luz de Bengala—; sé que se dice pirotécnico porque lo he visto escrito en mi bote de hojalata.

— Bueno, yo digo pilotécnico —replicó el Cohete, en tono imponente. Y la Luz de Bengala se sintió tan apabullada, que empezó a maltratar a los Buscapiés chicos, para demostrar que ella también era persona de importancia.

—Decía —continuó el Cohete—, decía. ¿Qué es lo que decía?

—Hablabas de ti mismo —contestó la Candela Romana

—Naturalmente; ya sabía yo que hablaba de algo interesante cuando fui tan groseramente interrumpido. Detesto la grosería y los malos modos, pues soy extremadamente delicado. No hay nadie en el mundo tan sensible como yo; estoy seguro.

—¿Qué es una persona sensible?—preguntó el Triquitraque a la Candela Romana.

—Una persona que, porque tiene callos, va siempre pisando los pies' a los demás —respondió la Candela Romana en un débil murmullo, que estuvo a punto de hacer soltar la carcajada al Triquitraque.

—¿De qué os reís, puede saberse? —inquirió el Cohete.

—Me rió porque estoy contento —respondió el Triquitraque.

—Razón bien egoísta —dijo agriamente el cohete—. ¿Qué derecho tienes para estar contento? Deberías pensar en los demás. Sí, deberías pensar en mí. Yo siempre estoy pensando en mí, y espero que todo el mundo haga lo mismo. Eso es lo que se llama altruismo. Es una admirable virtud, y yo la poseo en alto grado. Suponed, por ejemplo, que me ocurriese algo esta noche, ¡qué desdicha para todo el mundo! El Príncipe y la Princesa no podrían ya ser felices, se estropearía su vida de casados; y, por lo que hace al Rey, sé que no podría soportarlo. En verdad cuando me pongo a reflexionar sobre la importancia de mi misión, casi se me saltan las lágrimas.

—Si quieres ser agradable a los demás —exclamó la Candela Romana—, harías mejor en conservarte seco.

—¡Ciertamente! —exclamó la Luz de Bengala, que estaba ya de mejor humor, eso es de sentido común.

—¿De sentido común? —dijo el Cohete indignado—; olvidan que yo nada tengo de común, que soy excepcional. ¡Caramba!, todo el mundo puede tener sentido común, con tal de carecer de imaginación. Pero yo tengo imaginación, pues jamás veo las cosas como son en la realidad, sino muy diferentes. En cuanto a conservarme seco, evidentemente no hay aquí nadie capaz de apreciar lo más mínimo un natural sensible. Por fortuna para mí, me importa un bledo. Lo único que le sostiene a uno en la vida es la conciencia de la inmensa inferioridad de sus semejantes; y éste es un sentimiento que siempre he cultivado. Pero ninguno de ustedes tiene corazón. Ríen, se regocijan como si el Príncipe y la Princesa no acabaran de casarse.

—¡Cómo! —exclamó un pequeño Globo de Fuego—, ¿y por qué no? Es la ocasión de regocijarse, y cuando me remonte en el aire pienso comunicárselo así a las estrellas. Ya verán cómo centellean cuando les hable de la novia.

—¡Ah, qué concepto tan trivial de la vida —dijo el Cohete—; pero era de esperar. No hay nada en ustedes; son insignificantes, completamente insignificantes. No piensan en que quizás el Príncipe y la Princesa se vayan a vivir a un país donde haya un río profundo, quizás tengan un hijo único, un chiquitín de cabellos rubios y ojos de color violeta, como el Príncipe; y quizás un día vaya de paseo con su nodriza, y quizás la nodriza se quede dormida a la sombra de un gran sauce, y quizás el niño se caiga al río y se ahogue...! ¡Qué terrible infortunio! ¡Pobres, perder así su único hijo! ¡Es espantoso! Jamás podré consolarme...

—Pero aún no lo han perdido, que sepamos —dijo la Candela Romana—; ni desgracia alguna les ha ocurrido todavía.

—Yo no he dicho que les hubiese sucedido —replicó el Cohete—; dije que podría sucederles. Si hubiesen perdido a su hijo único, de nada serviría lamentarse. Detesto la gente que llora por el cántaro roto. Pero, cuando pienso que podrían perder a su hijo único, me siento afectadísimo.

—¡Ya lo creo! —exclamó la Luz de Bengala—. ¡Como que eres la persona más afectada que he conocido!

—Y tú la más grosera que he visto —dijo el Cohete—, e incapaz de comprender mi afecto por el Príncipe.

—¡Pero si no le conoces! —refunfuñó la Candela Romana.

—Yo no he dicho que le conociese —contestó el Cohete—. Y me atrevo a decir que si le conociera no sería en modo alguno su amigo. Es muy peligroso conocer a los amigos.

—En verdad que harías mejor en conservarte seco —dijo el Globo de Fuego—. Eso es lo importante.

—Lo será para ti, no lo dudo —contestó el Cohete—; pero lloraré si se me antoja.

Y comenzó a derramar grandes lágrimas, que corriendo por su varilla estuvieron a punto de anegar a dos pequeños escarabajos, que casualmente estaban pensando poner casa juntos y buscaban un sitio seco dónde instalarse.

—Debe tener un espíritu verdaderamente romántico —dijo la Rueda Catalina—; pues llora cuando no hay por qué llorar.

Y exhalando un hondo suspiro, pensó en la caja de pino. Pero la Candela Romana y la Luz de Bengala estaban indignadísimas, y exclamaban a voz en cuello:

—¡Paparruchas! ¡Paparruchas!

Eran muy positivas, y siempre que protestaban de algo lo llamaban paparruchas.

En esto la luna se levanto como un maravilloso escudo de plata, y las estrellas comenzaron a brillar, y del palacio llegaron los acordes de la música.

El Príncipe y la Princesa dirigían el baile.

Bailaban tan deliciosamente, que las altas azucenas blancas se inclinaban por la ventana para verlos, y las grandes amapolas rojas llevaban el compás con la cabeza.

Sonaron las diez, y luego las once, y luego las doce, y a la última campanada todo el mundo salió a la terraza, y el Rey envió a buscar al Pirotécnico.

—Que comiéncen los fuegos artificiales —ordenó el Rey. Y el Pirotécnico hizo una gran reverencia y se dirigió hacia el tablado. Llevaba consigo seis ayudantes, cada uno con una antorcha encendida en la punta de una garrocha. Fue, ciertamente, un magnífico espectáculo.

—¡Juisss! ¡Juisss! —hacía la Rueda Catalina dando vueltas.

—¡Bum! ¡Bum! —hacía la Candela Romana.

Luego, los Buscapiés empezaron la danza, y las Luces de Bengala tiñeron todo de rojo.

—¡Adiós! —gritó el Globo de Fuego, remontándose y esparciendo en torno suyo menudas centellas azules.

—¡Bang! ¡Bang! —contestaron los Triquitraques, que la estaban gozando locamente.

Todos tuvieron un gran éxito, excepto el Famoso Cohete. Estaba tan húmedo, por haber llorado, que no pudo prenderse. Lo mejor que había en él era la pólvora, y ésta estaba tan mojada por las lágrimas, que no servía para nada. En cambio, todos sus parientes pobres, a los que nunca hablara sino con una sonrisa despectiva, germinaron en el cielo como maravillosas flores doradas con pétalos de fuego.

—¡Bravo! ¡Bravo! —gritaba la Corte, y la Princesita reía alegremente.

Supongo que me están reservando para mejor ocasión —dijo el Cohete—; no cabe duda que es eso.

Y miró con aire más altivo que nunca.

Al día siguiente, vinieron los trabajadores a poner todo en orden.

—Debe ser una Comisión que me envían —pensó el Cohete—. Los recibiré con una dignidad de buen tono.

Y echando hacia atrás la cabeza, frunció severamente el ceño, como si estuviese pensando en algo muy importante. Pero ellos no le echaron de ver hasta el momento de irse.

—¡Mirad! —gritó uno de ellos—. ¡Mirad este mal cohete!

Y lo arrojó al foso por encima del muro

—¿Mal Cohete? ¿Mal Cohete? —dijo éste, dando volteretas en el aire—. ¡Imposible! Famoso Cohete, eso es lo que ha dicho. Mal y famoso suenan casi lo mismo y, en realidad, a menudo lo son.

Y cayó en el cieno.

—Esto no está muy confortable que digamos —observó-; pero sin duda es algún balneario de moda, adonde me han enviado para restablecerme. Mis nervios están muy quebrantados, y necesito tranquilidad.

Entonces, una pequeña Rana, de brillantes ojos esmaltados y pintoresca casaca verde, nadó hacia él.

—¡Un recién llegado! —dijo la Rana—. ¡Ya lo creo, como que no hay nada como el cieno! Dénme a mí un buen tiempo de lluvia y un foso, y soy completamente feliz. ¿Creen que lloverá esta tarde? Yo, así lo espero. Sin embargo, el cielo está azul y sin nubes. ¡Qué lástima!

—¡Ejem! ¡Ejem! —hizo el Cohete, empezando a toser.

—¡Qué voz tan deliciosa! —exclamó la Rana—. Es casi tan agradable como la nuestra. Claro que croar es la cosa más musical del mundo. Ya oirás nuestros coros esta noche. Nos situamos en la alberca que hay al lado del cortijo, y, apenas se levanta la luna, comenzamos. Es tan arrobador, que todo el mundo se despierta para oírnos. Ayer mismo oí a la mujer del granjero decir a su madre que no pudo pegar los ojos en toda la noche por nuestra causa. Es muy grato ver que se es tan popular.

—¡Ejem! ¡Ejem! repitió agriamente el Cohete.

Estaba muy molesto de no poder meter baza.

—¡Una voz deliciosa! —continuó la Rana—. Espero que vengas a la alberca. Me voy a echar una ojeada a mis hijas. Tengo seis hijas preciosas, y temo que el Esturión pueda encontrarlas. Es un verdadero monstruo, y no tendría el menor escrúpulo en almorzárselas. Bueno, adiós; y encantada de nuestra conversación, os lo aseguro.

—¿Conversación? —dijo el Cohete—. ¡Has hablado sola todo el tiempo! Eso no es conversación.

—Alguien tiene que escuchar —contestó la Rana—; y a mí me gusta llevar la palabra. Se ahorra tiempo, y se evitan discusiones.

—Pero a mí me gustan las discusiones —dijo el Cohete.

—¡Oh, espero que no! —dijo la Rana, complacientemente—; las discusiones son siempre vulgares; todo el mundo en la buena sociedad es de la misma opinión. Adiós otra vez; desde aquí veo a mis hijas.

Y la pequeña Rana se alejó nadando.

—Eres persona irritante —dijo el Cohete—; y sin pizca de educación. Detesto a las personas que hablan sólo de sí mismas, como tú, cuando uno está deseando hablar de uno mismo, como yo. Eso es lo que se llama egoísmo; y el egoísmo es una condición odiosa, especialmente para las personas como yo, que soy bien conocido por mi carácter afectuoso. Realmente, deberías tomar ejemplo de mí; no podría tener mejor modelo. Ahora, que si se te ofrece ocasión, debes de aprovecharla, pues muy en breve regresaré a la Corte. Soy estimadísimo en Palacio. Como que el Príncipe y la Princesa se casaron ayer en mi honor. Claro está que tú, a fuerza de provinciana, no entiendes de estas cosas.

—Es completamente inútil que le hables —dijo una Libélula, que estaba posada en una anea—; completamente inútil; hace rato que se ha ido.

—Bueno, ella es quien se lo pierde, no yo, —contestó el Cohete—. Yo no voy a dejar de hablar, simplemente porque ella no me preste atención. A mí me gusta oírme. Es uno de mis mayores placeres. A menudo, sostengo largas conversaciones conmigo mismo, y tal es mi talento, que, a veces, no entiendo ni una palabra de lo que digo.

—Entonces, deberías dar conferencias sobre Filosofía —dijo la Libélula.

Y abriendo sus lindas alas de gasa se remontó en el aire.

—¡Qué estúpida; pues no se va! —dijo el Cohete—. Estoy seguro de que no se le presentan con frecuencia las ocasiones de cultivar su espíritu. De todos modos, me tiene sin cuidado. Un genio como el mío, tarde o temprano es seguro que será apreciado.

Y se hundió un poco más en el cieno.

Al poco tiempo, un gran Pato blanco vino nadando hacia él. Tenía las patas amarillas, los pies palmeados, y era considerado una gran belleza a causa de su anadeo.

—¡Cuac, cuac, cuac! —dijo—. ¡Qué forma tan rara la vuestra! ¿Puedo preguntaros si has nacido así, o son las resultas de un accidente?

—Bien se ve que has vivido siempre en el campo —contestó el Cohete—; de otro modo, sabrías quién soy yo. Sin embargo, dispenso tu ignorancia. Sería absurdo exigir de los demás que valieran tanto como uno. Sin duda os sorprenderá el saber que yo puedo volar por el aire, y caer en una lluvia de oro...

—Pues no me parece muy apreciable —dijo el Pato—.

No veo de qué pueda servir eso a nadie. Otra cosa sería si labraras campos como el buey; talases un carro como el caballo, o custodiaras un rebaño como el perro del pastor.

—Buen hombre —exclamó el Cohete, en tono altanero—; veo que perteneces a las clases bajas. Una persona de mi rango es siempre inútil. Tenemos ciertas cualidades exteriores, y es más que suficiente. No siento la menor simpatía por ninguna clase de trabajo, y menos por los que pareces tener en tanta estima. Siempre he sido de opinión que el trabajo manual es, simplemente, el refugio de la gente que no tiene otra cosa que hacer.

Bien, bien —dijo el Pato, que era de carácter pacífico y nunca reñía con nadie—. De gustos no hay nada escrito. De todos modos, me alegro de que vengas a establecerte aquí.

—¡Oh, de ningún modo! —exclamó el Cohete. Soy sólo un visitante, un visitante distinguido. Y el caso es que encuentro este lugar más bien aburrido. No hay aquí sociedad, ni soledad. Un verdadero arrabal. Probablemente, regresaré a la Corte. Sé que estoy llamado a causar gran sensación en el mundo.

—Yo también pensé una vez en dedicarme a la vida pública —observó el Pato—. ¡Hay tantas cosas que necesitan reforma! No hace mucho presidí un mitin en el cual aprobamos una porción de proyectos, condenando todo aquello que nos desagradaba. Sin embargo, la verdad es que no parecieron surtir gran efecto. Ahora me ocupo del hogar domestico, y velo por mi familia.

—Yo he nacido para la vida pública —dijo el Cohete—, y en ella figuran todos mis parientes, hasta el más humilde. Dondequiera que aparezco, llamo sorprendentemente la atención. Esta vez no he figurado en persona; pero, cuando lo hago, es un espectáculo magnífico. La vida de familia le envejece a uno prematuramente, y distrae el espíritu de fines más altos.

—¡Ah, los fines más altos de la vida; qué hermosura! —dijo el Pato—. Esto me recuerda el hambre que siento.

Y bajó nadando por el arroyo, haciendo:

—¡Cuac, cuac, cuac!

—¡Volved, volved! —gritó el Cohete—. ¡Tengo todavía muchas cosas que deciros!

Pero el Pato no le hizo caso.

—Me alegro de que se haya ido —pensó entonces—. No cabe duda de que tiene un espíritu vulgar.

Y hundiéndose un poco más en el cieno, se puso a meditar sobre el aislamiento del genio.

Cuando, de pronto, dos chicuelos con blusas blancas bajaron corriendo por el ribazo, con una caldera y unos cuantos leños.

—Esa debe ser la Diputación —se dijo el Cohete.

Y procuró tomar un aire muy digno.

—¡Mirad! —dijo uno de los muchachos—, ¡mira ese viejo palo! ¿Cómo habrá llegado hasta aquí?

Y sacó al Cohete del foso.

—¡Viejo Palo! —pensó el Cohete—, ¡imposible! Regio Palo, eso es lo que ha dicho. Regio Palo es un cumplimiento muy halagüeño. Quizás me toma por uno de los dignatarios de la Corte.

—¡Pongámosle en el fuego! —dijo el otro muchacho—, nos ayudará a hacer hervir la caldera.

Y haciendo una pila con los leños, pusieron encima el Cohete, y le prendieron fuego.

—¡Esto es magnífico! —exclamó el Cohete—. Van a dispararme en pleno día, con objeto de que todo el mundo pueda verme.

—Ahora, vamos a dormir —dijeron los chicos—. Y cuando nos despertemos, ya la caldera habrá hervido.

Y, tumbándose sobre la hierba, cerraron los ojos.

Como el Cohete estaba muy húmedo, tardó bastante en arder. Pero, al fin, el fuego hizo presa en él.

—¡Voy a partir! —gritó; y se puso muy serio y muy estirado—. Sé que iré más alto que las estrellas, más alto que la luna, más alto que el sol. Iré tan alto, que...

—¡Fisss! ¡Fisss! ¡Fisss! —y subió recto en el aire.

—¡Delicioso! —gritó—. Así subiré eternamente. ¡Qué éxito he logrado.

Pero nadie le veía.

Entonces comenzó a sentir una extraña sensación de hormigueo por todo el cuerpo.

—¡Voy a estallar! —gritó—. Prenderé fuego al mundo entero, y haré tanto ruido, que durante un año no se hablará de otra cosa.

Y, en efecto, estalló.

—¡Bang! ¡Bang! ¡Bang! —hizo la pólvora.

No cabe duda de que estalló.

Pero nadie le oía, ni siquiera los dos chicos, que dormían a pierna suelta.

Lo único que quedó de él fue la varilla, que cayó encima de un Ganso, que se encontraba paseando por las orillas del foso.

—¡Santo cielo! —exclamó el Ganso—. ¿Es que ahora llueven palos?

Y se arrojó al agua.

—Ya sabía yo que causaría una gran sensación susurró el Cohete, y murió.

# El verdadero amigo

Una mañana, la vieja rata de agua sacó la cabeza de su agujero. Tenía ojos brillantes como cuentas y grises bigotes muy tiesos, y su cola era como un pedazo de hule negro. Los patitos nadaban por la alberca, semejantes a una pollada de canarios amarillos; y su madre, que era de un blanco puro, con patas genuinamente encarnadas, trataba de enseñarles a hundir la cabeza.

—No ingresarás nunca en sociedad si no sabes sumergir la cabeza —les repetía; y, de cuando en cuando, mostrábales cómo había que hacer. Pero los patitos no le prestaban atención. Eran tan jóvenes, que no comprendían las ventajas de la vida en sociedad.

—¡Qué niños tan desobedientes! —exclamó la vieja rata de agua—. Les estaría bien empleado ahogarse.

—¡Dios no lo permita! —contestó la pata—. Todo el mundo tiene que hacer su aprendizaje, y en los padres toda paciencia es poca.

—¡Ah! Ignoro los sentimientos paternales —dijo la rata de agua—; no soy amiga de integrar familia. No he estado casada, y espero no estarlo nunca. El amor está muy bien, en cierto sentido; pero la amistad es una cosa mucho más amplia. Realmente, no conozco nada en el mundo más raro y noble que una amistad verdadera.

—¿Y cuáles son, a tu juicio, las obligaciones de un verdadero amigo? —preguntó un verderón, posado en un sauce cercano, que escuchó la conversación.

—Sí, eso es justamente lo que habría que saber —dijo la pata. Y nadando hasta el extremo de la alberca, zambulló la cabeza, para dar buen ejemplo a sus hijos.

—¡Qué pregunta tan necia! —exclamó la rata de agua—.

Creo que un amigo verdadero debe portarse conmigo como un verdadero amigo; es cosa clara.

—¿Y qué harás tú, a cambio? —dijo el pajarillo, balanceándose sobre una plateada rama y aleteando.

—No comprendo lo que quieres decir —contestó la rata de agua.

—Permítanme que los cuente una historia sobre este tema —dijo el verderón.

—¿Se refiere a mí la historia? —preguntó la rata de agua—. En ese caso la escucharé de muy buena gana, pues soy sumamente aficionada a los cuentos.

—Es aplicable a ti —contestó el verderón—. Y volando a posarse en la orilla, contó la historia del verdadero amigo.

—Había una vez —comenzó el verderón— un buen muchacho al que llamaban Hans.

—¿Era persona ilustre? —preguntó la rata de agua.

—No —contestó el verderón—, no creo que lo fuera, a no ser por su buen corazón y su cara redonda, graciosa y siempre risueña. Vivía en una casita de campo; él mismo se hacía la comida, y trabajaba todos los días en su jardín. En todo el poblado no había un jardín tan primoroso como el suyo. Diantos y alhelíes crecían en él, y bolsas de pastor y saxífragas. Había también rosas de Damasco y rosas de té, azafranes lilas y de oro, violetas blancas y moradas. La pajarilla, la cardamina, la mejorana y la albahaca silvestre, la vellorita y el iris, el narciso y el clavel florecían alternativamente en el curso de los meses, una flor reemplazando a otra, de manera que siempre había cosas lindas que admirar y aromas delicados que deleitara el olfato.

El pequeño Hans tenía un sinnúmero de amigos, pero el más íntimo de todos era el gran Hugo, el Molinero. En verdad, tal afecto le tenía el rico Molinero, que nunca habría pasado ante su jardín sin inclinarse por encima de la cerca a coger un buen ramo de flores o un puñado de hierbas aromáticas, o sin llenar sus bolsillos de ciruelas y cerezas, si era la estación de la fruta.

—Los verdaderos amigos deberían tener todo en común— acostumbraba decir el Molinero. Y el pequeño Hans asentía sonriendo, sintiéndose muy satisfecho de tener un amigo de tan nobles ideas. A veces, sin embargo, extrañábanse los vecinos de que el rico Molinero no diese nada, en cambio, al pequeño Hans, a pesar de tener un centenar de sacos de harina almacenados en su molino, y seis vacas de leche, y un numeroso rebaño de carneros merinos; pero el pequeño Hans nunca se paró a pensar en estas cosas, y nada le producía mayor placer que oír todas las frases maravillosas que el Molinero acostumbraba decir sobre el altruismo de la verdadera amistad.

En efecto, el pequeño Hans trabajaba en su jardín. Durante la primavera, el verano y el otoño, era muy feliz; pero en el invierno, no tenía fruta ni flores que llevar al mercado, soportaba la excesiva hambre y el pertinaz frío; a menudo tenía que irse a la cama sin más cena que alguna pera marchita o unas cuantas nueces añejas. Además, durante el invierno, se encontraba muy solo, pues el Molinero nunca venía a verle.

—No es oportuno que vaya a ver al pequeño Hans mientras duren las nieves —decía con frecuencia el Molinero a su mujer—; pues cuando la gente pasa por ciertos apuros, se la debe dejar sola y no acongojarla con visitas. Por lo menos, ésta es mi idea de la amistad, y estoy seguro de que tengo razón. Esperaré, pues, que venga la primavera, y entonces le haré una visita y él podrá darme un gran cesto de primaveras, lo cual le hará muy feliz.

—Te preocupas demasiado de los demás —contestaba la mujer, sentada en su cómodo sillón, junto al hogar bien encendido—; te preocupas demasiado. Es un auténtico deleite oírte hablar sobre la amistad. Estoy segura de que ni el mismo párroco podría decir tan bellas cosas, a pesar de vivir en una casa de tres pisos y llevar un anillo de oro en el meñique.

—Pero, ¿no podríamos decirle al pequeño Hans que viniera aquí? —preguntó el hijo menor del Molinero—. Si el pobre Hans está pasando apuros, yo le daría la mitad de mi guisado y le enseñaría mis conejos blancos.

—¡Qué niño tan imbécil! —exclamó el Molinero—. No sé de qué sirve enviarte a la escuela. No parece aprovecharte mucho. ¿No comprendes que si el pequeño Hans viniera aquí y viese nuestro buen fuego, y nuestra buena cena, y nuestro gran barril de vino tinto, podría darle envidia? Y la envidia es una cosa terrible, que echa a

perder la mejor naturaleza. Y yo no puedo consentir que se eche
a perder la naturaleza de Hans. Yo soy su mejor amigo, y debo cui-
darle y procurar que no caiga en tentaciones. Además, si Hans viniera,
quizá me pediría que le fiara un poco de harina, y esto no me sería
posible. La harina es una cosa y la amistad otra, y no hay por qué
confundirlas. ¡Me parece que las palabras se escriben de modo bien
diferente y significan cosas bien desiguales! Creo que esto todo el
mundo lo puede distinguir.

—¡Qué bien hablas! —dijo la mujer del Molinero, sirviéndose un
gran vaso de cerveza caliente—; me siento casi adormilada. Lo mis-
mito que si estuviera en la iglesia.

—Muchas personas obran bien —continuó el Molinero—, pero
pocas son hábiles para hablar bien, lo que prueba que hablar es
mucho más difícil que hacer y, desde luego, más hermoso.

Y miró severamente por encima de la mesa a su hijo, que se
sintió tan avergonzado de sí mismo, que, bajando la cabeza, se puso
como un tomate y comenzó a llorar sobre su té.

Era tan niño, que debemos disculparlo.

—¿Y ahí acaba la historia? —preguntó la rata de agua.

—Ciertamente que no —contestó el verderón—; no es más que
el comienzo.

—Entonces, estás muy atrasado con relación a su época, —dijo
la rata de agua—. Todo buen narrador, hoy, empieza por el final,
continua por el comienzo y concluye por el medio. Es la nueva escuela. Se lo he oído a un crítico que el otro día paseaba con un
joven alrededor del estanque. Habló extensamente de la materia, y
estoy segura de que debía tener razón, pues llevaba unas gafas azules y tenía una gran calva; y, cuando el joven le hacía alguna obje-
ción, siempre contestaba: "¡Pssch!". Pero, continúa tu historia, te lo
suplico, me es extraordinariamente simpático el Molinero. Yo también abrigo toda suerte de nobles sentimientos; así que simpatizo
mucho con él.

—Perfectamente —dijo el verderón, saltando alternativamente
sobre una y otra pata—. En cuanto hubo pasado el invierno, y las
prímulas comenzaron a abrir sus pálidas estrellas amarillas, el Molinero dijo a su mujer que iba a ver cómo seguía el pequeño Hans.

—¡Ah, qué buen corazón tienes! —exclamó la mujer—; ¡siempre pensando en los demás! No te olvides de llevar la cesta grande
para las flores.

Ató el Molinero las aspas del molino con una fuerte cadena de hierro, y descendió por la colina con la cesta al brazo.

—Buenos días, pequeño Hans —dijo el Molinero.

—Buenos días —respondió Hans, apoyándose en la azada y sonriendo de oreja a oreja.

—¿Qué tal has pasado el invierno? —dijo el Molinero.

—Bien, muy bien —contestó Hans—. ¡Qué bueno eres en preguntármelo! Tuve momentos malos que pasar; pero ya ha llegado la primavera, y soy completamente feliz, y todas mis flores se desarrollan bien.

—Muchas veces te hemos recordado este invierno —dijo el Molinero—; y nos preguntábamos qué sería de ti.

—Eres muy amable —dijo Hans—; yo casi temía que me hubieras olvidado.

—Hans, me extraña que digas eso —respondió el Molinero—; la amistad nunca olvida, es lo que tiene de maravilloso. Pero temo que no comprendas la poesía de la amistad... ¡Qué hermosas prímulas tienes, dicho sea de paso!

—Sí, muy hermosas —dijo Hans—, y es una suerte para mí el tener tantas. Voy a llevarlas al mercado para venderlas a la hija del burgomaestre, y rescatar con su importe mi carretilla.

—¿Rescatar tu carretilla? ¿Eso quiere decir que la has vendido? ¡Qué tontería!

—Sí, es cierto —dijo Hans—; pero el caso es que no tuve otro remedio. Ya sabes que el invierno es para mí un mal tiempo, y no tenía un céntimo para pan. Así, primero vendí los botones de plata de mi casaca de los domingos, y luego mi cadena de plata, y luego mi gran pipa y, por último, tuve que vender la carretilla. Pero ahora rescataré todo ello.

—Hans —dijo el Molinero—, yo te daré mi carretilla. No está en muy buen estado; le falta uno de los lados, y la rueda no marcha muy bien; pero, a pesar de todo, té la daré. Ya sé que es mucha generosidad de mi parte, y muchas personas juzgarían que es una locura desprenderme de ella; pero yo no soy como todo el mundo. Creo que la generosidad es la esencia de la amistad; y, además, he adquirido para mi uso una carretilla nueva... Sí, puedes estar tranquilo; te daré mi carretilla.

—¡Qué generoso eres ! —dijo el pequeño Hans; y su cara, redonda y jovial, se iluminó de alegría—. Yo la compondré fácilmente,
pues tengo una tabla en casa.

—¡Una tabla! —dijo el Molinero—; exactamente lo que necesito para el techo de mi granero. Tiene un gran boquete, y todo el
trigo va a coger humedad si no lo tapo. ¡Cuánto me alegro de que lo
hayas dicho! Es curioso cómo una buena acción trae siempre otra
consigo. Yo te he dado mi carretilla, y ahora tú vas a darme tu tabla.
Naturalmente, la carretilla vale mucho más que la tabla; pero la verdadera amistad no repara jamás en esas cosas. Te agradeceré me la
des en seguida, para hoy mismo ponerme a la obra en mi granero.

—¡Desde luego! —exclamó el pequeño Hans. Y, corriendo a su
barraca, sacó la tabla.

—No es muy grande que digamos —hizo observar el Molinero,
examinándola— y temo que, después de haber arreglado el techo
de mi granero, no te quede suficiente para componer la carretilla;
pero esos naturalmente, no es culpa mía. Y ahora, como yo te he
dado mi carretilla, estoy seguro de que tendrás  gusto en darme algunas
flores en cambio. Aquí está la cesta; tú te cuidarás de llenarla bien.

—¿De llenarla? —dijo el pequeño Hans, casi apesadumbrado,
pues era realmente una cesta enorme, y sabía que si la llenaba no le
quedarían flores que llevar al mercado, y tenía grandes deseos de
recuperar sus botones de plata.

—¡Caramba! —contestó el Molinero—; como te he dado mi carretilla, no creía que fuera demasiado pedir unas cuantas flores. Quizá me equivoque, pero creía que la amistad, la verdadera amistad,
estaba exenta de todo egoísmo.

—¡Oh, mi mejor, mi más querido amigo! —exclamó el pequeño
Hans—, todas las flores de mi jardín son tuyas. Tu aprecio me interesa mucho más que mis botones de plata.

Y corrió a coger todas sus primaveras llenando la cesta del Molinero.

—Adiós, pequeño Hans —dijo el Molinero, mientras subía ; por
la colina con la tabla al hombro y la gran cesta en la mano.

—Adiós —gritó el pequeño Hans. Y se puso a cavar alegremente;
tan contento se sentía del regalo de la carretilla.

Al día siguiente, encontrábase clavando unas madreselvas en la
puerta, cuando oyó la voz del Molinero llamándole desde el camino.

Saltó, pues, de la escalera, corriendo hacia **el cercado,** por encima del cual miró.

Era el Molinero, con un gran saco de harina a la **espalda.**

—Querido Hans —le dijo—, ¿querrías llevarme este **saco de harina** al mercado?

—¡Oh, cuánto lo siento! —contestó el pequeño Hans—; pero, hoy estoy ocupadísimo. Tengo que clavar todas mis enredaderas, regar todas las flores y pasar el rastrillo por la hierba.

—¡Caramba! —dijo el molinero—. Creo que, teniendo en cuenta que voy a darte mi carretilla, es una falta de amistad en ti el negarte.

—¡Oh!, no digas eso —exclamó el pequeño Hans—, por nada del mundo querría yo cometer una falta de amistad contigo.

Y corrió a buscar su gorra, y cargando penosamente con el enorme saco se encaminó hacia el mercado.

Era un día muy cálido y el camino estaba terriblemente polvoriento. Aún no había llegado al poste que marcaba la sexta milla y ya estaba tan fatigado, que tuvo que sentarse a descansar. No obstante, al poco rato, continuo valientemente; al fin, llegó al mercado. Después de esperar allí bastante tiempo, vendió el saco de harina a muy buen precio, y volvió de un tirón a su casa, porque temía, si se demoraba demasiado, encontrar malhechores en el camino.

—En verdad que ha sido un día bien duro —decíase el pequeño Hans, al meterse en cama—; pero me alegro de no haberme negado al Molinero, pues es mi mejor amigo, y además irá a darme su carretilla.

A la mañana siguiente, temprano, vino el Molinero a buscar el importe de su saco de harina, pero el pequeño Hans estaba tan cansado, que aún no se había levantado.

—¡A fe mía —exclamó el Molinero— que eres un negligente! Me parece que, teniendo en cuenta que voy a darte mi carretilla, podrías esforzarte un poco más. La holgazanería es un gran vicio, y no me gusta que ninguno de mis amigos caiga en él. No te debe molestar que te hable con tanta franqueza. Claro que, si no fuera amigo tuyo, no se me ocurriría hacerlo. Pero, ¿de qué sirve la amistad, si no puede uno decir sin rodeos lo que piensa? Todo el mundo puede decir cosas amables y tratar de hacerse simpático; pero un verdadero amigo siempre dice cosas desagradables, sin preocuparse de la molestia que causa. En realidad, si es un amigo leal, lo prefiere, porque sabe que hace el bien de ese modo.

—Cree que lo siento en el alma —dijo el pequeño Hans, frotándose los ojos y quitándose el gorro de dormir—; pero estaba tan cansado, que creí podría quedarme en la cama un poco más, oyendo cantar a los pájaros. ¿No sabes que trabajo más a gusto después de oír a los pájaros?

—Excelente, celebro —dijo el Molinero, dándole unas palmaditas en la espalda—; porque necesito vengas conmigo al molino en cuanto te vistas, a arreglarme el techo del granero.

El atormentado Hans tenía gran necesidad de trabajar en su jardín, pues hacía dos días que no regaba sus flores; pero no se atrevió a decir que no al Molinero, que tan buen amigo era.

—¿Crees que sería una falta de amistad el decirte que tengo mucho que hacer? preguntó con voz tímida y avergonzada.

—Indudablemente —contestó el Molinero—. No creo que sea mucho pedir, teniendo en cuenta que voy a darte mi carretilla; pero, naturalmente, si te niegas, yo mismo iré a hacerlo.

—¡Oh!, de ningún modo —exclamó el pequeño Hans.

Y, saltando de la cama, se vistió y subió al granero.

Todo el día, hasta ponerse el sol, estuvo trabajando.

Entonces vino el Molinero a ver cómo iba la obra.

—¿Has arreglado ya el agujero del techo, pequeño Hans? —gritó el Molinero con voz alegre.

—Ya está completamente arreglado —contestó el pequeño Hans, bajando de la escalera.

—¡Ah! —dijo el Molinero—, no hay trabajo más agradable que el trabajo que se hace por otros.

—¡Qué gusto da al oírte hablar! —repuso el pequeño Hans, sentándose y enjugando su frente. Pero temo nunca tendré ideas tan hermosas como las tuyas.

¡Oh!, ya las adquirirás —dijo el Molinero—; tendrás que hacer algunos esfuerzos para lograrlo. Ahora no tienes más que la práctica de la amistad; día llegará en que poseas también la teoría.

—Y ¿crees que podré conseguirlo? preguntó el pequeño Hans.

—Sin duda alguna —contestó el Molinero—. Pero, ahora que has arreglado el techo, harías mejor en regresar a tu casa a descansar, pues preciso que lleves mañana mis carneros al monte.

El pobre Hans no se atrevió a protestar, y a la madrugada del día siguiente trajo el Molinero sus carneros y tuvo Hans que partir con ellos al monte. Entre la ida y la vuelta empleó todo el día; y, cuando volvió, estaba tan cansado, que se quedó dormido en una silla, y no se despertó hasta bien entrada la mañana.

—¡Qué tiempo tan hermoso voy a tener en mi jardín! —exclamó, disponiéndose a trabajar.

Pero, por una u otra causa, jamás le fue posible examinar sus flores, pues su amigo el Molinero llegaba de continuo y le enviaba como recadero o le pedía que le ayudara en el molino. El pequeño Hans se sentía a ratos muy apesadumbrado, temiendo que sus flores creyesen las había olvidado; pero se consolaba concluyendo que el Molinero era su mejor amigo.

—Además —se decía-, va a darme su carretilla, y éste es un acto de pura generosidad.

Así, el pequeño Hans trabajaba para el Molinero, mientras éste decía bellas cosas sobre la amistad, que Hans apuntaba en un cuaderno y leía a menudo por la noche, pues era instruido.

Ahora bien; sucedió que una noche, estando el pequeño Hans sentado junto al fuego, llamaron violentamente a la puerta. La noche era negrísima, el viento soplaba y rugía de tal modo en torno de la casa, que al principio pensó debía ser la tempestad. Pero sonó un segundo golpe; y luego un tercero, más fuerte que los anteriores.

—¡Debe ser algún pobre viajero! —se dijo el pequeño Hans, corriendo a la puerta.

Allí estaba el Molinero, con una linterna en una mano y un grueso garrote en la otra.

—Querido. Hans —dijo el Molinero—, tengo una gran angustia.

Mi chico pequeño se cayó de una escalera y se lastimó. Voy a buscar al doctor. Pero vive tan lejos y hace una noche tan mala, que se me ocurrió sería mucho mejor que fueses tú en mi lugar. Ya sabes que voy a darte mi carretilla, de modo que no estaría de más que hicieras algo por mí en cambio.

—Ciertamente —exclamó el pequeño Hans—. Te agradezco te hayas acordado de mí, en seguida me pondré en camino. Pero tendrás que prestarme tu linterna, pues la noche está muy oscura, y temo caer en alguna zanja.

—Lo siento mucho —contestó el Molinero—, pero es mi linterna nueva, sería una gran pérdida para mí si le ocurriese algo.

—Bueno, es igual; me pasaré sin ella —replicó el pequeño Hans, poniéndose su grueso chaquetón de piel y su buen gorro escarlata.

Y, enrollándose una bufanda al cuello, partió.

¡Qué espantosa tempestad hacía! La noche era tan negra, que el pequeño Hans apenas podía ver, y el viento era tan fuerte, que con enorme dificultad lograba caminar. Pero era tan animoso, que después de haber andado por espacio de tres horas llegó a casa del doctor y llamó a la puerta.

—¿Quién es? —gritó, el doctor, asomando la cabeza por la ventana de su alcoba.

—El pequeño Hans, doctor.

—¿Y qué te sucede pequeño Hans?

—El hijo del Molinero se ha caído de una escalera y se ha lastimado, y el Molinero desea que vaya usted en seguida.

—¡Caramba! —dijo el doctor. Y pidió su caballo, sus grandes botas y su linterna y, montando, comenzó a cabalgar hacia la casa del Molinero, seguido del pequeño Hans, que caminaba dificultosamente.

Pero la tempestad arreció, la lluvia caía a torrentes, y el pequeño Hans no podía ver dónde ponía los pies ni seguir al caballo. Al fin, se extravió, vagó largo rato por el erial, lugar peligrosísimo, lleno de hoyos profundos, en uno de los cuales cayó el pequeño Hans y se ahogó. Al día siguiente, unos cabreros encontraron su cuerpo flotando en una gran charca, y lo llevaron a casa.

Todo el mundo fue a los funerales del pequeño Hans; tan popular era. El Molinero presidió el duelo.

—Como yo era su mejor amigo —dijo—, es lógico que ocupe el sitio de mayor mérito.

Fue, pues, a la cabeza del cortejo, vestido con una larga capa negra y, de cuando en cuando, se secaba los ojos con un desmesurado pañuelo.

—No cabe duda de que la pérdida del pequeño Hans es una gran pérdida para todos —dijo el herrero, después de los funerales, cuando todos estaban cómodamente sentados en la taberna, bebiendo vino especiado y comiendo buenos pasteles.

—Por lo menos, una gran pérdida para mí —dijo el Molinero—. ¡Caramba!, yo había sido tan bueno, que le di mi carretilla, y ahora no sé realmente qué hacer con ella. Me ocupa sitio en casa, y está en tan mal estado que no me darían nada por ella si fuera a venderla. De aquí en adelante, no se me ocurrirá dar nada a nadie. Siempre tiene uno que pagar las consecuencias de ser generoso.

—Así es —contestó la rata de agua, después de una larga pausa.

—Nada más; ah; termina la historia —dijo el verderón.

—Pero, ¿qué fue del Molinero? —dijo la rata de agua. —¡Oh!, en verdad que no lo sé, replicó el verderón; ni me importa gran cosa.

—Claramente se aprecia no hay en usted un asomo de caridad —dijo la rata de agua.

—Temo que no hayáis acabado de comprender la moraleja del cuento, hizo observar el verderón.

—¿La qué?—chilló la rata de agua.

—La moraleja.

—¿Eso quiere decir que la historia tiene moraleja?

—Ciertamente —dijo el verderón.

—¡Caramba! —dijo la rata de agua en tono airado—; bien podrías habérmelo dicho antes de empezar. Si lo hubiera hecho, con toda certeza no la hubiese escuchado. Ten la seguridad de que habría dicho "¡Pssch!", como el crítico. Sin embargo, todavía puedo decirlo.

Y, gritando a todo pulmón: ¡"Pssch!", meneó el rabo y se metió en su agujero.

—¿Qué opinas de la rata de agua? —preguntó la rata, que acudió remando pocos minutos después—. Tiene muchas buenas cualidades; pero yo tengo los sentimientos de una madre, y no puedo ver a un solterón empedernido sin que los ojos se me llenen de lágrimas.

—Temo haberle —contestó el verderón—. El caso es que le he contado una historia con moraleja.

—¡Ah!, eso es siempre una cosa peligrosísima —dijo la rata.

Y yo soy, en absoluto, de la misma opinión.

# Índice

EDICIÓN 2,000 EJEMPLARES
AGOSTO 1999
IMPRESORA GONDI
GUERRERO # 446 COL. CERRO GORDO
SANTA CLARA, EDO DE MÉX.